SUSANNE HINKELBEIN

Was weiß der Tropfen im Meer von sich selbst?

SUSANNE HINKELBEIN

Was weiß der Tropfen im Meer von sich selbst?

Ein Lese- und Logbuch

herausgegeben von Hubert Klöpfer
und Thomas Knubben

GMEINER studio

Dieses Buch wurde gefördert von:

OEW Zweckverband Oberschwäbische Elektrizitätswerke
Förderverein Schwäbischer Dialekt e.V.
Förderverein Theater Lindenhof. E.V.
Dr. Dieter und Dr. Susanne Wolfram Stiftung

Die Autorin, die Herausgeber und der Verlag dieses Buches wissen: Schwäbisch ist mündlich, ist wandelbar – und ist eben keine »dudenesk« gezähmte, also keine orthodoxe Schriftsprache. Gewisse Unregelmäßigkeiten in den Schreibweisen werden daher nicht nur in Kauf genommen, sondern sind teilweise sogar gewollt.

MIX
Papier | Fördert gute Waldnutzung
FSC® C014496

Bei Fragen zur Produktsicherheit gemäß der Verordnung über die allgemeine Produktsicherheit (GPSR) wenden Sie sich bitte an den Verlag.

Besuchen Sie uns im Internet:
www.gmeiner-verlag.de

Im Ehnried 5, 88605 Meßkirch
Telefon 07575/2095-0
info@gmeiner-verlag.de

1. Auflage 2025

Satz: Julia Franze
Umschlaggestaltung: U.O.R.G. Lutz Eberle, Stuttgart
unter Verwendung eines Fotos von:
© J. M. W. Turner, Public domain, via Wikimedia Commons
https://commons.wikimedia.org/wiki/
File:Joseph_Mallord_William_Turner_058.jpg
GGP Media GmbH, Pößneck
Printed in Germany
ISBN 978-3-7801-3512-4

Meinem Drachen

»Wie ein wüst hingeschütteter Misthaufen ist die schönste, vollkommenste Welt.«

Heraklit von Ephesos

Inhalt

ORIENTIERUNG

Anna und Lisa: Rechts oder links?

Anna und Lisa an einer Wegscheide

Lisa: Du, Anna, wo gehts jetzt lang?
Anna: Wo?
Lisa: Ha, da rechts und da links.
Anna: Jaaa. Da rechts und da links.
Lisa: Ha, des isch ja klar, aber wie komma mir zur Tante Hanna?
Anna: Weiß i net.
Lisa: Aber du bisch doch da scho oft mit der Mama ganga!
Anna: Ja, scho.
Lisa: Also: rechts oder links?
Anna: Beides. I bin scho beides ganga.
Lisa: Aber wo gehts zur Tante Hanna?
Anna: Sag i lieber net. Nachher isch's falsch, und i bin schuld. Da sag i lieber gar nix.
Lisa: Komm, sei doch net blöd. Wo gehts rechts nô?
Anna: Im Augablick gehts nirgendwo nô. Mir standat ja. I kann allerhögschdens saga, wo es nôgeha wird, wenn mir nach rechts gangat. Beziehungsweise nach links.
Lisa: Also, du Nervasäg, wonô wirds ganga, wenn mir nach rechts geat?
Anna: Kann i au net sicher saga. I kann bloß saga, wo's des letschte Mal nôganga isch.
Lisa: Also, wonô isch da ganga?
Anna: Rechts oder links?
Lisa: Egal.

Anna: Eba net egal. Links isch zum Onkel Thomas ganga, rechts zur Tante Hanna.

Lisa: Also, nô müssa mer nach rechts.

Anna: Net gsagt.

Lisa: Wieso net? Grad eba hasch gsagt.

Anna: I hab bloß gsagt, dass es das letschte Mal rechts zur Tante Hanna ganga isch. I hab net behauptet, dass des in Zukunft au immer so sei wird. Des isch ganz sicher a Sünd, wenn mer behauptet, zu wissa, was in Zukunft isch.

Lisa: Also geha mir …

Beide: … nach links.

aus: »Alätheia« – 365 Eintagsfliegen zum Thema »Welt – Wahrheit – Zeit – Bewusstsein«; Jahresprojekt 2002

Landschaft meines Geistes

Als ich an diesem Tag die Augen öffnete, erkannte ich die Landschaft meines Geistes nicht wieder. Einzig vertraut: Der Schmerz in der Schulter. Er war von gestern übrig geblieben, so viel wusste ich immerhin. Obwohl kaum markant, näherte ich mich ihm als Orientierungspunkt, ja, ich kauerte vor ihm nieder und umklammerte ihn, so dass er einen Großteil meines Gesichtsfeldes einnahm. Mit diesem Anker wagte ich den Blick ins Weitere.

Eine Demütigung schien meinen Horizont zu bilden. Reichlich verschwommen lag sie im Morgendunst, ich hatte auch kaum Interesse, ihre Konturen näher zu erforschen.

In Reichweite eine Frage, dahinter weitere. Weit und breit keine Erkenntnis, keine Überzeugung. Wegweiser fehlten, auch war nicht auszumachen, ob die wenigen sichtbaren Spuren von mir stammten, ob von anderen Menschen, ob von Tieren, ja, ob es überhaupt Spuren waren.

Ich drehte mich um. Doch auch hinter mir gab es keinen Hinweis darauf, woher ich gekommen war. Der Grund schien niedergetrampelt, als wäre ein Heer darüber marschiert, oder als hätte ein Volksfest stattgefunden. Alles was dort lag, war tausendfach gedacht, dennoch wusste ich nicht, von welchem Punkt die Spuren dort ausgegangen waren. Wollte ich dorthin, zurück, wo auch immer das war, oder sollte ich den Weg ins Offene wagen?

Ich schloss die Augen und versuchte, mich an die Landschaft meiner Vergangenheit zu erinnern. Deutlich sah ich eine Karte: Lebenspläne, Arbeitsschritte und gedankliche Wege kreuzten sich an Zielorten. Doch die Karte stimmte nicht mit der Landschaft vor meinem Auge überein. Dieses ungelöste Problem geradeaus, welches mir den Blick verstellen wollte, war mir völlig neu. Sollte ich es in Angriff nehmen? Würde sich der Ausblick lohnen, sollte ich es meistern? War es eine notwendige Etappe auf dem Weg zu lohnenderen Gefilden? Der sumpfige Morast daneben – wartete festerer Boden unter den Füßen, wenn man ihn durchquert hatte?

Nun schon mehrere Minuten verharrte ich, an den Schmerz in der Schulter geklammert, doch ich kannte immerhin die Regel: Steh nicht länger als eine Stunde. Allerdings war mir nicht mehr klar, was geschehen würde, sollte ich länger keinen Schritt wagen. Wuchs man fest am Platz, so dass nur noch verletzende Stürme fällen konnten? Verbrannten die Fußsohlen? Oder begannen sie zu faulen, was jeden später gewagten Fortschritt äußerst schmerzhaft machen würde?

Da hörte ich rufen. Die Stimme kam aus der Tiefe, und ich entdeckte einen Spalt im Boden direkt neben mir. Die Stimme war mir vertraut, auch wenn ich sie im Augenblick nicht einer Person zuordnen konnte. »Steig ab«, sagte ich laut zu mir selbst, doch meine Stimme war dünn und krächzte heiser. Ich ging an den Rand des Spaltes und spähte hinab. Und da war sie, meine Landschaft: direkt unter mir. Ich erkannte alles wieder: eine alte Idee, eine Information von gestern, eingeprägte Wege, auswendig gelernte Stationen. Erleichtert stieg ich ab.

Als ich meinen Grund erreicht hatte, schloss sich der Himmel über mir. Und meine Flügel fielen plötzlich herab von den Schultern. Und der Schmerz verschwand.

aus: »Alätheia« – 365 Eintagsfliegen zum Thema »Welt – Wahrheit – Zeit – Bewusstsein«; Jahresprojekt 2002

Fremdenführer

Er war einer von diesen Spinnern, denen man in einem bestimmten Stadtviertel immer wieder begegnet. Sie scheinen zu Hause zu sein in ihrem jeweiligen Viertel, und sie prägen es in gewisser Weise. So auch er. Nie habe ich ihn außerhalb des Bahnhofsviertels gesehen. Ich logierte dort hin und wieder, wenn ich in der Stadt zu tun hatte, immer im gleichen Hotel. Schon bei meinem ersten Aufenthalt fiel er mir auf. Ich trat aus dem Hotel am Morgen, wollte über die Ampel. Auch er stand da, schien ebenfalls auf Grün zu warten. Als ich neben ihn trat, verbeugte er sich – nicht vor mir, eher vor der Ampel, vielleicht vor dem roten Ampelmännchen – und fragte: »Wissen Sie, was Sie sehen? Ich sage es Ihnen, wenn Sie wollen.« Mir stand der Sinn nicht nach selbsternannten Stadtführern, denn dafür hielt ich ihn. Und dass er irgendwie nicht ganz normal war, sah ich gleich; ich sagte daher in leicht beruhigendem Ton: »Wird sicher gleich grün.« Er schnob verächtlich, es wurde grün, er verbeugte sich wieder, überquerte die Straße und ging seines Wegs. Er ging barfuß, trug eine schwarze Cordhose und ein schwarzes Hemd. Um die Hüfte hatte er ein Seil geschlungen – er wirkte daher irgendwie mönchisch und ich sollte ihn später irgendwann im Stillen »Mönch« nennen. Am nächsten oder übernächsten Tag begegnete ich ihm auf meinem Rückweg von einem Termin ins Hotel. Es wurde gerade grün an der Ampel, er verbeugte sich und überquerte die Straße. Vor dem Betreten des Bürgersteigs vor dem Hotel hielt er kurz inne und verbeugte sich wieder. Dann bog er ab, und ich ging ins Hotel. Wieder am nächsten Tag traf ich ihn am Bahnhof. Er verneigte sich in einem fort, nach allen Seiten, vor nichts oder niemandem, wie mir schien. Als ich an ihm vorüberging, fragte er mich barsch: »Was sehen Sie?« »Einen hässlichen Bahnhof«, sagte ich und ging weiter. »Falsch«, rief er hinter mir her, »eine rote Gedankenbö!« Im selben Augenblick hatte ich das Gefühl, mich gegen einen unangenehmen Gedanken wie gegen einen Wind stemmen zu müssen. Ich beschleunigte meinen Schritt zum Hotel. Am nächsten Morgen schien er vor dem Hotel zu warten, bis ich herauskam und fragte: »Soll ich Ihnen sagen, was Sie sehen?« Der Ton war nicht mehr barsch wie am Vortag. Es war eher der Ton eines Menschen, der einen Blinden anspricht, um ihm anzubieten, ihn über die Straße zu führen. »Danke, ich weiß, was ich sehe«, sagte ich freundlich und ließ ihn stehen, da gerade grün wurde. Auch am nächsten Morgen stand er an der Ampel vor dem Hotel und schien zu warten. Ich beobachtete ihn eine Zeitlang von der Lobby aus. Die Ampel hatte grün, er ging jedoch nicht über die Straße, sondern blieb stehen, sich hin und wieder verbeugend. Die Ampel sprang auf Rot, er verbeugte sich wieder, eine Straßenbahn fuhr vorbei – tiefe Verneigung. Schließlich ging ich hinaus, auf die Straße zu. Es war rot, ich stand neben ihm. Sich verbeugend sagte er: »Mittwoch, 18 Uhr 42, heiter.« Es war Montag, ein trüber Montagmorgen, kurz vor 9. »Aha«, sagte ich, »ich dachte Montag.« »Sie sehen schlecht«, sagte er mitleidig. Es wurde grün, ich ging; er blieb, wo er war, stehen, sich verneigend. Das gleiche am nächsten Morgen, nur sagte er diesmal: »Tod und Verdammnis, so weit das Auge reicht.« Ich erwiderte nichts, doch innerlich gab ich ihm ein Stück weit recht, denn ich mochte die Stadt nicht. Am nächsten Morgen:

»Sie sehen ein Wiegenlied. Doch man sollte sich nicht davon einlullen lassen.« Es war mein Abreisetag, ich stieg in den Zug und vergaß ihn.

Merkwürdigerweise freute ich mich, als ich ihn, nach vielleicht einem dreiviertel Jahr, wieder vor diesem Hotel am Bahnhof antraf, als ich für zwei Nächte dort untergebracht war. Immer noch barfuß, obwohl es Februar war, immer noch das schwarze Hemd und die schwarze Hose mit dem Strick um den Leib. Er stand vor dem Hotel, als ich ankam, verneigte sich gerade vor dem hohen Gebäude und schien mich nicht zu bemerken, als ich hineinging. Am nächsten Morgen stand er wieder an seiner Ampel. »Das Haus gegenüber ist heute sehr verzweifelt – ich hoffe, Sie sind inzwischen in der Lage, das zu erkennen«, sagte er. Ich tat, als hörte ich ihn nicht, betrachtete jedoch das Haus gegenüber mit leisem Mitleid und dem Bedürfnis, zu trösten.

Am nächsten Morgen: »Das Haus hat sich über Nacht gefangen, doch es fällt aus der Welt, da die Welt im Traum ein Schock traf.«

Er verbeugte sich, vielleicht vor dem Haus gegenüber und rief mir hinterher: »Ein Allergieschock! Die Welt hat eine Überdosis von sich selbst geschluckt!« Etwa zwei Jahre später, im Frühjahr, war ich erneut in der Stadt, diesmal für beinahe fünf Wochen, mit nur ein oder zwei kurzen Unterbrechungen, weil ich hin und wieder für einen Tag in einer anderen Stadt zu tun hatte. Seltsam, aber ich hatte ihn ganz vergessen, als ich am Bahnhof aus dem Zug stieg. Da stand er, auf dem Bahnsteig, als wäre er gekommen, mich abzuholen, verneigte sich – vor dem Zug, vor der Uhr, vor der Spucke auf dem Bahnsteig, vor was weiß ich. Er sah mich an, zeigte jedoch kein Zeichen des Erkennens. Als ich an ihm vorüberging, sagte er: »Glauben Sie nicht, was Sie sehen. Die Ankunftszeit ist falsch.« Der Zug war pünktlich eingetroffen wie selten. Dennoch fühlte ich mich bei dieser Ankunft irgendwie fehl am Platz, vielleicht, weil ich einfach unerholt war und schlecht vorbereitet auf meinen beruflichen Auftrag hier. Ich ging hinüber zum Hotel und checkte ein.

Ja, er stand wieder an der Ampel am nächsten Morgen. Es war ein schöner Tag, man hatte die Bahnhofsecke durch einige Renovierungsmaßnahmen grüner und freundlicher gestaltet, man hörte sogar einige Vögel zwitschern. »Öffnen Sie die Augen«, sagte er, schloss die seinen und verbeugte sich tief. Dann blickte er auf das Bahnhofsgebäude und konstatierte: »Leid 8 Uhr 42, Kummer 9 Uhr 12, Zweifel hat zweifellos Verspätung.«

»Sonne scheint, Vögel zwitschern, gute Laune«, erwiderte ich. »Falsch«, sagte er. Verbeugte sich. So ging das von jetzt an jeden

Morgen. Denn morgens stand er immer da, hin und wieder auch abends, stets dann das gleiche Ritual – nur in der Gegenrichtung: »Rotes Haus, tote Maus«, grüßte er das grüne Hotel mit einer respektvollen Verbeugung. »Grüne Wand, warmes Licht – meine Antwort. »Falsch« – sein Verdikt. Eines Abends sah ich ihn abends in der Bahnhofskneipe sitzen, Rotwein trinkend. Aus einer Laune ging ich hinein, verbeugte mich tief vor ihm und setzte mich zu ihm an seinen Tisch. Er schien mich nicht zu erkennen. »Roter Wein, Glück allein?« fragte ich ihn. Er gab keine Antwort, fühlte sich offenbar nicht angesprochen. Ich versuchte nicht, weiter mit ihm ins Gespräch zu kommen. Nun, so ging es die ganzen fünf Wochen lang. Täglich sah ich ihn, täglich schien er mir den rechten Blick auf das Bahnhofsviertel und das Hotel beibringen zu wollen. Zumeist war schlicht absurd, was er zu sehen vorschrieb, vieles hatte jedoch einen fast einleuchtenden Doppelsinn. Mit Blick zum Bahnhof: »Gleis 7 erinnert sich an übermorgen.« Oder: »Zu spät, Kopfen und Hals verloren.« »I-Bahn fährt auf Sonnenstrahl.« Mit Blick zum Hotel: »Grüner Vagabund im roten Haus:« Unklar, ob sich der Satz auf das Ampelmännchen, das Hotel oder mich bezog. Oder: »Nacht scheint so hell, dass sie die Sonne überstrahlt.« Als ich am letzten Morgen im strömenden Regen zum Bahnhof ging, stand »der Mönch« wieder an der Ampel:

»Was sehe ich?« fragte ich ihn und schaute ihm zum ersten Mal richtig in die Augen. Er verbeugte sich und schloss die Augen. Als er sie wieder öffnete, bemerkte ich: Er war blind. Merkwürdig, aber ich hatte ihm nie wirklich in die Augen gesehen. Nun sah ich es deutlich. Die Augen blickten starr, ohne etwas Bestimmtes zu fixieren. »Abfahrt nach Leben vor Mitternacht« war seine Antwort, »das Gleis ist zwiespältige Erinnerung«. »Richtig« sagte ich und ging meines Wegs.

Ich denke oft an ihn zurück. Er hat mir die Augen für so vieles geöffnet.

Goldenes Zeitalter?

Mitte der Siebziger Jahre hatten wir eine politische Theatergruppe. Abgesehen davon, dass wir uns am Morgen nach der Premiere unseres ersten Stückes darüber wunderten, dass jetzt nicht sofort die Weltrevolution ausbrach, dachten und redeten wir auch sonst viel Unsinn.

Eines Abends ging es um das Goldene Zeitalter, den Kommunismus, die Klassenlose Gesellschaft. Stefan – oder Herbie? – verkündigte, vertrat und verteidigte die Theorie, dass es, da in der Klassenlosen Gesellschaft alle Widersprüche aufgelöst, behoben, abgeschafft seien, auch keine Kultur mehr gäbe. Da Kultur immer aus den Wunden, den Widersprüchen, den offenen Fragen einer Gesellschaft entsprieße. Ich versuchte, zu widersprechen:

Wenn es so etwas wie eine Gesellschaft ohne Fragen und ohne Widersprüche gäbe, wäre die Kultur doch nicht am Ende. Denn selbst in einer idealen Gesellschaft, was immer das sei, blieben doch Tod, Krankheit und all die großen offenen Fragen der Philosophie! Und in diesen offenen Fragen wäre Musik bis ans Ende aller Tage!

Stefan – oder Herbie? – erwiderte, **alles** sei politisch, es gäbe keine unpolitische Frage, kein unpolitisches Theater, keine unpolitische Musik …

Keine Kultur mehr also im Goldenen Zeitalter, keine Musik, kein Theater, keine Bildende Kunst …? Ich verkündete, dass ich dann gegen die Klassenlose Gesellschaft sei. Ade, Kommunismus, ade, goldenes Zeitalter! Damit war die Debatte für mich beendet.

Leider neige ich heute nicht mehr zu radikalen Thesen, oder doch, ich versuch's nochmal: Nur die Gesellschaft wäre ideal, deren Agora mit Fragezeichen gepflastert wäre. Je mehr Fragezeichen eine Gesellschaft zulässt, desto freier ist sie. Meine Gesellschaft wäre daher: Nur derjenige erlangt Erwachsenenstatus, vollständige Bürgerrechte usw., der eine Art Frageabitur abgelegt hat. Nein – Frageabitur heißt nicht, dass man möglichst viele Fragen beantworten kann – Frageabitur heißt, dass man der Prüfungskommission zwölf Fragen stellt, die noch kein anderer Prüfling gestellt hat, und die keiner aus der Prüfungskommission beantworten kann. Und mit diesen zwölf offenen Fragen ginge man dann ins freie und erwachsene Leben hinaus.

Naja, **eine** Frage würde schon genügen!

aus: »Nüx und Nus« – Nachtgedanken; Jahresprojekt 2005

Expedition

Onkel Albrecht war mir der liebste. Sein Kabinett, wie er es nannte, war vollgestopft mit alten Globen, Atlanten und Landkarten. An der Wand hinter seinem Schreibtisch hingen zwölf Karten des Mittelmeerraumes, zwölf Karten aus verschiedenen Epochen: Eine Abbildung der Welt aus dem Zweistromland von ungefähr 5000 vor Christus, eine ägyptische Karte aus der Zeit Tutanchamuns, eine griechische Karte aus dem vierten oder fünften Jahrhundert vor Christus, eine römisch aus der Zeit um Christus, eine italienische Karte aus dem Mittelalter, eine niederländische aus der Renaissance, dann aus jedem Jahrhundert eine oder zwei, bis in die Jetztzeit. Sie unterschieden sich nicht nur in der Darstellungsweise, den darauf vermerkten Zeichen, Farben, Linien, auch die Umrisse der Länder und Meere schienen nicht allzuviel miteinander zu tun zu haben.

Kreta beispielsweise: Kreta kannte ich. Zumindest so, wie die Insel heute auf unseren Karten abgebildet ist.

Nun hatte Onkel Albrecht eine phönizische Karte – unbekannt von wann – auf welcher die Insel gar nicht abgebildet war: Griechenland, Ägypten. Alles war da, nur Kreta fehlte.

Auf einer anderen Karte – einer antiken griechischen Seefahrerkarte – war Kreta verzeichnet, allerdings beinahe kugelrund. Und auf einer römischen Karte aus der Spätantike sah Kreta wie ein Krokodil aus.

»Die hatten ja noch gar keine Ahnung!« urteilte ich über die alten Karten. Oh, meinte Onkel Albrecht, man könne nie wissen, ob Kreta früher vielleicht nicht eine Krokodil-Form besessen habe.

»Hat sich die Welt so verändert?« »Entweder die Welt oder die Karten, das kann keiner sagen«, sagte Onkel Albrecht.

Denn dies sei immer Möglichkeit 1: Dass die Länder ihre Umrisse änderten im Lauf der Zeit, die Karten jeweils exakte Darstellungen davon abgäben. Es sei arrogant, anzunehmen, die alten Griechen hätten schlechtere Karten gezeichnet als wir heute.

Möglichkeit 2 sei andererseits natürlich, dass dies doch so sei, d.h., dass die alten Griechen von Kreta nicht mehr wussten, als dass die Insel existierte, und dass sie eben ein Ei gemalt hatten, weil sie es mangels vernünftiger Vermessungsgeräte nicht genauer wussten.

Dann gäbe es Möglichkeit 3: Kreta sah schon immer so aus wie heute, die Griechen wussten das und zeichneten auch so. Aber die Karte hatte sich verändert. Wie Amöben ständig ihre Form änderten, so die Inseln und Länder auf der Karte ihre Umrisse.

Diese Möglichkeit gefiel mir. Ich versuchte mir vorzustellen, wie sich im Lauf der Zeit die Linien auf den Karten veränderten wie die Wellen auf einer Wasseroberfläche, und ich beobachtete die Karte aus dem Zweistromland, um sie dabei zu erwischen, wie sie ihre Konturen wabern ließ.

Und dann gäbe es noch die Möglichkeit 4: Unsere Sicht auf die Karte hätte sich geändert. Kreta sei immer gleich gewesen. Die Karte habe auch immer damit übereingestimmt. Aber wir könnten die Karte heute nicht mehr so lesen wie die alten Griechen vor 2500 Jahren.

Mir schien die letzte Möglichkeit völlig rätselhaft, aber Onkel Albrecht war der Meinung, sie sei die wahrscheinlichste.

Alle Bücher, Atlanten und Karten im Kabinett durfte ich erforschen, in **eine** Kartensammlung Onkel Albrechts jedoch ließ er mich nicht hineingucken: Es war ein dicker Band aus Leder. Mit metallischem Gestänge; man konnte die Blätter einzeln einfügen oder herausnehmen. Hin und wieder brachte Onkel Albrecht ein Blatt von seinen Reisen mit, sorgfältig in Packpapier gerollt, und ordnete es ein, hin und wieder – so glaubte ich – zeichnete er auch selbst eine Karte, um sie dann einzuheften in sein Buch.

Onkel Albrecht hatte bereits sehr viele Karten eingeordnet, der Band war fast 10 cm dick.

»Ein Buch mit 7 Siegeln, zu wertvoll«, meinte er, wenn ich fragte, warum ich nicht in das Buch schauen dürfe.

Am Vorabend meines zwölften Geburtstags jedoch erlaubte mir Onkel Albrecht, seinen Privatatlas zu öffnen und anzusehen. Da staunte ich. Der Band war voller leerer Blätter! Die verschiedensten Papiere hatte Onkel Albrecht da zusammengetragen und in seinen Atlas eingeordnet: ein Blatt Fließpapier, ein Blatt handgeschöpftes Bananenpapier, ein Blatt Klopapier, Umweltpapier, Seidenpapier, Hochglanzpapier, Büropapier, Küchenkrepp – die verschiedensten Papiere, verschieden in Machart, Farbe, Größe, Zweck, waren da versammelt. Leer. Viele von ihnen völlig unbeschriftet, viele auch einseitig beschrieben, in welchem Falle die unbeschriebene Seite nach vorne geheftet war – darunter ein Arztrezept (auf der Rückseite), ein Notizzettel mit Einkaufsliste (auf der Rückseite), eine Todesanzeige (auf der Rückseite), der Kostenvoranschlag einer Schreinerei über eine Eckbank (auf der Rückseite) – Onkel Albrecht schien immer und überall, wo ihm ein leeres Blatt oder wenigstens eine leere Seite in die Hände fiel, sie in seinen Privatatlas eingeordnet zu haben.

Er *(stolz)*: »Mein eigener Weltatlas.«

Ich *(etwas enttäuscht)*: »Ich dachte, du sammelst Karten.«

Er: »Sind es. Weiße Flecken im Fachjargon. Die unerforschten Gebiete.«

Am nächsten Morgen, meinem zwölften Geburtstag stand Onkel Albrecht hinter der Torte. Mit einem Notizblock in der Hand.

»Expedition!« sagte er wichtig und knapp. »Komm mit.«

»Wohin?«

»Vor deine Haustür!«

Er hatte eine Eisbärfelljacke an und einen Tropenhelm auf dem Kopf. Eine Mappe mit Zirkel, Lineal, Kompass, Bleistift, Bleistiftspitzer und Radiergummi, sowie einen Rucksack mit Biwakzelt, Reis, Salz, Tee, Zucker, Gaskocher und Streichhölzern.

Er blies die Kerzen auf meiner Torte aus und ging zur Haustür. Dort blieb er stehen.

»Unterweisung« – begann er. »Drei Regeln:

1. Achte darauf, dass deine Weltkarte wirklich leer und ohne Zeichen ist, wenn du das Haus verlässt. Wie du an meiner Kartensammlung gesehen hast, verändern sich Karten nämlich mit der Zeit, und es ist nicht gesagt, dass eine Karte, die gestern Abend leer war, auch heute noch ein weißes Blatt ist.«

Er prüfte den Notizblock, blätterte ihn durch. Leere, unlinierte Seiten, weißes Blatt für weißes Blatt. Übergab ihn mir. Ernst und zufrieden.

»2. Kartographiere alles, was du siehst, aber nichts, was du bereits kennst. Lass dich nicht von scheinbar Bekanntem täuschen.

Jedes Land, das du erforschst, scheint im ersten Augenblick einem anderen zu gleichen oder zumindest zu ähneln. Ängstliche Geister retten sich beim Anblick Ägyptens in die Erinnerung an Griechenland, beim Besuch der Kanarischen Inseln in die Erinnerung an das Tessin undsoweiter. Alles Bekannte wird zur Maske, die der ängstliche Geist allem Unbekannten überwirft.

3. Konzentriere dich daher immer auf das, was du noch nie gesehen hast, auf Bewegung, auf neue Zeichen, die du nicht entziffern kannst. Und diese Zeichen notiere als erste Koordinaten in deinen Atlas.

Bereit?« Ich nickte.

»Ruhig atmen, Konrad!«

Damit öffnete Onkel Albrecht die Haustür:

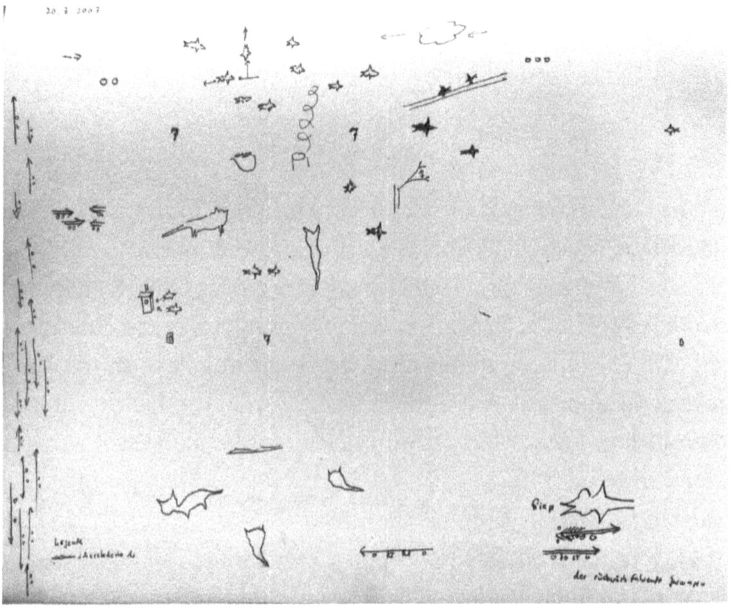

Logbuch

3. Tag nach der Sintflut

Undurchdringliches Zwielicht. Kein Horizont. Nur unsere Arche im zwielichtigen All. Wozu auch ein Horizont, wenn man ihn nie erreicht? Was sagt mir eigentlich ein Horizont? Dies, Konrad, ist deine Augenhöhe! Frechheit, dem Menschen laufend eine Linie auf Augenhöhe zu stellen. In jeder Richtung, wohin ich auch schaue, immer auf Augenhöhe. Eine Linie, die lockt: Komm! Komm her, komm her zu mir, bei mir trifft sich die Erde mit dem Himmel!

Kein Horizont? Gut so!

Da lauf ich mein ganzes Leben dieser Linie nach, egal, wohin ich renne, immer Richtung Horizont. Fangerles spielt der Horizont mit mir, mit verdammt unfairen Mitteln! Wie der Ochs dem vorgespannten Futtersack hinterher läuft, so laufe ich und laufe ich, und wenn ich verschnauf und guck, wo ist er jetzt, dann ist er wieder so weit weg wie vorher! Kein Horizont? Mir doch egal.

Immer, wohin ich auch lauf, den Horizont vor Augen, rundherum, da ein Horizont, da ein Horizont, da ein Horizont! Eingekreist, eingeschnürt, gefesselt bin ich vom Horizont! Kein Horizont? Gottseidank!

Endlich hab ich nicht mehr ständig vor Augen, muss ständig mitansehen, wie sich Himmel und Erde trennen.

Mir wird klar: Mein bisheriges Grundproblem war der Horizont.

24. Tag

Immer noch zwischen Wasser und Wolken. Ohne Horizont. Wie kann ich mich orten, wenn Greenwich versunken ist? Die ganze Erde ein Atlantis, ein Vineta. Mein Kompass zeigt nach Norden – soll ich der zitternden Nadel folgen, bis sie völlig irre ist? Dann weiß ich: Unter mir der abgesoffene Nordpol.

Soll ich ein Schild in die Wolken nageln – »Vineta Nordpol«? Und die Wolken treiben um den ganzen abgesoffenen Globus, das Schildchen »Nordpol« mit sich ziehend, über die Sahara, über das Kap der Guten Hoffnung – und ich rudere dem Schild verzweifelt hinterher im vergeblichen Versuch, meinen einzigen Orientierungspunkt nicht zu verlieren. Oder soll ich eine Boje setzen? Damit sie heulend davontreibt? Heulend treibt sie davon, heult »Nordpol!, Nordpol!« und findet ihn nicht wieder.

39. Tag

»Der Geist Gottes schwebte über den Wassern.« Verzweifelt klammere ich mich an diesen Satz und suche in der Luft mit allen meinen Sinnen. Der Wind fährt mir heulend in die Seele, doch heult er von Hohlräumen, von Leere, Ödnis und Verirrung.

47. Tag

Peter hatte einen Globus an Bord gebracht, doch der entwand sich bis vor einigen Tagen allnächtlich seinem Netz. Jeden Morgen lag das Koordinatennetz leer und formlos neben dem Globus. Jeden Mittag stülpte Peter dem Globus erneut seine Koordinaten über, bis sich das Netz wieder prall gespannt über dem Globus wölbte. Ein Rätsel war und bleibt, wie es der Globus schaffte, sich zu entfesseln – denn das Netz lag jeden Morgen, leer, aber geschlossen, nämlich an beiden Polen fest verknotet, neben der Erdkugel. Peter musste jeden Mittag einen der Zipfel an den Polkappen lösen, das Netz dem Globus überstülpen und anschließend den Zipfel wieder verschnüren. Interessant: Das Phänomen hielt so lange an, wie Peter den Südpol benutzte, um das Geflecht zu öffnen und wieder zu verschließen. Vor einigen Tagen jedoch nahm er – nicht planmäßig, eher aus Zufall – den Nordpol. Seitdem bleibt unsere Erdkugel gefesselt in ihrem Netz. Ob sie darüber glücklich oder unglücklich ist, lässt sie sich nicht anmerken.

50. Tag

Thomas meint, Gott habe keinen Grund gehabt. Ich habe ihm gesagt, das sei piepegal; wenn Gott Lust hat, eine Sintflut zu schicken, dann braucht er keinen Grund dazu. Aber, meint Gustav. Früher sei das anders gewesen. Gott habe immer begründet. Er habe gesagt, dass die Welt, also die Menschen, schlecht sind, und dass er die Schöpfung der Menschen deshalb zurücknähme. Dann gab es ein bisschen Debatte, ein bisschen Hin und Her, zum Beispiel das mit den 50 Gerechten bei Sodom oder Gomorrha, jedenfalls Lot, wo die Frau dann zur Salzsäule erstarrt sei, und dann habe Gott Ernst gemacht.

Gerecht. Begründet. Folgerichtig. Konsequent. Ja, immer konsequent.

Aber jetzt wieder eine Sintflut zu schicken, das sei inkonsequent. Nach menschlichem Maß vielleicht, meinte ich. Nicht nur nach menschlichem, behauptete Gustav. Schließlich habe Gott den Menschen nach seinem Bilde geschaffen, nach seinem Bilde schuf er ihn. Also seien seine Maße auch die unsrigen. Sonst könne von gegenseitigem Verständnis sowieso nicht die Rede sein. Ein gemeinsames Maß, Sprache, Logik, sei Voraussetzung für überhaupt eine Beziehung Mensch/Gott. Wenn dies nicht gegeben sei, könne man sowieso die diplomatischen Beziehungen abbrechen.

Dann mache es keinen Sinn, über Gott nachzudenken oder über die Welt. Wenn sowieso alles außerhalb unseres Verständnisses, unserer Logik, unserer Einsicht, unserer Sprache, unserer Denkmöglichkeiten liege.

Also, so schloss er, hätten wir Menschen mit unseren Bildern, Theorien, Hypothesen und Phantasien über Gott und die Welt in jedem Falle recht. Weil: Entweder entspräche unser Denken dem Denken Gottes, dann sei alles wahr, was wir an Weltmodellen im Kopf hätten, oder aber, unser Denken hätte überhaupt nichts mit Gott und der Welt zu tun, dann bräuchten wir sowieso nie nach Übereinstimmung und Lösung zu suchen, sondern alles sei wahr, weil nichts wahr sei.

55. Tag

Himmel: Fehlanzeige. Zur Orientierung kein Stern, kein Mond, kein Planet. Einzig mein geistiges Knochengerüst. Das Glaubensbekenntnis des jeweiligen Augenblicks.

60. Tag

Der einzige Anker: Unser Körper. Ankert in einer Geistersee. Gedankenstürme.

72. Tag

Was weiß der Tropfen im Meer von sich selbst?

75. Tag

Wir spüren weder die Strömung noch uns selbst, solange wir der Strömung nicht widerstehen.

76. Tag

Wir spüren uns nicht erst dann, wenn wir der Strömung widerstehen, sondern wir **sind** erst, wenn wir der Strömung widerstehen.

89. Tag

Sterben bedeutet: den Widerstand aufgeben.

98. Tag

Seit Tagen hängt uns ein Wal an. Zwar kenne ich mich nicht aus in den Arten, doch es muss ein Wal sein: Er ist groß wie unsere Arche und er saugt an uns. Hat sich am Ruder festgesogen und lässt nicht los. Er scheint uns in eine bestimmte Richtung saugen zu wollen – uns ist es gleich: sind wir dem Willen der Winde, Strömungen überlassen oder dem Willen des Wals oder dem Willen Gottes? – wir haben den eigenen Willen längst fahren lassen angesichts einer nach allen Himmelsrichtungen gleichen Wasserwüste. Lassen uns willenlos treiben. Unser Wille flattert nun irgendwo über die Wasserödnis und sucht, ob er vielleicht ein winziges Eiland fände, woran er sich festmachen könnte, und uns ansaugen: den Mount Everest vielleicht oder den K2. Wille braucht Festland. Fände er über Monate nichts, müsste er elendiglich versaufen – es sei denn, er fände rechtzeitig zurück zu uns und ließe sich zur Erholung wieder auf unserem Schiff nieder. Aber wollen wir unseren Willen wieder haben? Was wäre stärker: Das Zu-uns-Wollen unseres Willens oder unser Unseren-Willen-nicht-haben-Wollen?

Nun also der Wal. Von Gott gesandt, uns den Willen zu ersetzen? Warum macht sich Gott die Mühe, dem Wal den Willen zu geben, uns irgendwohin zu saugen? Anstatt uns direkt zu bewollen? Sind wir Menschen nicht geeignet, uns dem Willen Gottes zu überlassen? Wüsste nicht, warum nicht. Dem Wollen des Wals überlassen wir uns zumindest willenlos. Als einem Gottesurteil, wie man so sagt. Alea jacta est. Erträglicher, dem Würfel sein Handeln zu unterwerfen als einem Gott, dem man nicht wirklich über den Weg traut. Schon gar nicht übers Wasser. Denn weiß man, ob man das Volk Israel ist oder die ins Rote Meer nachstürmenden Soldaten Pharaos?

111. Tag

Nur die Strömung ist wahr. Und die ändert sich augenblicklich. Nie vorausberechenbar.

116. Tag

Wir lesen in den Wellen wie im Kaffeesatz.

124. Tag

Und Welle auf Welle klatscht Stille an mein Ohr.

189. Tag

Vor uns kocht das Wasser. Es sprudelt wie im Kochtopf, es dampft und gurgelt, und der Meeresboden unter der Kochstelle glüht. Ein Vulkan? Der Vesuv, der Stromboli, der Snaefellsjökull? Wenn da über Monate Wasser reinfließt, erhitzt wird bis zum Kochen, dann wird der Erdball platzen, jawoll, wird platzen wie ein Dampfkochtopf, der nicht vom Herd genommen wird. Das Ventil Snaefellsjökull ist zu klein – dann hilft unsere Arche nicht weiter –, wir fliegen in die Luft. Eine Arche heute hätte zum Gelingen der Mission ein Raumschiff sein müssen, warum habe ich daran nicht gedacht?!

223. Tag

Meine Uhr ist stehengeblieben! Wie soll ich jetzt jemals wieder feststellen können, wo ich bin? Die Uhr steht. Und damit rotiert der Raum, wirbelt oder trudelt achsenlos im Kosmos, ein Sandkorn im Getriebe Gottes.

Weiß ich doch: Navigation hat drei Koordinaten: Raum, Zeit + ich.

Und zwei Koordinaten müssen gegeben sein, um die dritte zu berechnen. Der gestirnte Himmel über mir sagt mir dann, und nur dann etwas über meine Position im Raum, wenn ich meine Zeit kenne. Oder er sagt mir etwas über die Zeit, wenn ich meinen Ort weiß. Nun weiß ich weder meine Zeit, noch kenne ich meine Position im Raum.

Gibt es mich überhaupt noch?

225.(?) Tag

Wir studieren meinen alten Atlas und versuchen, die Zeichen darin zu verstehen.

Europa: Ein vielseitiger, etwas wichtigtuerischer Charakter. Obwohl er morgens sehr schwer in die Gänge kommt, lang liegenbleibt. Aber dann steigt seine Leistungskurve steil an. Er beherrscht viele Sprachen, will um die Mittagszeit hoch hinaus. Bewahrt aber bei allem kühlen Kopf und warme Füße. Recht gesund trotz allem Stress. Spielt Fußball. Ist gebildet, aber oft mit sich selbst uneins. Deshalb kein großer Entscheidungsträger, überlässt das gerne den andern. Da er mit sich selbst uneins ist, hat er hinterher immer recht gehabt. Setzt sich da aber nicht allzu groß drauf. Kein Hitzkopf, eher kühl bis wohltemperiert. Fleißig.

Stiefelt gern in Pfützen rum und badet abends ausgiebig.

Will man ein Problem wirklich von allen Seiten betrachten (wobei natürlich die Lösung auf der Strecke bleibt), ist man richtig bei ihm. Er kommt mit allen gut aus, weil er allen recht gibt. Seine Entscheidungsunfähigkeit macht ihn aber etwas träge – bei allem Fleiß und aller Bildung.

Er schaut der Flut relativ gelassen ins feuchte Auge, obwohl er hin und wieder aufs Heftigste warnt. Moralist. Leider Christ.

Aber relativ aufgeklärter. Wäre wohl nicht unmöglich, ihn bald zum Anhänger unserer neuen Religion zu machen. Denn er ist verstandesbegabt; und die neue Religion wird eine Religion der Vernunft sein.

Nördlicher Sternenhimmel:

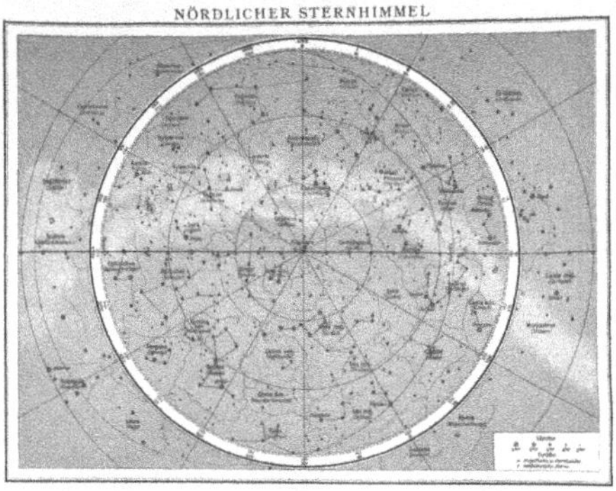

Er hat etwas Ätherisches an sich. All seine Stimmungen, die zyklisch zu schwanken scheinen, scheinen tief zu gründen. In seinen Nachtstimmungen funkeln bisweilen Charakterzüge in ihm auf, die etwas Animalisches an sich haben. Er redet wenig, scheint jedoch geheimnisvolle Zeichen zu geben, die aber nie eindeutig zu entschlüsseln sind. Er scheint uns ständig von anderen Möglichkeiten zu sprechen. Ja, dies scheint sein wesentlicher Charakterzug zu sein. Reden wir von der Lebensfeindlichkeit dieses Wasserballs Erde, deutet er Alternativen an, die, auch wenn im Augenblick unerreichbar, uns doch einladen.

Sind wir ausgeglichen, Stimmungen und Meinungen in der Waage, scheint er urplötzlich von Gefahren zu sprechen, von wilden Tieren beispielsweise, von Löwen, Bären, Drachen, Stieren und Schlangen.

Hin und wieder verhüllt er sich. Dann weint er oft und zeigt keine Zeichen. Es ist schwer an ihn heranzukommen. Doch ich mag ihn. Eben, weil er immer andere Möglichkeiten andeutet.

Eine Erde, ein Leben ohne weiße Flecken auf der Landkarte wäre ein Alptraum. Und bei jedem Vorstoß in den unbekannten Raum haben wir Angst, an die Grenzen zu stoßen, nur bekanntes Gebiet hinter der Wüste vor uns zu finden.

Ist die Welt unendlich, weil sie rund ist? Mag sein, unser Weg wäre unendlich, dennoch bewegen wir uns doch immer ständig im Kreis.

Die Länge des Weges, den wir auf der Kugeloberfläche im Verlauf unseres Lebens wandern, hat nichts mit der Menge unserer Erfahrung über die Welt zu tun.

Denn: Wer nur zwei Schritte auf der Erde machte, erfuhr ihre Krümmung. Wer zwei Millionen Schritte machte, ebenso. Also: Wer zwei Millionen Schritte machte, weiß nichts anderes, nicht mehr über die Erde. Auch darum wäre ein früher Tod nicht zu fürchten.

243.(?) Tag

Horizont sichtbar! Ich möchte die Arche verankern, mit einem Rettungsboot zum Horizont schwimmen und dort bleiben, die Arche an meinem Horizont.

277.(?) Tag

Habe die Mannschaft zusammengetrommelt. Machte ihnen klar: Wir müssen unsere Kultur retten. Alles, was wir gelernt haben und noch wissen, muss zusammengetragen und festgehalten, notiert werden, damit es nicht auf immer verloren ist: Literatur, Geisteswissenschaften, Malerei, Werte, Religion, Musik.

Seitdem sitzt die Mannschaft Tag für Tag da und rettet unsere Kultur, da es sonst an Bord nichts zu tun gibt.

Hans versucht die Mona Lisa,

Gott und Adam

und die Höhlenmalereien:

Peter hat früher sehr viel gelesen; nun schreibt er alles auf, was er noch weiß. Alles sehr vage bisher, beschränkt sich hauptsächlich auf Namen, Buchtitel und äußerst knappe Inhaltsangaben – wir hoffen, wenn er mal das Gerüst hat, kommt der Rest nach.

Ich versuche die Werte, also Demokratie, Pünktlichkeit, Menschenrechte, Hand-vor-Halten. Und ich schreibe auf, was ich von der Bibel noch weiß.

Veit hat die Musik, denn er kann Noten schreiben. Beethovens Fünfte: Er macht »da-da-da-daaa« und schreibt es auf. Noch sind seine Stücke ziemlich kurz und nur einstimmig. Bachs Weihnachtsoratorium, da hat er bisher nur »Jauchzet, frohlocket!« Auch er hofft, seine Puzzlesteine nach und nach ergänzen zu können. Im Augenblick könnte man mutlos werden. Als sei die Kultur endgültig zertrümmert, nur in winzigen Splittern in uns vorhanden, nie wieder zu restaurieren.

324.(?) Tag

Das Projekt der Kulturrettung muss als gescheitert betrachtet werden. Hans schafft die Mona Lisa nicht genauer, auch in Musik und Literatur kommen wir nicht mehr weiter. Ich erkläre hiermit unsere alte Kultur zur toten Kultur. Hinweggeschwemmt, überspült, ertrunken, abgesoffen wie die ganze alte Welt.

Lasst uns nicht trauern, Freunde, sondern diese Stunde Null der Kultur als Chance begreifen und wahrnehmen. Die Sprache: Sie ist insgesamt das noch lebendigste Kulturgut in uns, doch haftet von nun an Trauer an jedem Wort, das wir aussprechen. Denn jedes Wort hatte seine Kinder in die Literatur gesetzt, und die sind nun auf immer verloren.

Dem unnatürlichen Zustand, dass die Eltern ihre Kinder überleben, wollen wir ein Ende bereiten: Wir wollen unsere alte Sprache sterben lassen und eine neue schaffen.

Mit dem Fallen des Wasserspiegels ginge dann das Schöpfen (aus dem Wasser) nicht nur neuer Worte, sondern auch neuer sprachlicher Regeln einher – die alten wollten mir nie recht gefallen, bis wir am Ende in eine neue sprachliche Welt hineingetrocknet sind. Mathematische Zeichen sollten so viel Worte wie möglich ersetzen. Das wird unsere Sprache präzise und wahr machen. Vielleicht werde ich in den nächsten Tagen anhand eines meiner Bibeltexte eine erste Anwendung versuchen.

331.(?) Tag

Sprachlos starren wir in den Himmel und suchen nach Begriffen.

339.(?) Tag

Entweder es gibt eine zweite Arche auf diesem Wasserball, oder wir sind heute Nacht einem Geisterschiff begegnet. Es war ziemlich stürmisch, Wolken machten das Mondlicht flackrig, dazu die Gischt und der Seegang – daher konnten wir nur undeutlich aber immerhin doch ausmachen – ein Schiff – nicht weit, nur auf Rufweite entfernt, von dem unsrigen.

Heinrich hat es als erster entdeckt und rief uns alle an Deck. Wie in stroboskopischer Beleuchtung flackerte das Gegenschiff auf. – Unter vollen Segeln, trotz des Sturms. Kein Mensch auf Deck, auch die Brücke unbesetzt, das Ruder anscheinend festgezurrt. Heulend griff der Sturm in die Segel und ließ das Schiff in den Wogen tanzen. Tanzen, ja, immer stärker schien uns das Schiff zu tanzen, und uns als Partner schien es gewählt zu haben. Es tanzte um uns, ich bin noch jetzt davon überzeugt, dass nicht der Wind die Choreographie dieses Schiffes geschrieben hat – es schien seinem eigenen tänzerischen Willen zu folgen und sonst keinem. Als sei Terpsichore die Meisterin des Schiffes, neigte es grüßend vor uns die Masten, forderte uns mit artigem Diener auf, wirbelte uns um seine Achse – oder war es umgekehrt? Wer kann auf einem konturenlosen Globus, im Aufruhr, in der Revolution von Süden, Westen, Osten und Norden noch einen Punkt im Raum definieren? Je nach Geheul des Windes, je nach Rhythmus von Annäherung, Weichen, Sich-uns-zu-Neigen, galoppartigem Sich-Entfernen, schien dieses unser Gegenschiff mancherlei Tanzrhythmen in schnellem Wechsel zu absolvieren: Walzer, Foxtrott, Rock 'n Roll, Tango, Stehblues. Und der Wind heulte jeweils eine schräge Melodie, das Schiff stampfte in der unruhigen See seinen fatalen Rhythmus.

Meine Männer hatten Angst – macht doch der Tanz allen Männern Angst, zumal, wenn die Partnerin sich die Wahl nimmt und die Führung. Ich frage mich seitdem, ob der ganze Weltozean insgesamt neun Geisterschiffe kennt, jedes unter der Führung einer anderen Muse. Leider kriege ich die neun Musen nicht mehr zusammen, auch ein Teil unseres Kulturverlustes, weiß nur noch, es gab Erato (für die Liebesdichtung?), Melpomene, Terpsichore, Urania (nicht nur für die Astronomie, sondernd auch für die Musik), Klio, Polyhymnia, Kalliope – eine war glaube ich für die Geschichtsschreibung. Vergebliche Müh, sie vollzählig wiederzufinden; also lasst uns unsere eigenen wählen:

Aeolia (Musik)
Morphia (Phantasie, träumerisches Denken)
Prosaia (Prosa)
Dramaturgia (Theater)
Logimathia (für Logik und mathematisches Denken)
Agaperosia (für die Liebe – ja, wir wollen eine Muse dafür)
Vitalia (für die Lebens- und Sterbekunst
Philosophia (für die eigene Erkenntnis)
Trostia (für Angst- und Notlagen jeglicher Art)

342.(?) Tag

Da **wir** und nicht Gott die Schöpfer unserer kulturellen Werte sind – Gott hat sich auf die Wissenschaften Geologie, Geographie, Biologie zu beschränken – Schuster, bleib bei deinen Leisten! – schaffen wir die uns eigentlich **wesentliche** Welt: »Wir aber sind nicht fleischlich, sondern geistig« – bisher immer verdreht wahrgenommen, bedeutet eben: Gott ist eben für das Fleisch zuständig, wir für unsere Kultur. Denn uns wurde ja bereits klar: Allein, um in Gottes Welt zu überleben, haben wir diese Arche nicht gebaut. Ziel und Zweck dieser Reise ist nicht, auf den vielleicht irgendwann von Gott gnädigerweise trocken gelegten Inseln wieder anzupflanzen, zu säen und zu ernten, zu jagen und zu sammeln, Häuser zu bauen, Wege anzulegen und Kriege zu führen – gebt dem Kaiser, was des Kaisers ist: Gebt Gott seine Kriege und täglichen Mühsamkämpfe; Ziel und Zweck dieser Reise ist, uns eine ureigene kulturelle Welt zu schaffen.

Die wenigen Gipfel unserer alten abendländischen Kultur mögen als Runen, Mythen erhalten bleiben, letztlich aber ist diese Kultur ein auf ewig versunkenes Atlantis.

Mit der Malerei weiß ich nicht so recht, welchen Platz ich ihr geben will. Als gegenständlichste aller Künste, auch in ihrer abstraktesten Form, gehört sie eigentlich dem Reich Gottes, der Natur an. Vielleicht sollten wir das Bildnisverbot der alten Religionen daher übernehmen. Lasst Gott Pinsel + Öl. Gebt uns Wort und Ton als immaterielle Elemente unserer Kultur.

Merkwürdig, dass mir dies in der alten Welt nie aufgegangen ist, dass die natürliche Welt das Reich Gottes ist, die geistige Welt aber unser Reich. Diese mir neue Erkenntnis versöhnt mich in gewisser Weise mit IHM, bin dankbar für Schönheit der Natur und gesunden Leib. Mag sich Gott ruhig selbst gründlich reinigen mit dieser Flut. Geben wir ihm eine Chance, sich neu zu gestalten. Selbst diese Arche genügt, um unser Reich neu zu etablieren.

353.(?) Tag

Die Gedanken sind frei – dies kann auch zum Alptraum werden. Wenn der losgelassene Gedanke ohne Ölzweig im Schnabel zurückkehrt.

360.(?) Tag

Die Wolken haben sich verzogen; seit Monaten sehe ich zum ersten Mal den Sternenhimmel. Doch ich erkenne kein einziges Sternbild! Zuerst dachte ich, ich sei auf der Südhalbkugel, aber nach eingehendem Studium meiner Sternkarten wurde mir klar, dass es Konstellationen am Himmel sind, welche auf keiner Sternkarte verzeichnet sind. Markant, äußerst markant, aber dennoch nicht zu identifizieren. Nun sitze ich da und versuche, eine Karte zu erstellen. Meinem rudimentären astronomischen Wissen nach können wir uns kaum aus dem Kosmos als ganzem hinausbewegt haben, auch ist unwahrscheinlich, dass sich die Sterne selbst versetzt haben. Ich vermute, wir haben uns innerhalb unseres Sonnensystems verrückt – hoffentlich an eine stabile Stelle … Mag sein, einer unserer Nachbarplaneten versank in der Flut, die Kräfteverhältnisse haben sich geändert und unsere Bahn um die Sonne auch. Ist die Sonne nicht ein bisschen kleiner geworden als vorher? Oder scheint es mir nur so – mangels strukturierter Horizontlinie (Mondtäuschung!)?

Was ich am Himmel sehe:

Merkwürdig bedeutungsvoll erscheint mir das Bild. Rechts unten: Ist das nicht das ba-ba-ba-baaa der 5. Beethovenschen? Oder: Rechts oben: ein halbes H? Links oben, dieser Doppelbogen: ein romanisches Tor? Welche Mythen stehen in diesem Himmel? Sind wir etwa, nachdem unsere eigene Kultur endgültig verloren scheint, in eine neue Kultur hineingetrocknet, in die trockenen Tücher einer neuen, bereits vollendeten Kultur gewickelt, deren Zeichen wir erst verstehen lernen müssen?

Ich habe Angst.

370.(?) Tag

Es scheint unglaublich, aber Tatsache ist: Das Meer ist komplett zugefroren über Nacht. Bereits gestern fielen uns die Masse der Eisberge und treibende Schollen auf, heute Morgen hat die andauernde Kälte der letzten Wochen und Monate auf einen Schlag ihr Werk vollendet. Es ist etwas heller geworden durch das Eis, so dass wir einen weiten Horizont überblicken können. Die Kälte scheint eine Art Hochfläche modelliert zu haben; das Eis ist nicht völlig flach; sanfte weite Hügel, hin und wieder auch schroffe Abfälle, dort ein steilerer Kegel. Eiskristalle haben sich zu bizarren Pflanzenformen gebildet; einen kurzen schreckhaften Augenblick meinte ich, Wacholderstauden zu erkennen und in der gefrorenen Landschaft ein erstarrtes kristallines Abbild meiner geliebten Alb zu sehen.

Unsere Arche steckt fest im Eis – noch macht mir keine Sorgen, ob der Schiffsrumpf erdrückt werden wird, wenn das Eis wieder schmilzt – noch dominiert die Neugier auf Erforschung dieser Landschaft. Ist der ganze Weltozean gefroren oder nur dieses Segment? Falls es nur ein Segment ist: Schwimmt diese Eislandschaft im Ozean oder ist sie verankert am alten Meeresboden? Ich weiß ja nicht einmal, ob früher der Nordpol schwamm?

Nachdem ich meinen Männern Anweisungen gegeben, sich um die Belange des Schiffes zu kümmern, bin ich – nach einem kräftigen Frühstück aus schwarzem Brei und Zichorienkaffee – losgezogen, die Umgebung zu erkunden. Fester Boden unter den Füßen! Schwindel auf Schritt und Tritt! Ich wanke, ich torkle eine sanft ansteigende Eisfläche hinauf, bespickt mit diesen etwa mannshohen wacholdergestaltigen Eiskristallskulpturen, links eine mit höheren baumähnlichen Gestalten überzogene Fläche – man könnte dabei an einen Buchenwald denken, an einen Buchenwald im Herbst, so wie die Sonne, die nach Monaten endlich wieder am Himmel scheint – ja, vor wenigen Minuten ist die Sonne aufgegangen – so, wie die Sonne kleine bunte Reflexe in diesem Eiswald entstehen läßt.

So stark weckt diese Landschaft die Erinnerung an meine Alb, dass ich unwillkürlich nach Landstraßen Ausschau halte, nach Wegen, Stromleitungen, Häusern, nach Spuren von Mensch und Tier. Natürlich vergebens. Es bleibt die reine vegetative Landschaft. Einzig meine Spuren, die sich über die kristallene Fläche schlingern, denn immer noch benebelt der Schwindel des festen Bodens meinen Gang.

Oben angelangt sehe ich die Landschaft sich hinab neigen zu einem mäandernden Tal. Ich steige ab, ebenfalls mäandernd, in Serpentinen, um nicht den Halt zu verlieren auf der glatten Fläche – vergebens – ich rutsche aus und schlittere ins Tal. Kein Halt, bis ich urplötzlich an einer weideähnlichen Struktur lande, ich klammere mich an, und der Stamm hält meinem Aufprall und Griff wohl stand. Da sehe ich es: Ich bin an einem Bach gelandet, der hier am Talgrund fließt, der sich hier durch die Eislandschaft gräbt und dampfend die Uferböschungen in Nebel hüllt. Vorsichtig schöpfe ich mit der hohlen Hand und probiere: Süßwasser!

Natürlich werde ich jetzt gleich zur Arche zurückgehen und meine Männer benachrichtigen, meine Männer holen, vielleicht planen, hier solange zu weilen, wie das Eis uns einen Traum unserer geliebten Alblandschaft gewährt; im Augenblick jedoch sitze ich am Bach, schaue dem lebendigen, süßen Wasser zu, weine und will nie wieder weg von hier. Es wird mir klar und klarer: Das Gedächtnis des Wassers bildet hier meine geliebte Alblandschaft. Diese hier erstarrten Fluten müssen die Alb umspült haben, vielleicht vor wenigen Tagen, vielleicht gestern, vielleicht liegt die Alb direkt, doch unerreichbar unter uns! Und das Meer fror diese Landschaft nun in seinem eisigen Gedächtnis ein. Ich will hierbleiben, bis dieses Gedächtnis wieder schmilzt und die Alb damit endgültig verloren sein wird.

381.(?) Tag

Recht nahe – zumindest auf der Karte von den Südpolargebieten, liegen das »Kap der Guten Hoffnung« (A) und »Disappointment B« (B).

Solange Orientierung möglich ist, würde kein Mensch mit Überlebenswillen von A nach B fahren. Wir fahren bei komplett mit Wasser bedeckter Erde. Einzig wirklich funktionierender Kompass wären unsere Emotionen:

Am Kap der Guten Hoffnung versuchen wir verzweifelt Anker zu werfen – umsonst –, wir bleiben zwar im selben Wasser, aber die Erde dreht sich unter dem breiten Wassermantel – und geraten unwollends zum »Disappointment B« (B).

Treibeisgrenze, Freundschaftsinseln, bei Christchurch (Neuseeland) würde allen schlecht, »The Bluff« (im Süden von Victoria Land), »Einsamkeit« (im Sibirischen Eismeer), »Hoffnungsinseln« im südlichen Spitzberg. Meer.

411.(?) Tag

Heute Nacht verschwand Hans. Direkt über den Hoffnungsinseln muss er über Bord gesprungen sein. Kein Auftauchen, wir warfen sogar die Angel aus nach ihm, doch er wollte sich nicht verfangen. Er muss sich ein Stück Senk-Blei an die Füße gebunden haben, aus Angst, abgetrieben zu werden von seinen Hoffnungsinseln. Er glaubte nicht daran, dass die Flut jemals weichen könnte, er glaubte an die Erde als zukünftigen und ewigen Wasserball. Lebt er? Lebt jetzt da unten, bleischwer an seine Hoffnung gekettet? Weil er unbedingt auf der Erde leben wollte, festen Boden unter den Füßen? Und nun schweben und treiben alle Dinge um und über ihm, die er fassen wollte und nicht kann, da er das Lot an den Füßen nicht mehr losbekommt? Und ganz oben – für ihn eine Sonne am unerreichbaren Himmel – unsere Bordlichter an der Wasseroberfläche?

422.(?) Tag

Ein Unwetter scheint zu kommen. Nachdem sich der Himmel beruhigt zu haben schien, ballt sich von oben eine schwarze Wolke zusammen. Das große Schwarze scheint sich wieder auf die Erde herabzusenken.

423.(?) Tag

Wind kommt auf. Schwäbische Urlaute stöhnen über das Meer. Stimmen wispern, säuseln, klagen, heulen, schreien, ächzen, dröhnen. Merkwürdigerweise bleibt die See völlig still. Als ducke sich das Wasser in Angst, vom tobenden Wind entdeckt zu werden.

486.(?) Tag

Und eine Sintflut der Tränen, worin die Seele versinkt.

511.(?) Tag

Und eine Sintflut der Gestirne und Bedeutungen. Zeichen.

570.(?) Tag

Ich betrachte die Schaumkronen der Wellen als die Ereignisse des Tages. Und lese Zeichen in ihnen.

603.(?) Tag

Und der Horizont eine Linie, eine Linie, eine flache Linie. Wie das EKG eines Toten.

605.(?) Tag

Merkwürdig, erst jetzt: Gedanken an Schiffbruch. Aber: Ist es möglich, im Schiffbruch Schiffbruch zu erleiden? Denn es ist ja ein Schiffbruch der Erde, diese Sintflut, ein Scheitern, Untergang im Wasser, Ertrinken. Musik in der Musik – möglich. Theater im Theater – möglich. Malerei in der Malerei, ja. Aber Scheitern im Scheitern?

608.(?) Tag

Einzelne Worte wie Brecher fallen über die Arche und zerschäumen.

609.(?) Tag

Ein Zweiwortsatz rüttelt am Mast und droht ihn zu zersplittern.

770.(?) Tag

Die Flut. Wer hat gesagt, dass es eine Wasserflut ist? Ist es nicht eher so, dass eine Flut der Medien, Falschbilder und Vorurteile die Realität zur versunkenen Welt macht? Und meine Arche treibt auf dem ganzen Schund und wartet ab, bis der Pegel wieder auf Null gesunken ist. Der Boden der Realität. Neu. Frisch geboren. Spurenlos.

812.(?) Tag

Nun steht seit Wochen die Sonne am Himmel. Und der Wasserpegel scheint zu sinken. Jeden Tag ist das Wasser klarer geworden. Alles setzt sich. Der wolkenlose Himmel macht auch endlich wieder eine genauere Ortsbestimmung möglich. Wir befinden uns irgendwo zwischen 9. + 10. Östlichen Längengrad und zwischen 48. + 49. Nördlichen Breitengrad. Unter uns liegt die Alb! Seit wir dessen gewiss sein konnten, haben wir Anker geworfen. Und seit heute morgen können wir etwas vom Grund sehen! Alle Mann liegen bäuchlings an der Reling und starren ins Wasser. Durch das ewige Schlingern, Kreiseln, Taumeln, Stampfen des Bootes – seit 27 Monaten! – ist uns das Gefühl für Oben und Unten – neben allen anderen Ortsgefühlen – so gründlich abhanden gekommen, dass wir immer wieder glauben, der Himmel sei unter uns – unsere Alb – diese Landschaft, die da allmählich näher kommt, taumle auf uns vom Himmel herab wie ein trudelndes Blatt. Noch unscharf – nicht auszumachen, ob die über, nein, unter uns liegenden Strukturen etwas mit Wäldern, Wiesen, Felsen oder bereits mit Moosen, Flechten, Steinen zu tun haben.

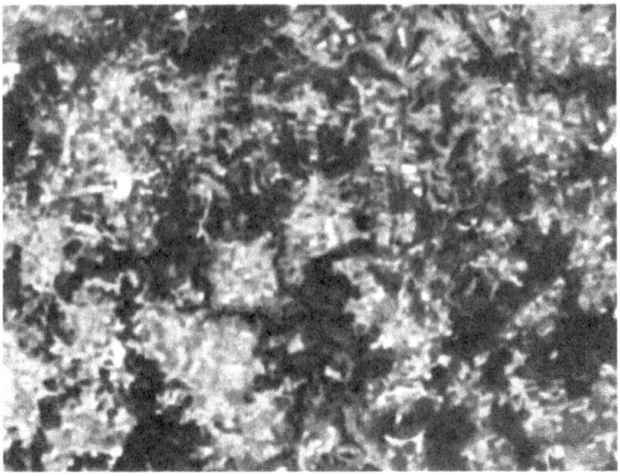

Die Alb, aus 70 km Höhe (google earth)

Im Augenblick sinkt das Schiff nicht weiter. Wir ankern nun tagelang über dieser so ersehnten Landschaft, fast zum Greifen nah, und doch nicht nur unerreichbar, sondern auch immer noch nicht deutbar; umsonst befragen wir unsere Navigationsinstrumente und vergleichen, was wir sehen, mit unseren Karten von der Alb. – Noch können wir, was da schillert, nicht unsere Heimat nennen.

Konrad, Archebauer

Auszüge aus: »Logbuch« – Gedankenlaboratorium, Vorstudie zum Theaterstück »Arche Konrad«; Jahresprojekt 2007–2011

ZEIT

Anna und Lisa: D'Uhr verdrea

Anna und Lisa im Kinderzimmer, Mama aus dem Off

Anna: Du, Lisa?
Lisa: Ja?
Anna: Dei Uhr geht zehn Minuda nach.
Lisa: Noi, deine geht vor.
Anna: Wenn dei Uhr nachgeht, dann schrumbelsch du und du bisch bald wieder so klei wie i.
Lisa: Mama!?
Mama: Ja?
Lisa: Wieviel Uhr isch?
Mama: Zehn vor vier.
Lisa: Siehsch! I schrumbel net. Dei Uhr geht vor.
Anna: Wenn mei Uhr jeden Dag zehn Minuda vorgeht, bin i bald so alt wie du.
Lisa: Zehn Minuda am Dag langat nie und nimmer, um mi eizumhola. Da müssdat mir über 100 Jahr alt werda.
Anna: Vielleicht geht mei Uhr au ein Dag und zehn Minuda vor. Und des jeden Dag. Des könnt au sei. Dann krieg i di. Dann könndat mir zamma in d'Schul. I dreh mal.
Lisa: Was?
Anna: Die Zeiger. I dreh mal an ganza Dag vor.
Lisa: Spinnsch du? Des darf mer net! Des isch ganz arg lebensgfährlich!
Anna: Zwei Mal rum muss i, weil zwei mal zwölf Stund brauch i. Sonsch isch jetzt bei mir Nacht, und i schlaf da ganza Dag.

Lisa: Lass! Hör auf! Du musch sterba!

Anna: Zwei Uhr, drei Uhr, vier Uhr. Jetzt bin i wieder da. Hallo!

Lisa: Hallo. Und wie isch des?

Anna: Schö. I will auf kein Fall zrück. Des mach i jetzt jeden Dag. Bis i gleich alt bin wie du.

Lisa: Und was hasch gmacht?

Anna: Wie?

Lisa: An dem ganza Dag. Was hasch da gmacht?

Anna: Eis gessa. Schwimmbad. Rutsche.

Lisa: Da ganza Dag?

Anna: Da ganza Dag.

Lisa: Immer grutscht?

Anna: Immer grutscht.

Lisa: I seh dir gar nix an.

Anna: Ein Dag Rutschbahn sieht mer no net. Des weiß jetzt bloß der liebe Gott. Und mir zwei. Wenn i jetzt heut Nacht weiterdreh, dann wachsch du morga auf, und i bin dei Oma.

Lisa: Des isch doch oxund! Fallat dir alle Zähn aus und kriegsch Kreuzweh und des alles.

Anna: I kann ja wieder zrückdrea, wenn i merk, dass es net schö isch.

Lisa: Was bassiert eigentlich, wenn du jetzt den Dag wieder zrückdrehsch, den du grad vordreht hasch?

Anna: Nix. Was soll da bassiera. Aber i will net.

Lisa: Aber wenn du des doch dätsch. Hättsch du dann den ganza Dag im Schwimmbad auf der Rutsche erlebt oder net?

Anna: Des war auf alle Fäll. So a schöne Erinnerung kann mir keiner nehma.

aus: »Alätheia« – 365 Eintagsfliegen zum Thema »Welt – Wahrheit – Zeit – Bewusstsein«; Jahresprojekt 2002

Anfang

Klavierauszug (Partitur verschollen)

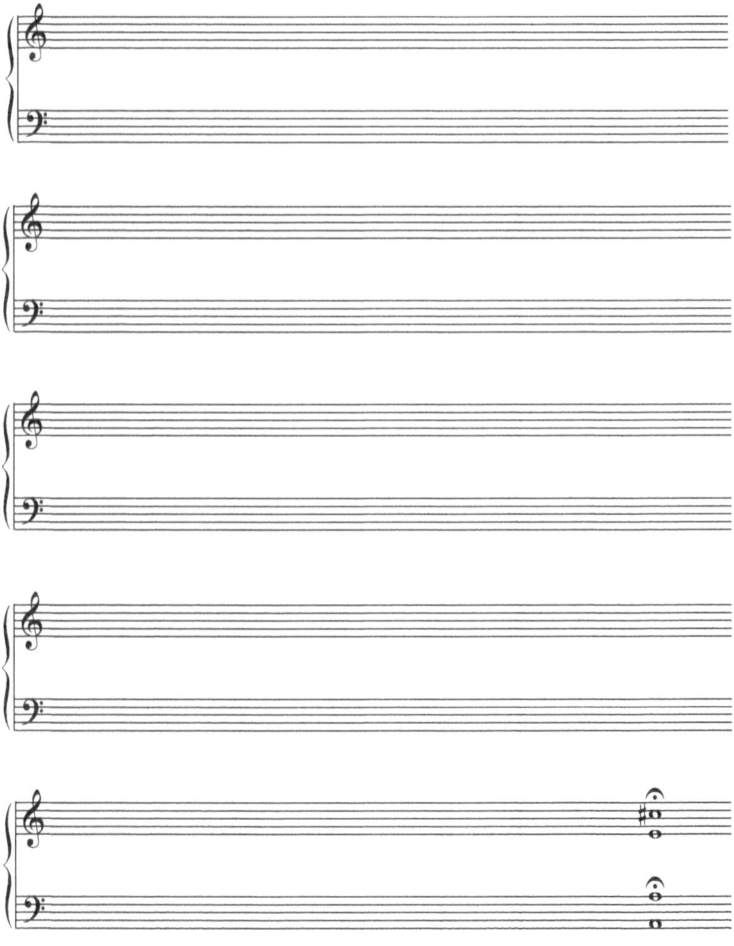

sh 17.2.2019/E16

Wir stürzen

Wir stürzen. Doch dies weiß nur der Traum. Der endlose Sturztraum. Alles stürzt. Welt, Zeit, Wahrheit. Welten, Zeiten, Wahrheiten. Nur unser Bewusstsein scheint langsam zu Boden zu schweben. Scheint. Natürlich stürzt es mit. Nur nimmt es lediglich die relative Bewegung wahr. Es sagt: Oh, wie die Zeit vorbeirast. In diesem Moment stürzt die Zeit aber nur ein wenig schneller als das Bewusstsein. Oder das Bewusstsein sagt: Diese Wahrheit ist ewig. Nur weil irgendeine Wahrheit für einen Augenblick lang genau so schnell stürzt wie wir. Man hält sich aneinander fest. Was für ein trügerischer Halt, sich an etwas Stürzendem festzuhalten. Wir klammern uns an eine stürzende Wahrheit, wir krallen uns an einer stürzenden Welt fest. Nun ja, gemeinsamer Sturzflug bremst etwas ab (erhöhter Widerstand), trügt jedoch, Ruhe und Ankerung vortäuschend. Hält man die Welt fest, wird man durch den erhöhten Widerstand etwas abgebremst, sieht dann, wie die Zeit vorbeirast. Hält man die Zeit fest, rast die Welt vorbei. Hält man eine Wahrheit fest, rast alles an uns vorbei: Welt, Zeit und tausend andere Wahrheiten. Lassen wir für einen kurzen Moment mutig alles fahren, dann herrscht Gleichklang im freien Fall. Dies sind die Augenblicke des Glücks. Augenblicke, in denen wir alle gemeinsam stürzen: Bewusstsein, Welt, Zeit, Wahrheit, vielleicht sogar ein Partner samt seiner Welt, Zeit, Wahrheit, Bewusstsein. Mut hält jedoch nie lange durch. Höchstens eine Sternstunde. Dann suchen wir wieder Halt und alles gerät dadurch ins Wanken.

Ob dieser Sturz ein bodenloser ist, vermag niemand zu sagen. Ob und wann ein Aufprall kommt?

aus: »Nüx und Nus« – Nachtgedanken; Jahresprojekt 2005

Sekundenleben

Nach deinem Tod braucht es einige Zeit, bis deine eigene, innere Zeit den Raum deines Geistes verlassen hat. Jede von dir gelebte Sekunde ist natürlicher- und verständlicherweise anders als Sekunden, die von anderen Menschen gelebt werden.

»Gelebte« Sekunde soll dabei nicht heißen, dass diese Sekunde in deinem Leben vorkam – das wäre banal, sondern dass du dieser Sekunde wirklich Leben verliehen hast. Zeit ist nämlich eigentlich tot. Sie vergeht. Das ist das einzige, was sie aus eigener Kraft kann. Doch eine Sekunde, die es schafft, sich richtig in dich einzuschleichen, kann von dir wirklich gelebt werden, und das heißt: diese Sekunde wird durch dich zum Leben erweckt. Und sie bleibt lebendig bis zu deinem Tod, während eine Sekunde, die nicht tatsächlich von dir gelebt wird, stirbt.

Nach deinem Tod braucht es im allgemeinen einige Tage, bis sich dein Geist verflüchtigt hat. Wie schnell er sich verflüchtigt, hängt davon ab, wie bewegt der Umgeist (der Geist um deinen Körper) nach Eintritt deines Todes ist. Bei völliger Umgeistesstille kann es sogar bis zu einem Jahr dauern, bis sich dein Geist verflüchtigt hat. Damit fehlt dann die Essenz*, in welcher die von dir gelebten Sekunden zusammengehalten werden. Sie verlassen den Ort, an welchem dein Körper den Geist entließ. Da sie die Ordnung lieben, marschieren sie in Reih und Glied, gesammelt nach Minuten und Stunden.

Nicht jedoch in der Reihenfolge, in welcher sie von dir gelebt wurden: Zum einen ist bis heute ungeklärt, ob wirklich alle gelebten Sekunden deines Lebens lebendig bleiben zeit deines Lebens. Zum andern lösen sie, nachdem sie deinen Geist betreten haben, ihre bisherigen Partner- und Nachbarschaften auf: Der Eintritt in deinen Geist erfolgt durch einen schmalen Spalt. Er ist so eng, dass die bisherige Bindung zwischen den Sekunden gelöst wird. Gleichzeitig gibt das Passieren jeder Sekunden durch diesen Spalt einen Klang. Sekunde nach Sekunde klingt so beim Eintritt, und in der Reihung dieser Klänge entsteht Musik. Nun sind sie drin in deinem Geist, und sie nutzen ihn als großen Ballsaal und beginnen zu tanzen, tanzen dein ganzes Leben hindurch in wechselnden Paarungen oder Gruppierungen.

Mit deinem Tod endet die Musik, weil keine neuen Sekunden nachkommen. An ihre Stelle tritt die Unmusik**, nämlich ein Marsch. Dieser Marsch ist es, der den Geist zur Flucht treibt. Er flieht, so schnell er eben kann – je nach Umgeiststärke.

Und ist der Geist entschwunden, marschieren die Sekunden los. Wohin sie gehen, ist nicht vollständig geklärt. Die gängigste Theorie ist, dass sie ins Wasser gehen, in einen Fluss steigen, sich dort reinigen von deinem Duft, um dann erneut aus dem Fluss zu entstehen. Hat eine Sekunde das Glück, wieder einen Menschen zu finden, von dem sie gelebt wird, kann man von Reinkarnation sprechen. Im anderen Fall löst sie sich vollständig auf.

Andere Theoretiker glauben an einen Sekundenhimmel, einen Ort, an dem alle gelebten Sekunden vereinigt sind. Einige Anhänger dieser Theorie sind jedoch davon überzeugt, dass nur Sternsekunden in den Sekundenhimmel kommen.

* Im Prinzip die Quintessenz der antiken Himmelskundler
** Im Grunde genommen die Antimusik, entsprechend Materie und Antimaterie

aus: »Nüx und Nus« – Nachtgedanken; Jahresprojekt 2005

Professor Konfusius: Weltenschildkröte

Ich, Professor Konfusius, habe die Weltenschildkröte entdeckt und erforscht.

Diese Schildkröte kommt jeweils vom Ende einer Welt und wandert zu deren Anfang. Wenn wir wüssten, wie alt die Schildkröte unserer Welt ist, dann wüssten wir, wie lange unsere Welt noch besteht. Wenn eine Schildkröte am Anfang einer Welt x angelangt ist, legt sie mehrere Eier und stirbt. Damit beginnt die Welt x.

Keiner kann sagen, wie lange es braucht, bis kleine Schildkröten aus den Eiern schlüpfen, weil die Zeit stillsteht zwischen dem Tod der alten Schildkröte und dem Schlüpfen neuer Schildkröten aus ihren Eiern. Wenn die Jungen ihre Eierschalen durchbrechen, bedeutet dies das Ende von so vielen Welten, wie Schildkrötenjunge geschlüpft sind. Endlich zerbrechen die Jungen ihre Eierschalen, und dies bedeutet das Ende so vieler Welten wie Schildkrötenjunge geschlüpft sind. Die jungen Schildkröten wandern, jede durch ihre Welt, bis zu deren Anfang. Dort sterben sie, nachdem wieder jede Schildkröte ein Gelege von Eiern vergraben hat. Wieder ist das Bersten jedes Ei's identisch mit dem Ende einer Welt. Es entstehen also aus einem Weltenanfang immer mehrere Weltenenden.

Ganz am Anfang aller Welten war – oder wird sein – ein riesiger Teich aus Schildkröteneiern. Ganz am Ende aller Welten gibt – oder gab – es nur eine Schildkröte, die eben aus dem Ei schlüpft und damit beginnt, rückwärts durch die Zeit zu wandern. Wenn wir wüssten, wie viele Welten zur Zeit existieren, könnten wir aus der durchschnittlichen Anzahl der Eier in einem Schildkrötengelege annähernd berechnen, wann das Ende der letzten und dann einzigen Welt gekommen sein wird. Betreffs der Frage, ob wir der Schildkröte in unserem Leben begegnen können, gibt es verschiedene Lehrmeinungen.

Eine besagt, dass wir ihr schon öfters begegnet sein könnten. Die Schildkröte war damals älter als heute, und wir werden dann jünger gewesen sein. Nur kann sich die Schildkröte daran genauso wenig erinnern, wie wir uns daran erinnern können, dass wir ihr in zehn Jahren wieder begegnen werden.

Eine andere Lehrmeinung sagt, dass die Schildkröte und wir exakt ein Mal im Leben zusammentreffen können, weil die Schildkröte nämlich noch nicht in unserer Kindheit war, und wir noch nicht in unserer Zukunft. Dieses eine Mal in unserem Leben ist ein ganz bestimmter Moment, nämlich **jetzt**.

Ich, Professor Konfusius, bin jedoch der Überzeugung, dass wir der Schildkröte niemals bewusst begegnen können, aber dass wir vielleicht die Entladung wahrnehmen können, die beim Zusammentreffen der beiden Zeitstränge, dem unseren und dem der Schildkröte, passiert.

Als Erinnerung bleibt von solchen Momenten nichts, weder bei uns noch bei der Schildkröte, höchstens das vage Gefühl, eine blitzartige Erkenntnis gehabt zu haben, die jedoch nicht festzuhalten war.

aus »Alätheia« – Jahresprojekt 2002; 365 Eintagsfliegen zum Thema »Welt – Wahrheit – Zeit – Bewusstsein«

Eintagsfliegen

Eintagsfliege Aisthenes sitzt gedankenverloren am Fluss, Eintagsfliege Aristophilos kommt in vollem Tempo angeflogen.

Aristophilos: Aisthenes, was soll der Stillstand! Beweg dich! Der Tag ist klein, die Welt ist groß.

Aisthenes: Täuschung, Aristophilos. Die Welt ist nur so groß *(fasst sich an den Kopf)*. Egal, wohin du fliegst.

Aristophilos: Ach so, du redest nur von der Welt in deinem Kopf. Vielleicht ist die nur so groß, aber du musst dich bewegen, herumfliegen, sonst bleibt sie dir auch noch den ganzen Tag gleich.

Aisthenes: Täuschung, Aristophilos. Eben, bevor du mich gestört hast, war ich in einer völlig anderen Welt.

Aristophilos: Tut mir leid. Tschüss. Muss weiter.

Aisthenes: Nein, bleib gefälligst! Du hast mir meine Welt zerstört!

Aristophilos: Aisthenes! Mach die Augen auf! Es gibt eine Welt außerhalb deines Kopfes!

Aisthenes: Was interessiert mich die? Meine Welt ist eben untergegangen. Sie war ein Fluss voller Fragen: Wahrheit, Zeit, Bewusstsein. Und ich war gerade dabei, die Weltformel aufzustellen.

Aristophilos: Bin untröstlich, dich dabei unterbrochen zu haben. Was beinhaltet denn deine Weltformel?

Aisthenes: Alles. Zunächst einmal die Zahl aller Welten an diesem Fluss überhaupt.

Aristophilos: Da du von Welten im Kopf sprichst, also die Zahl aller Köpfe an diesem Fluss.

Aisthenes: Mehr. Diese Kopfwelten sind ja anders in jedem

neuen Moment. Vor einer Minute, bevor du sie zerstört hast, war ich in einer anderen Welt.

Aristophilos: Also müssen wir die Zahl der Eintagsfliegenköpfe an diesem Fluss …

Aisthenes: K

Aristophilos: … mit der Zahl der Momente …

Aisthenes: M

Aristophilos: … multiplizieren.

Aisthenes: Also ist die Zahl der Welten: W = K mal M. Und jede dieser Welten ist absolut neu. Hat andere Götter, andere Gesetze, einen anderen Ursprung und ein anderes Ende.

Aristophilos: Schön, da hast du deine Weltformel. Also tschüss!

Aisthenes: Halt! Du schuldest mir immer noch meine Welt!

Aristophilos: Was weinst du denn dieser einen nach, es gibt Billionen andere!

Aisthenes: Aber meine von vorhin war die einzig wahre.

Aristophilos: Aisthenes, das ist Unsinn. Keine Welt ist wahrer als die andere.

Aisthenes: Dann sind sie alle falsch.

Aristophilos: Warum nicht alle wahr?

Aisthenes: Aristophilos, wenn eine Eintagsfliege »a« denkt, und »a« ist wahr, eine andere dagegen denkt »b«, dann muss »b« falsch sein. Das ist doch klar.

Aristophilos: Aber was meinst du denn mit »Wahrheit«?

Aisthenes: Wahrheit, Aristophilos, Wahrheit bedeutet den Moment in meinem Leben, in welchem die reale Welt mit meiner Kopfwelt übereinstimmt.

Aristophilos: Das gibt es doch gar nicht.

Aisthenes: Doch. Bei mir gab es das gerade vorhin.

Aristophilos: Aisthenes, es klafft immer ein Riss zwischen unserer Kopfwelt und der realen Welt. An der Tiefe dieses Risses kannst du übrigens die Größe deines Irrens ermessen. Es gilt – das solltest du in deine

Weltformel einbauen –: Reale Welt minus Kopfwelt gleich Irrtum.

Aisthenes: (*depressiv*) Was interessieren mich 1 Billion Irrtümer.

Aristophilos: Aber die Weltformel, Aisthenes! Hast du das Projekt schon aufgegeben? Die Summe aller Kopfwelten, ergibt sie nicht die Wahrheit?

Aisthenes: Irrtum + Irrtum + Irrtum = Wahrheit?

Aristophilos: Genau! Das ist die Weltformel!

Aisthenes: Keine schöne Formel.

Aristophilos: Aisthenes, jede deiner Kopfwelten kann wahr sein. Die reale Welt ändert sich ja jeden Moment – wie deine Kopfwelten auch. Folglich kann jede Kopfwelt wahr sein. So unterschiedlich sie auch sind!

Aisthenes: Wahrheit ändert sich nicht!

Aristophilos: Doch, glaub mir: Jeder Augenblick bedeutet die Geburt einer neuen Welt: Eine neue Sonne erscheint über einem neuen Horizont, ein neuer Gott knetet frischen Lehm, eine neue Wahrheit harrt unserer Erkenntnis. Was starrst du mich so an?

Aisthenes: Ich warte darauf, dich nicht mehr zu erkennen.

Aristophilos: Warum das?

Aisthenes: Wenn jeder Augenblick eine neue Welt hervorbringt – wie kann ich dich dann einige Augenblicke später erkennen? Wenn du, sowohl als Teil meiner Kopfwelt als auch als Teil der realen Welt jeden Augenblick neu bist?

Aristophilos: Stimmt, da haben wir etwas vergessen. Wenn eine Welt untergeht und eine neue sich bildet, scheint sich der Lehm der alten Welt nicht vollständig aufzulösen.

Aisthenes: Das heißt, ich erkenne dich am Dreck?

Aristophilos: Ja. Am Dreck früherer Welten, der noch an mir haftet. Man nennt das Erinnerung.

Aisthenes: Erinnerung, ja! Das muss die entscheidende Größe in der Weltformel sein! Die absolute Wahrheit meiner Welt in diesem Augenblick kann es nur dann geben, wenn ich mich aller anderer Welten vollständig erinnere!

Aristophilos: Was für ein Alptraum: ein Moment, der nicht sterben will. Als Larve hatte ich manchmal solche Momente. Meist zwischen Schlafen und Wachen. Da ging mir oft die Welt im Kreis.

Aisthenes: Kenne ich auch. Aber trotzdem: Die absolute Wahrheit ist diejenige Kopfwelt, in welcher alle vergangenen Welten vollständig enthalten sind. Ein Nu der totalen Erinnerung.

Aristophilos: Einen solchen Augenblick könnten wir sicher gar nicht überleben. Ein Nu, belastet mit der totalen Erinnerung an alle anderen gelebten Nu's müsste in sich selbst zusammenstürzen. Ja! Ein solcher Augenblick würde an seiner eigenen Masse zugrunde gehen. Wir würden in einem schwarzen Loch landen!

Aisthenes: Nein, Aristophilos! Damit finde ich mich nicht ab! Unerträglich, wenn jeden Augenblick eine Welt stirbt. Noch unerträglicher, wenn sie später zur Unkenntlichkeit verzerrt als Erinnerung in anderen Welten wieder auftaucht und dort herumgeistert. Unberechenbar, entstellt und bruchstückhaft. Ich werde versuchen, mich total zu erinnern! Zunächst werde ich damit beginnen, eine einzige vergangene Kopfwelt, den Augenblick vor drei Minuten zum Beispiel, wiederzubeleben!

Aristophilos: Aisthenes, das ist lebensgefährlich! Du spielst mit den Grenzen deiner Existenz!

Aisthenes: Lächerlich! Ein bisschen Gedächtnistraining sollte schaden? *(wendet sich dem Fluss zu und verfällt in Schweigen, – wendet sich wieder vom Fluss ab. Er hat ein blaues Auge.)*

Aristophilos: Aisthenes, woher hast du das blaue Auge?

Aisthenes: Ich hab's geschafft.

Aristophilos: Die perfekte Erinnerung?

Aisthenes: Ja. Ich bin meinem vorigen Ich begegnet.

Aristophilos: Muss ja ein übler Zusammenprall gewesen sein.

Aisthenes: Ich habe es geschafft, die Welt von vor drei Minuten wieder vollständig aufleben zu lassen. Ich nahm denselben geistigen Ausgangspunkt und bin Schritt für Schritt denselben geistigen Gang gegangen wie vorhin. Und da ist es dann passiert. Es war die Erleuchtung.

Aristophilos: Erleuchtung in Form einer Faust aufs Auge? Du siehst eher finster aus.

Aisthenes: Wie ein Blitz fuhr der vollständige vergangene Augenblick durch meinen Kopf.

Aristophilos: Und? Wie fühlst du dich jetzt?

Aisthenes: Niedergeschlagen.

Aristophilos: Wer war's?

Aisthenes: Mein gewesenes Ich von vor drei Minuten.

Aristophilos: Vielleicht ist Niedergeschlagenheit immer die Folge eines Zusammenpralls mit gewesenen Ich's aus vergangenen Welten.

Aisthenes: Dann, Aristophilos, dann muss die Wahrheit auf der anderen Seite liegen, jenseits der Erinnerung. Wir müssen uns von ihr befreien, nachdem wir festgestellt haben, was sie ist: Staub, der unsere Flügel belastet. Dreck, Schmutz, Mörtel, brüchig, unzuverlässig.

Aristophilos: Ohne diesen Dreck geht es aber nicht. Aus Schmutz besteht eben die Welt. Wir kommen aus dem Schlamm.

Aisthenes: Nein! Die wahre Welt ist die reine Welt, eine Kopfwelt ohne den Schlamm und die Irrtümer der Vergangenheit. Ich werde schneller als die Sonne fliegen können. Ich werde der Sonne vorausfliegen. Ich werde ewig leben!

Aristophilos: Armer Wurm, Du wirst keinen Zentimeter vom Boden loskommen.

Aisthenes: Warum nicht?

Aristophilos: Du wirst vergessen haben, was fliegen heißt. Du wirst im Fluss ertrinken, du wirst im erstbesten Feuer verbrennen.

Aisthenes: Das wird sich zeigen. Ich werde jetzt damit beginnen, meinen Geist von allen Spuren der Vergangenheit zu reinigen. Ich vergesse, dass ich Larve war. Ich vergesse den Osten, vergesse den Westen, vergesse die sterbende Zeit.

Aristophilos: Wirst du mich und unser Gespräch auch aus deinem Gedächtnis verbannen?

Aisthenes: Ja. Das werde ich wohl müssen. Es wird dann jeden Augenblick ein neues Abenteuer sein, dich kennenzulernen und das Gespräch mit dir zu beginnen.

Aristophilos: Heißt das, dass ich mir jede Minute immer wieder die gleiche Idee von dir anhören muss?

Aisthenes: Eben nicht! Im Gegenteil!

Aristophilos: Aisthenes, das ist doch unsinnig. Dir wird es vielleicht ständig neu vorkommen, was du sagst, aber es wird doch immer das Gleiche sein.

Aisthenes: Warum?

Aristophilos: Weil du nie auf einer zuvor geäußerten Idee aufbauen kannst! Du musst sie jeden Augenblick von Anfang an neu entwickeln. Weit werden wir auf diese Weise mit unserem Gespräch nicht kommen. Außerdem wäre mir das zu langweilig, jeden Augenblick das Gleiche zu hören und zu reden.

Aisthenes: Aber es wird eben nicht das Gleiche sein! Mein

Geist wird so beweglich sein ohne den Ballast vergangener Ideen, Gespräche und Erfahrungen, dass jeder Moment aufregende neue Erkenntnisse bringen wird. Nun halte mich nicht weiter auf. Nur wer vergisst, wiederholt sich nicht!

Aristophilos: Nur wer sich erinnert, wiederholt sich nicht.

Aisthenes: *(konzentriert sich)* Nur wer vergisst, wiederholt sich nicht!

Aristophilos: Du wiederholst dich bereits.

Aisthenes: Nur wer vergisst, wiederholt sich nicht!

Aristophilos: Aisthenes! Weißt du noch, wer ich bin?

Aisthenes: Ach, Aristophilos, ich kenne dich immer noch. Gar nicht so leicht mit dem Vergessen. Vielleicht muss ich die Geburt eines neuen Momentes abwarten. 10 – 9 – 8 – 7 – 6 – 5 – 4 – 3 – 2 – 1 –

Aristophilos: Aisthenes?

Aisthenes: Kenne dich immer noch. Wie lange dauert eigentlich ein Moment?

Aristophilos: Keine Ahnung.

Aisthenes: Ich hab's! Eine Welt dauert überhaupt nicht, es scheint uns nur so. Jeder Zeitpunkt – das heißt: jeder rasierklingenscharfe Schnitt durch die Zeitachse – ist eine eigene, neue Welt. Und das gilt für die reale Welt wie für unsere Kopfwelten.

Aristophilos: Dann lass uns mal so ein Schnittbild untersuchen. Wir machen einen rasierklingenscharfen Schnitt durch unser Bewusstsein. Um das Schnittbild zu betrachten.

Aisthenes: Einen Schnappschuss des Bewusstseins?

Aristophilos: Genau. Achtung, Konzentration, bitte recht freundlich, jetzt! – Und?

Aisthenes: O je. Total unscharf.

Aristophilos: Bei mir auch. Als würde man mit einer schlechten Kamera an etwas vorbeirasen.

Aisthenes: Aristophilos, Hilfe, wir stürzen! Die ganze Welt stürzt! Alles befindet sich im freien Fall! *(Aisthenes beginnt zu schreiben)*

Aristophilos: Was schreibst Du?

Aisthenes: Die absolute Wahrheit. Jetzt haben wir sie. Ich werde sie festhalten.

Aristophilos: Unmöglich. Sie stürzt.

Aisthenes: Aber doch die Wahrheit nicht! Sie steht fest!

Aristophilos: Nein, glaub mir: Die Wahrheit ist wie die Sonne. Eben stand sie noch im Osten, und in wenigen Stunden wird sie im Westen untergehen.

Aisthenes: Ich will aber die eben von uns entdeckte Wahrheit als meine philosophische Position festhalten: vollständig, fehlerfrei, unverrückbar.

Aristophilos: Dann lass mal hören. Wie weit bist du?

Aisthenes: »Die absolute Wahrheit über den Sturz der Welt und des Kopfes, entdeckt von Aisthenes und Aristophilos: Die Welt besteht zu keinem Zeitpunkt und lässt sich daher auch nicht festhalten wie auf einem Bild. Sie stürzt, und mit ihr unser Kopf.«

Aristophilos: Aha.

Aisthenes: Stimmt's?

Aristophilos: Hatten wir zweifelsfrei festgestellt, dass Welt und Kopf gemeinsam stürzen?

Aisthenes: Beide stürzen, ja.

Aristophilos: Aber gemeinsam? Stürzt der Kopf wirklich mit der Welt? Unser Kopf scheint der realen Welt doch immer hinterher zu stolpern oder ihr voraus zu hüpfen. Nur in höchst seltenen Momenten sind beide im Gleichschritt. Übrigens ein extremer Zufall, wenn auch noch ein zweiter Kopf, der eines Gesprächspartners zum Beispiel, mit von der Partie ist.

Aisthenes: Sternsekunden, klar.

Aristophilos: Ich weiß nicht. Mir kommt deine formulierte

philosophische Position wie eine leere Haut vor. Die Welt ist inzwischen wohl aus dieser Haut geschlüpft und davongeflogen. Und du bist dabei, eine leere Bedeutungshülse anzustarren.

Aisthenes: Aber Aristophilos, es muss doch möglich sein, dass ich mir eine Art Wegbeschreibung notiere, eine geistige Landkarte, um meinen Schatz der Erkenntnis jederzeit wieder finden zu können.

Aristophilos: Denk an dein blaues Auge.

Aisthenes: Du meinst, es ist nicht möglich, eine philosophische Position für immer gewonnen zu haben?

Aristophilos: Nicht für immer, ja, nicht einmal für ein zweites Mal. Nur in unserem gegenwärtigen Dialog liegt die Wahrheit, die ganze Wahrheit und nichts als die Wahrheit. Auch wenn dieser Dialog von Denkfehlern und Irrtümern nur so strotzt. Die Welt häutet sich und fliegt davon. In jedem Augenblick. Ich werde der Welt nachfliegen; es ist schon Mittag! Tschüss!

Aisthenes: Halt, Aristophilos! Die Weltformel!

Aristophilos: Wir haben sie doch gefunden! Glück + Trauer = 1.

Aisthenes: Wie meinst du das?

Aristophilos: Je glücklicher die Sternsekunde, je größer die Erkenntnis, desto grausamer der Schmerz, sie im selben Augenblick für immer zu verlieren. Dies ist der eigentliche Schmerz unseres Lebens.

Aisthenes: Das halte ich nicht aus.

Aristophilos: Denkst du etwa daran, dich in den Fluss zu stürzen? Willst du dich zur Halbtagsfliege machen? – Aisthenes?!

Aisthenes: Aristophilos, des Rätsels Lösung muss da liegen, wo und wie unsere Gedanken entstehen. Hast du schon einmal einen Gedanken bei seiner Entstehung beobachtet?

Aristophilos: Nein, er ist diskret, er lässt sich dabei nicht beobachten.

Aisthenes: Warum nicht?

Aristophilos: Weil er ein Nachttier ist. Ein sehr scheues Nachttier. Er betritt die Landschaft unseres Geistes nur bei absoluter Dunkelheit. Wir wandern dann bei Tageslicht wie Fährtenleser durch diese Landschaft und finden nur seine Spuren, nie jedoch ihn selbst. Einzelne Schritte können wir entdecken, Abdrücke von Gedankentatzen. Der Gedanke selbst bleibt jedoch unsichtbar. Und zwar sind diese Gedankentatzenabdrücke immer recht weit voneinander entfernt. Deshalb glaube ich, dass der Gedanke nicht stetig fließt, sondern dass er springt.

Aisthenes: Das ist eine Katastrophe.

Aristophilos: Warum?

Aisthenes: Aber Aristophilos, verstehst du denn nicht, was das bedeutet? Es bedeutet, dass wir Schwätzer sind, keine Denker. Und die Sprache ist schuldig.

Aristophilos: Schuldig?

Aisthenes: Wir hätten sicher die Möglichkeit, unsere Gedanken selbst zu erkennen, aber die Sprache ist es, die uns um unsere eigentliche gedankliche Welt betrügt. Die Sprache zerstört, vergewaltigt und ermordet Welt für Welt.

Aristophilos: Wie meinst du das? – Aisthenes, sag doch was!

Aisthenes: Nur im Schweigen liegt die Wahrheit. Sprache ist Lüge an sich. Es lebe die Wahrheit!

Aristophilos: Willst du das Wort zum Tod verurteilen? Urteilsbegründung!

Aisthenes: Also gut, mein Plädoyer: Das erste Verbrechen begeht die Sprache bereits mit der Benennung der Dinge. »Ich habe dich bei deinem Namen gerufen; du bist mein.« Raub!

Aristophilos: Raub?

Aisthenes: Und Zwangsherrschaft! Das Wort »Diktatur« verrät das. Wer Namen gibt, unterwirft.

Aristophilos: Ich wäre nicht mehr frei, wenn du mich »Aristophilos« nennst?

Aisthenes: Knecht, Sklave, mein Besitz.

Aristophilos: Aisthenes!

Aisthenes: Wage es nicht! Hinzu kommt übrigens Körperverletzung!

Aristophilos: Körperverletzung?

Aisthenes: Worte zerstückeln. Jedes Wort hackt ein Stück aus der Welt. Übrig bleibt ein blutender Torso.

Aristophilos: Aber Worte sind doch eingebettet in Sätze!

Aisthenes: Vergewaltigung!

Aristophilos: Vergewaltigung?

Aisthenes: Der Wille eines Satzes ist ein anderer Wille als der Wille der Welt. Der Satz stülpt der Welt aber seinen eigenen Willen über.

Aristophilos: Einspruch!

Aisthenes: Abgelehnt! »Der Fluss fließt nach Westen.« Richtig?

Aristophilos: Ja.

Aisthenes: Falsch! Fließt der Fluss? Tut er das? Tut er überhaupt etwas? Sind der Fluss, das Fließen und Richtung Westen überhaupt dreierlei? Was für einen Sinn macht es denn, diese Welt vor unserem Auge in Täter, Tätigkeit und Richtung zu zerstückeln und dann wieder aneinanderzuketten?

Aristophilos: Ja, aber, wie müsste der Satz denn richtig heißen?

Aisthenes: Es gibt keine wahre Aussage. Die Sprache gaukelt unseren Gesprächspartnern wie uns selbst eine völlig verkehrte Kopfwelt vor. Sie zerstört die ursprüngliche Idee und schafft ein neues Gebilde, welches nun wirklich gar nichts mehr mit der

Wahrheit zu tun hat, wie sie vielleicht anfangs in uns war.

Aristophilos: Aber wir brauchen doch die Sprache zum Denken! Am Anfang jeder Schöpfung war doch das Wort, ist das Wort, und wird das Wort immer bleiben!

Aisthenes: Nein. Alle Sätze sind falsch. Alle. Die Idee ist die Wahrheit, die Sprache der Irrtum.

Aristophilos: Aisthenes, ich plädiere dagegen. Lass uns das Wort bessern und nicht verurteilen. Lass uns die Sprache dem Gedanken anpassen!

Aisthenes: Das geht doch nicht.

Aristophilos: Warum nicht?

Aisthenes: Weil, hast du selbst gesagt, weil der Gedanke springt. Und weil er mehrstimmig ist. Und er ist in jedem Augenblick ganz. Er braucht nicht Zeit wie ein Satz, der erst am Punkt fertig ist. Nehme ich mir die Zeit, ihn in Sprache zu übersetzen, ist er beim Punkt des Satzes längst weitergesprungen. Und zwar unendlich viele Gedanken weiter. Weil es unendlich viele Zeitpunkte gibt. Um unser Denken hörbar zu machen, müssten wir also Fluss, Osten, fließen und Westen gleichzeitig äußern, als Momentklang. Jeder Zeitpunkt eine ganze Partitur. Und in jedem Moment eine neue Symphonie. Aber das ist unmöglich. Höchstens in einem Schrei. Die adäquate Äußerung einer Kopfwelt wäre also ein vielstimmiger Geburts- und Todesschrei. Ein Schrei, der im Bruchteil einer Sekunde verklungen ist.

Aisthenes: Wenn wir einen Gedanken also in Sprache übersetzen, zerren wir ihn gewalttätig in eine Dimension, die gar nicht die seine ist.

Aristophilos: Folglich findet Denken nicht in der Zeit statt. Aber wo dann? Unsere Gedanken – du hast gesagt, dass sie nicht fließen, sondern sprunghaft in unserem Kopf erscheinen. Richtig?

Aisthenes: Richtig.

Aristophilos: Sie springen uns fertig in den Kopf. Sagtest du doch.

Aisthenes: Ja, und?

Aristophilos: Aber sie müssen doch gebildet worden sein, sich entwickelt haben, entstanden sein! Das sind doch alles zeitliche Vorgänge!

Aisthenes: Wir nehmen's halt nicht wahr.

Aristophilos: Und weißt du, warum? Weil unsere Gedanken aus einer anderen Zeitdimension kommen. Sie entstehen nicht auf der Längsachse unseres Vorher und Nachher, sondern sie treffen uns aus der Tiefe der Zeit. So muss es sein.

Aisthenes: Aus der Tiefe der Zeit?

Aristophilos: Die Zeit ist dreidimensional, das ist die Lösung!

Aisthenes: Das ist Unsinn.

Aristophilos: Genau; wir haben keinen Sinn dafür. Wir nehmen nur **eine** Dimension der Zeit wahr, und auch die nur äußerst rudimentär. Wenn dir etwa ein besonders ausgereifter Gedanke in den Kopf springt, hat dein Geist sicher Stunden gebraucht, ihn zu entwickeln – Stunden, während welchen auf der Achse der physikalischen Zeit, die du erlebt hast, nur Sekunden vergangen sind.

Aisthenes: Dann denken wir nicht innerhalb der uns bekannten Zeitdimension?

Aristophilos: Nein. Unser Bewusstsein ist nur eine Projektionsfläche. Was wir dort zu fassen kriegen, ist ein perspektivisch dargestelltes Flächenbild aus verzerrter physikalischer Zeit und verzerrter Tiefenzeit.

Aisthenes: Und wie können wir die unverzerrte, die absolute Wahrheit finden?

Aristophilos: Gib's auf, Aisthenes. Wir sind notwendigerweise Geschöpfe der Verzerrung, des Irrtums.

Aisthenes: Die Idee mit der dreidimensionalen Zeit, Aristophilos, das ist doch unlogisch.

Aristophilos: Könnte deshalb umso wahrer sein.

Aisthenes: Aber Logik bedeutet doch in jedem Fall Wahrheit!

Aristophilos: Im Gegenteil, Aisthenes. Die Welt ist rund, auch unsere Kopfwelten sind rund.

Aisthenes: Was hat das damit zu tun?

Aristophilos: Na, ganz einfach, Logik ist etwas geradliniges, die Welt aber ist rund. Wenn wir gehen oder kurz über der Erdoberfläche fliegen, können wir immer nur bis zum Horizont sehen. Beim logischen Denken genauso. Wir denken und bewegen uns immer nur von Horizont zu Horizont. Und du wirst nie wirklich sagen können, wie die Welt jenseits dieser Flussbiegung aussieht, solange du nicht dorthin fliegst.

Aisthenes: Und?

Aristophilos: Wir nehmen die Welt linear wahr. Von Horizont zu Horizont. Und auf diese Weise erscheint sie uns logisch. Weil die Logik linear ist. Die Wahrheit ist jedoch nicht linear; du denkst geradlinig, aber die Welt ist gekrümmt.

Aisthenes: Das glaube ich nicht.

Aristophilos: Beweise mir das Gegenteil. Die Welt ist rund, Aisthenes. Und die Logik kann nicht um die Ecke gucken. Aber die Wahrheit liegt dahinter.

Aisthenes: Ich weiß nicht. Das ist mir zu hoch.

Aristophilos: Mir auch. Zumindest für den Moment. Aber vielleicht hält uns die Zeit irgendwann eine Kubiksekunde bereit, in welcher wir sie verstehen können.

(Aisthenes beginnt, die abgefallenen Blätter der Uferweide aufzusammeln.)

Aristophilos: Was tust du?

Aisthenes: Ich sammle meine Irrtümer.

Aristophilos: Wozu? Es wachsen neue nach. Aisthenes: Warum macht es eigentlich so glücklich, Irrtümer zu finden? *(hebt ein Blatt auf und liest)* Der Tag ist klein, die Welt ist groß.

Aristophilos: *(beginnt ebenfalls, Blätter aufzusammeln und sie zu lesen)* Die Welt ist klein, der Tag unendlich groß.

Aisthenes: Es gibt heute W = K x M + 1 Welten an diesem Fluss.

Aristophilos: Alle sind wahr.

Aisthenes: Nur eine ist wahr. Oder alle sind falsch.

Aristophilos: Reale Welt minus Kopfwelt = Irrtum.

Aisthenes: Welt geteilt durch Logik = 1 geteilt durch Wahrheit.

Aristophilos: Irrtum mal x = Wahrheit.

Aisthenes: Jede Welt ist absolut neu.

Aristophilos: Jede Welt häutet sich aus einer alten Welt.

Aisthenes: Absolute Wahrheit bedeutet, alles zu erinnern.

Aristophilos: Vollständige Erinnerung führt ins schwarze Loch des Bewusstseins. Absolute Wahrheit bedeutet, alles zu vergessen.

Aisthenes: Die Welt stürzt.

Aristophilos: Die Welt besteht zu keinem Zeitpunkt.

Aisthenes: Die Idee ist die Wahrheit, die Sprache der Irrtum.

Aristophilos: Wir denken überhaupt nicht.

Aisthenes: Die Realität liegt um die Ecke.

Aristophilos: Wir denken in der dritten Dimension der Zeit.

Aisthenes: Glück + Trauer = 1. Welche dieser Erkenntnisse waren denn nun wahr?

Aristophilos: Alle. Die Wahrheit ist eine Eintagsfliege. Und wir sind die Nacht, in welcher sie endet.

Aisthenes: Aristophilos, schau, die Sonne geht schon unter, jetzt haben wir unseren ganzen Tag verquatscht. Unser Ende kommt.

Aristophilos: Ein letztes Experiment, Aisthenes.

Aisthenes: Es gibt nichts mehr zu untersuchen. Ende, Schluss. Aus.

Aristophilos: Doch. Eines gibt es noch.

Aisthenes: Was?

Aristophilos: Das Ende selbst.

Aisthenes: Was könnte es da zu untersuchen geben? Mach schnell, Aristophilos, die Zeit läuft!

Aristophilos: Ja, aber sie läuft nach allen Richtungen. Aisthenes, es gibt kein Ende!

Aisthenes: Mag ja sein, die Zeit selber ist endlos. Aber für mich trifft das doch nicht zu.

Aristophilos: Warum nicht? Wenn die Zeit dreidimensional ist, ein explodierender dreidimensionaler Zeitraum, dann können wir sie nicht verlassen!

Aisthenes: Ach?

Aristophilos: Wir wechseln nur die Richtung, wenn dieser Tag endet. Das ist alles.

Aisthenes: Du meinst, wir verschwinden in der Tiefe der Zeit? Dorthin, woher unsere Gedanken kommen?

Aristophilos: Ganz klar, was sonst?

Aisthenes: Aber wie sollte das gehen?

Aristophilos: Wir müssen einfach die Zeitrichtung wechseln.

Aisthenes: Da! Die Sonne geht unter! Achtung!

Aristophilos: Fertig!

Beide: Jetzt!

Kurze Lesefassung des Theaterstücks »Eintagsfliegen« – vorgetragen im Café Philo Tübingen am 12.10.2015

Ende

Klavierauszug (Partitur verschollen)

sh 17.2.2019/E17

HÖHENFLÜGE

Anna und Lisa: Anna fliegt

Anna und Lisa im Bett

Lisa: Was densch du grad?

Anna: I kann fliega.

Lisa: Bild dir des bloß net ei. Du kannsch net fliega. Du denksch bloß, dass du fliegsch.

Anna: Woher willsch du des wissa? I flieg. Bloß du denksch, dass i bloß denk, dass i flieg.

Lisa: Des denk i gar net. Des seh ich doch.

Anna: Wie willsch du sea, was i denk?

Lisa: I brauch gar net sea, was du denksch. Aber i seh, dass du net fliegsch.

Anna: Wie willsch du sea, was i **net** dur? Mer kann bloß sea, was an andrer dut, aber net, was er **net** dut.

Lisa: I seh, dass du in deim Bett liegsch. Und wer im Bett liegt, kann net fliega.

Anna: Du, mer sieht nie, was an andrer kann. Dem Himmel siehsch du jetzt au net an, dass da morga d'Sonn scheina kann.

Lisa: Jedenfalls fliegsch du grad net.

Anna: Doch.

Lisa: Noi.

Anna: Wer fliegt? Du oder i?

Lisa: Keine von uns beide fliegt.

Anna: Du, mer guckt net nei beim andra. Des kann a jedes bloß für sich beantworta.

Lisa: Dann verzähl doch mal: wo fliegsch denn grad?
Anna: Im Augablick flatter i dir so a bissle im Kopf rum.
Lisa: Gang sofort naus da. Da hasch du gar nix verlora. Mer fliegt de andre Leut net eifach so in Kopf nei.
Anna: I gang ja glei wieder. Bloß a bissle umgucka.
Lisa: So? Und wie isch dô? Siehsch ebbes?
Anna: Aufräuma könndesch mal wieder. Und dunkel isch.
Lisa: Ha, du siehsch überhaupt nix! Weil du ja gar net fliega kannsch!
Anna: Doch! Jetzt seh i an Zweifel!
Lisa: Ha! An Zweifel bei mir?! Des kann net sei.
Anna: Doch! I seh in deim Kopf, dass du dran zweifelsch, dass i fliega kann.
Lisa: Ha des dur i au! Des glaub i nämlich net, dass du fliega kannsch.
Anna: Also siehsch, des isch der Beweis, dass i fliega kann. Dass i seh, was in deim Kopf isch.
Lisa: Nimmsch mi mit?
Anna: In dein Kopf?
Lisa: Noi. Bloß so. Mal probiera.
Anna: Also, komm.
Lisa: Wie geht des?
Anna: Oifach abstoßa. Neistürza. Oifach losfliega.
Lisa: I glaub net, dass i des kann.
Anna: Ja, glauba musch des scho. Sonsch gehts net.
Lisa: Blödsinn. I kann net fliega. Des glaub i it.
Anna: Könndesch du scho. Bloß glauba kannsch net. Und drum klappts net. Schade.

aus »Alätheia« – 365 Eintagsfliegen zum Thema
»Welt – Wahrheit – Zeit – Bewusstsein«; Jahresprojekt 2002

Im Himmel

Ich komme an die Himmelspforte und verlange Einlass. Man prüft meinen Pass – nach der Visa-Affäre ist man vorsichtig geworden – und fragt, welche Einlassmusik ich mir wünsche. Ich erinnere mich daran, dass irgendein Himmelskenner einmal gesagt hat, die Engel spielten im allgemeinen Bach im Himmel, in ihrer Freizeit jedoch Mozart, und so frage ich nach der Uhrzeit. Ein verständnisloser Blick ist die Antwort. Ich werde rot und sage: »Bach, das Gloria aus der Missa brevis, F-Dur«. Ein einziger Herzschlag, stark schmerzhaft glückvoll, wird mir auf silbernem Tablett dargeboten. Ich ahne: Im Himmel ist es endlich möglich, Musik, ein ganzes Musikstück, innerhalb eines einzigen Herzschlags zu hören. Denn ich erkenne das »Gloria«, dieses perpetuum mobile des Jubelns in einem einzigen Moment. Und ich bin da. Ab da ist alles eins: Schmerz und Glück, Geschwindigkeit und Stillstand, Einatmen und Ausatmen, Hell und Dunkel, Sein und Nicht-Sein.

aus: »Nüx und Nus« – Nachtgedanken; Jahresprojekt 2005

Schräge Vögel

Terzett der drei schrägen Vögel

Flieg – flieg – flieg! Mach di' leicht!
Mach dein' Kopf leer!
Schmeiß alles raus, was dich am Fliegen hindert:
Erdanziehung – lachhaft, weg damit!
Gravitationsformel – Blödsinn, weg damit!
Newton'sche Gesetze – raus mit dem Glomp!
Raus mit dem bleischwera Zeug!

Flieg – flieg – flieg!
Bisch doch au' an schräger Vogel, hasch doch Phantasie!
Deine Flügel tragat dich höher als jedes Flugzeug!
Hoch gehts, nauf geht's! Himmelwärts!
Noi, da kriegsch du koi Angsch!
Noi, da wird dir net schwindelig!

Flieg – flieg – flieg!
Guck! Da unda: der Schlossplatz!
Guck dir doch die arme Menscha da mal genauer an:
Sorgavoll, schwerfällig, g'stresst und müd' –
so schleppat se sich über den Boda.
Krummg'schafft, griesgrämig, leerer Blick –
guck se dir mal richtig an!

Tja: Jetzt willsch deine Flügel nemme hergeba,
willsch ei'fach immer hier oba bleiba,
frei und unbeschwert weiterfliega –
aber des könnt' dir so passa!!!

Hätt'sch dich halt anders entscheida müssa,
heut' vor 306 Milliona Jahr',
wo du dich dazu entschieda hasch,
dich Richtung Säugetier zum entwickla!
Hasch g'moint, Händ' wärat wichtiger als Flügel!
Und wozu?
Damit du greifa kannsch, hamschtra kannsch,
raffa kannsch, schaffa kannsch!
Hasch g'moint, du müssdesch Werkzeug baua,
Maschina baua, Audo baua …
Und so bisch an Stuttgarter worda.
Und jetzt hasch da Dreck!
Keine Flügel! Des war der Preis.

Jetzt aber:
Wo – wo – wo – finda mir da schrägschda Vogel Stuttgarts?
Guck mal hier! Auf der Säule da steht einer mitta drin!
Ein Engel! Gell, da staunsch?
Der Engel der Eintracht auf am Schlossplatz!
Echt an schräger Vogel!
Und all' die and're Stuttgarter Engel au'!
Schräge Vögel:
Schutzengel,
Friedensengel,
Engel der Versöhnung,
Engel des Trostes,
Engel der Eintracht,
und wie sie alle heißat!
Jetzt hör dir mal den lieblichen Chor der Stuttgarter Engel an!

Kinderchor

Hamballe! Granadadackel alle!

Guckat mal uns an! Es isch doch zum Flenna!
Mir sehat aus wie g'rupfte Henna!
Zerfleddert, zerzaust, zerlöchert der Dress!
Mir ham Burnout, sind total im Stress!

Hamballe! Granadadackel alle!

Für alles, was a bissle schwer,
muss immer glei' an Engel her!
Immer lasst ihr uns schaffa!
Könnat ihr's net selber raffa?

Hamballe! Granadadackel alle!

Ihr habt doch Phantasie und a bissele Verstand,
nô nehmet Euer Sach g'fälligscht selber in die Hand!
Wenn ihr jetzt net g'scheit werdat, habt ihr euern Dreck,
nô machat mir die Fliege, nô simmer fei' weg!

Hamballe! Granadadackel alle!

…

aus: »Schräge Vögel« – ein Straßenoratorium
im Auftrag der Jungen Oper Stuttgart; UA Stuttgart 2023

Loslassen!

Die Konkurrenten Stöckle (S) und Blankenhorn (B) beim Versuch, die Windkraftanlage zu reparieren. Plötzlich tut es einen Schlag, die Maschine steht. Die beiden rennen zu einer Seitenluke.

Stöckle: Scheiße! Jetzt hat se sich wieder verklemmt!

Blankenhorn: Da hat sich an riesa Vogel am Rotor aufgspießt. Hat sich verfanga. Der Rotor sitzt fescht.

Stöckle: Du steigsch jetzt do aus und machsch den Vogel los!

Blankenhorn: Ha wa! Des isch a Kleinigkeit! Do steig i aus! Auf's Rotorblatt! Die mach i los, dui dauba Gans! *(macht Anstalten, aus der Luke zu steigen – ohne Sicherung natürlich).*

Stöckle: An und für sich isch Vorschrift, sich zu sichra, bevor mer auf da Rotor steigt.

Blankenhorn: *(schon halb draußen)* Was hasch gsagt?

Stöckle: *(halbherzig)* Gesetz und Vorschrift …

Blankenhorn: *(bereits von draußen)* Was isch Gesetz und Vorschrift? *(von weiter)* Woisch, was i von dene ganze Gesetze halt? Von der Politik und überhaupt? D'Quiddung müsst mer dene mal präsentiera! Wo mei Biogasanlag in d' Luft isch … Herrschaft! Hängt dui daube Gans ganz außa an der Rotorspitze.

Stöckle: I halt au nix von der Politik. Mit Psychologie kommsch viel weiter.

Blankenhorn: *(ab jetzt von immer weiter weg)* Willsch wissa, was i denk von der Politik?

Stöckle: *(lauter)* Psychologie!

Blankenhorn: Was soll des bringa? Psychologie! Mit deiner Psychologie erreichsch du do handa überhaupt nix! Da brauchts an tätiga Menscha. An Mensch, wo hier aus der Gondel steigt und auf 's Rotorblatt klettert. Bis an d'Spitze. An Mensch, der wo bereit isch, sich au mal d'Finger schmutzig zum macha. Mit dem Psychologagefasel kommsch da net weit.

Stöckle: *(immer rufend)* Und ob. Von der Psychologie her weiß i: I han a Problem. Ich habe eine Akrophobie. Und deswega kann ich da gar nicht hinaussteiga. Und deswega musch du naus.

Blankenhorn: Was?

Stöckle: Akrophobie! Höhenangscht! Wenn i da nausklettra dät, wär des psychologisch äußerst ogschickt.

Blankenhorn: Und was bringt dir dann dei Psychologie? Woisch halt an lateinischa Nama dazu, aber Angsch hasch oinaweg! Aber d' Politik müsst mer endlich mol grundsätzlich richda. Dene ganze Politiker, und vor allem dene von der Versicherung mal d' Quiddung präsentiera!

Stöckle: Des isch immer der erschde Schritt, dass mer woiß, wo 's Problem liegt. Zum Beispiel dei' Problem isch 's net loslassa könna. Han i glei gmerkt. Des isch au irgendwie charakteristisch für so Typa wie dich, wo aus der Landwirtschaft kommat. Der Bauer klammert. Sei ganzes Leba krallt er sich in die Erde fescht, wühlt im Boda, klammert sich an sein Grund und Boda. Und des überträgt sich dann auf alle Lebensbereiche. Des isch mir glei' aufgfalla an dir. Des kommt alles von der Mutterbruscht. Abasie, Abulie, Adipositas, Affektinkontinenz, Ageusie, Akalkulie, Akathisie, Amaurose, Ambitendenz, Amblyopie, Anankasmus, Anhedonie, Anosognosie, Anoxie, Apallisches Syndrom, Asterixis, Athetose …

Blankenhorn: D'Quiddung präsentiera! Was?

Stöckle: Die Mutterbruscht! Du hasch als Säugling dich zu sehr an die Mutterbruscht geklammert. Da steckt also die Angscht vor Verluscht, also die Angscht vor dem Nichts dahinter. Du hasch dich feschtgekrallt an der Mutterbruscht, feschtgebissen und du hascht die Kränkung, also den Verluscht der Mutterbruscht nie wirklich verarbeitet!

Blankenhorn: Wie?

Stöckle: Hasch du dich no nie g'fragt, ob du im Leba net oifach an zu viel feschthältsch? Woisch, da solldesch an dir also arbeida. Ganz wichdig, vom Deng her! Dass du in dei'm Leba au 's Loslassa lernsch!

Blankenhorn: Glei han i's gschafft. Was hasch gsagt?

Stöckle: Loslassa!

Blankenhorn: Jetzt bin i an der Rotorspitze!

Stöckle: Du klammersch zu viel! Das Lassen, des kann mer üben. Das Lösen der Hände, das Entspannen der ständig sich feschtklammernden Muskulatur, das Lockern der Gelenke, das Entkrampfen der Sehnen. Des macht au die Nerva frei und erschließt dir völlig neue geischdige Räume.

Blankenhorn: I hab's gschafft!

Stöckle: Was? *(hofft natürlich, dass Blankenhorn das Loslassen geschafft hat!)*

Blankenhorn: Den Vogel. I hab ihn los.

(Stöckle spurtet zur Maschine, versucht schnell, den Rotor zum Laufen zu bringen.)

Blankenhorn: I komm jetzt z'rück!

(Der Rotor beginnt, sich zu drehen – da steigt Blankenhorn durch die Luke herein.)

Blankenhorn: Guck, der Vogel war des *(wirft den toten Vogel auf den Boden)*.

aus »Die Windmüller – ein Machtspiel in 100 Meter Höhe«;
UA Melchingen 2017

Als ich auf einem Traktor über das Melchinger Rathaus flog

Die Gschicht isch jetzt 30 Jahr her, und 30 Jahr lang hab i's net verzähla dürfa, weil des war ziemlich kriminell. Aber nach 30 Jahr isch außer Mord alles verjährt, und – Mord war's nicht. Also: 1991 hab i am Lindahof die Bühnamusik zu »Bauernsterben« von Franz Xaver Kroetz g'macht. Die Lindahöfler ham für die Produktion die Bühne der Scheune nach hinda, ins Freie naus, erweitert, d.h., die ham a Plattform anbaut, in 4–5 Meter Höhe vom Boda aus. Und auf dera Plattform sollte dann im Stück ein echter Schlepper steha. Ein Superbühnabild!

Also, an dem Dag, um den's jetzt geht, bin i am Spätnachmittag in Melchingen zur Probe ankomma. Dort fand i folgende Situation vor: Fascht des ganze Ensemble und 's halbe Dorf sind vorm Lindahof g'standa und ham an wunderschöna, großa, grüna Schlepper angstaunt. – Einen Fendt Farmer 35. Neba dem Traktor isch an riesiger Autokran gstanda. Der Schlepper war scho mit Ketta am Kran eighängt, denn jetzt isch es ganz schlicht und ei'fach darum ganga, mithilfe des Krans den Schlepper auf die Plattform hinter der Bühne zu heba.

Rundum bedenkliche G'sichter. Was, wenn jetzt die Kette krachte? Oder wenn der Schlepper an der Kette so hin- und herschwankt, dass er alles kurz und klei'schlägt? Da Lindahof, die Scheune und vielleicht au no 's benachbarte Rathaus?

Der Kranführer hat eine unglaubliche Ruhe ausg'strahlt: »Hawa, koi Problem! Da kann gar nix bassiera!« Und dann sagte er den verhängnisvolla Satz: »Wenn einer von euch Kerle Mut hat, nô kann er sich draufhocka auf da Schlepper«.

Jetzt – koiner hat a'bissa bei dem Angebot, und des hat mi gwundert, weil, es gab weiß Gott richtige Kerle am Lindenhof. I mein', des isch doch subber! Auf da Schlepper draufhocka und nô vom Kran die vierahalb Meter hoch auf des Podescht traga werda, wo isch denn dô 's Problem? I hab des Zögra net verstanda!

Allerdings hab i au die Stromleitungen net registriert, die vom Melchinger Rathaus über da Hof zum Lindenhof g'führt ham. I war ja au eben ersch ankomma, und hab deswega au nix von der Debatte mitkriegt, wie mer denn – eba wega de Stromleitungen – da Schlepper auf die Plattform hieven könnt. Also, koiner wollt da draufhocka, nô han i denkt: Ha, wenn sonsch koiner will, ich bin zwar net schwindelfrei, aber, – hawa – warum denn net, des mach i, dô hock i mi drauf. Also: Auf da Traktor klettert – auf da Sitz g'hockt, 's Lenkrad in d' Händ – so – wega mir kann's losgeha!

Ja, und dann ging's los! Der Schlepper isch abg'hoba. Die Räder verließen den Boden, und aufwärts ging's. Sachte, ganz sachte. Aber aufwärts. Und weiter aufwärts. Jetzt wurd mir doch a bissle anders. Aber – bloß nix anmerka lassa, ich muss winka, sonsch denkat die da unda no, i hätt Angsch. Also – die linke Hand richtig feschtkrallt am Lenkrad, die Rechte gaaaanz vorsichtig g'hoba und »haaaaaallooo, haaaallooo« g'macht, und vorsichtig wieder runter mit der Hand und ums Lenkrad klammert.

Und höher gings. Warum eigentlich so hoch? Ging hoch, und hoch, am Melchinger Rathaus hoch, ja warum denn eigentlich am Rathaus hoch, ja wia, also des hat mir koiner g'sagt, dass es über's Dach vom Rathaus geht!

Mir war speiübel. Ich fing an, auf mich selber einzureda wie auf an durchdrehta Gaul: »ruuuuuhich, ruuuuuhich, gaaaaaanz ruuuuuhich, dur schööön atma, gaaanz ruuuuhich.« I hab mi am Lenkrad feschtkrallt. »Niiiicht nach unten schaun, gaaaaanz ruuuuuhich, aaatmen, feeeeschthalta.«

Und höher gings, da wars Rathausdach, da war des Türmle auf am Rathausdach, und höher, da warat die Stromleitungen, und höher.

I glaub, der Schlepper hat kaum g'schwankt, es gab keine Turbulenza oder so, aber trotzdem hat sich alles dreht, im Kopf, im Bauch, und die Erde dreht sich ja au no irgendwie, des musch ersch mal alles verkrafta – bloß feschthalta!!!! Irgendwann, nach gefühlten 240 Erdumdrehungen, kam endlich der Schwenk rüber zum Lindenhof, und dann gings doch tatsächlich wieder abwärts, und abwärts, und abwärts, und ganz sanft hat der Traktor auf der Plattform aufg'setzt.

Der Bertie und der Franz warat sofort bei mir, ham mi beglückwünscht, i aber hab mi no a ganze Weile net vom Fleck g'rührt, weil meine Knie so anananderg'schlaga hend, und weil meine Händ so ums Lenkrad feschtkrampft warat, dass i net absteiga konnt.

Man reichte mir zwei Schnäpse – danach gings wieder. Weitere Schnäpse folgten dann in der Kneipe, und im Verlauf des weiteren Abends schworat der Franz Ott und i, dass mir gemeinsam an Fallschirmabsprung macha dädat. Aber des isch a andre G'schicht. Der Biesinger meinte, heut sei ich quasi »der stärkschde Mann im Dorf«.

Der Kranführer isch zu mir komma, au an Schnaps in der Hand. »So ganz koscher war des ja net, was mir dô g'macht hend, Mädle. Eigentlich hätt i di' ja feschtbinda müssa. Denn was wär gwea, wenn dir dô oba schlecht worda wär?«

Alle ham versprochen, die G'schicht nicht zu erzählen, womöglich wär' no irgendebber drakomma.

Aber jetzt isch's verjährt, der Kranführer sicher längst in Rente, heut hat se nausdürfa, die G'schicht.

Und außerdem isch ja nix bassiert. So, und jetzt wünsch ich dem Lindenhof weiterhin viele Höhenflüge, Mut zum Risiko und Wagnisse ins Offene hinaus!

Zum 40. Geburtstag des Lindenhof (2021), vorgetragen mit melodramatischer Klavierbegleitung

Fotos von Bernhard Trebuth

Anna und Lisa: Wenn's schiefgeht

Anna und Lisa im Bett, Mama aus dem Off

Anna: Heut stand i net auf, heut gibts a Oglück.
Lisa: Wenn du liega bleibsch, gibt's ersch recht a Oglück. Nô holt d'Mama da Dokter, und i muss alloi mit zur Tante Hanna.
Anna: Vielleicht hasch au Glück, und mer fährt dann gar net zur Tante Hanna.
Lisa: Mama?!
Mama: Ja?
Lisa: Wenn d'Anna krank isch, fahra mir dann trotzdem zur Tante Hanna?
Mama: Was hat sie denn?
Lisa: Was hasch du.
Anna: Ha, i hab doch gar nix. Bloß wenn i hätt!
Lisa: Ja, aber was hättsch du?
Anna: Masern und Grippe. Oder Scharlach und Krebs. Kannsch ja mal probiera, was am beschda isch.
Lisa: Mama?!
Mama: Ja?
Lisa: Was wär, wenn d'Anna Scharlach und Krebs hätt?
Mama: Des glaub' i net.
Lisa: Fahra mir dann zur Tante Hanna?
Mama: Ja, sicher.
Lisa: Musch dir was Schlimmers ausdenka. Scharlach und Krebs langat net.

Anna: Pescht, Cholera, Keuchhuschda und Diphterie.
Lisa: Mama?!
Mama: Ja?
Lisa: Pescht bis Diphterie.
Mama: Anna?!
Anna: Ja?
Mama: Was hasch du denn? Isch dir heiß? Oder schlecht? Oder bisch du irgendwie rot?
Anna: Bin i irgendwie rot?
Lisa: Noi, also von außa zumindescht net.
Anna: Mama?!
Mama: Ja?
Anna: Nur innerlich.
Mama: Lisa?!
Lisa: Ja?
Mama: Lauf doch mal gschwind zum Dokter Knorpel. Ob er rüberkomma kann. D' Anna sei krank.
Anna: Mensch, bisch du dumm! I hab' doch gar nix.
Lisa: Ja, aber, des kann doch der Dokter net wissa. Wenn du innerlich krank bisch.
Anna: Aber der guckt doch nei'. Des sieht der doch, dass i da net rot bin.
Lisa: Mach mal auf.
Anna: Aaaa.
Lisa: Aber grün bisch au net, scho eher rot.
Anna: Sag des bloß net! I will net, dass der Doktor Knorpel kommt.
Lisa: Mama?!
Mama: Ja?
Lisa: Jetzt isch d'Anna ganz blau! Soll i trotzdem no da Doktor hola?

aus: »Alätheia« – 365 Eintagsfliegen zum Thema »Welt – Wahrheit – Zeit – Bewusstsein«; Jahresprojekt 2002

Buddelschiff

Jeder auf seinem eigenen Buddelschiffchen um die eigene Welt.
In seiner eigenen See.
In seiner eigenen Luft.
Die See erstarrt, damit man nicht kentern kann.
Der Korken fest auf der Flasche,
damit die Luft nicht in Bewegung geraten kann.
Aber mit vollen Segeln, für die Optik, damit's nach was aussieht.
Auf ein stabiles Fensterbrett gesetzt, außer Reichweite der Kinder.
Farblich kühl und leblos, bloß kein Rot!
Die erstarrte See wirkt unruhig.
Weiße Schaumkronen draufgepinselt.
Das Schiff scheint in voller Fahrt.
Etwas schräg liegt es im Wind – scheinbar.
Was will diese Flaschenpost sagen?
Da war einer sehr fleißig und sehr penibel.
Wie oft hat er »im Trockenen« geübt,
das Schiff an den Fäden aufzurichten?
Und dann der Moment, das eingefaltete Gebilde
durch den engen Flaschenhals zu stecken.
Auf die klebrige »See« zu schieben.

Unwiederbringlich, zurück geht's nimmer.
Wie viele Flaschen unnütz verbraucht?
Flaschen, bei denen die »See« schief eingegossen wurde.
Flaschen, bei denen das Schiffchen schräg eingeschoben wurde.
Flaschen, deren Schiff sich in Einzelteile zerlegte beim »Entfalten«.
Fäden rissen, Verankerungen lösten sich, Scharniere klemmten.
Letzte, vergebliche Rettungsversuche.
Ein Museum der Wracks, der gescheiterten Versuche wäre gut.
Wie viele Stunden umsonst Zahnstocher-Masten geschnitzt.
Feine Fäden gespannt, geschlungen, geknotet.
Mit schmerzenden Fingern,
die ansonsten nur grobe Arbeit gewohnt waren.
Um – nach dem gescheiterten Versuch – neu zu beginnen.
Wieder Zahnstocher-Masten geschnitzt,
Fäden gespannt, geschlungen, geknotet.
Flasche leer getrunken,
aus der Tube »Meer« in die Flasche gedrückt.
Gefaltetes Schiffchen in die Flasche geschoben,
vorsichtig entfaltet – wieder gescheitert.
Denn so ist das Seemannsleben,
voll Scheitern, Sturm und wogender See.
Wie grauenvoll muss es gewesen sein,
wenn so ein Schiffchen gelang!

aus: »Nüx und Nus« – Nachtgedanken; Jahresprojekt 2005

Zwischen Hormonspiegel und Alkoholpegel

Ja, das sind so die Tage, wo man nicht weiß, liegts am Hormonspiegel. Oder am Alkoholpegel. Mal ehrlich. Eigentlich ist man ja immer irgendwo zwischen Hormonspiegel und Alkoholpegel.

Da nimmt man sich fest vor, heute wirklich mal: strukturiert, animiert, diszipliniert. Aber dann. Hormonspiegel. Ist halt so: Der Hormonspiegel ist letztlich immer stärker als der Vorsatz. Und so kommt's dann: Spätestens gegen Mittag – frustriert, kleinkariert und endlich alkoholisiert. Den Rest verhindert dann der Alkoholpegel.

Nein, da kann man nicht gegen an. Der Wille? Ha! Auch der Wille ist ein Kind des Hormonspiegels. Und der Vorsatz ein Produkt des Alkoholpegels. Das ist einfach der Weltlauf an sich. Irgendwann werden's die ganzen Einsteins auch noch begreifen. Elf raumzeitliche Dimensionen? Quantenmechanik? Quarks und schwarze Löcher? Alles hormongesteuert. Schwerkraft? Alkoholbedingt! Mondphasen? Hormonell, weiß man heute! Das sind die Kräfte, welche die Welt regieren! Und da soll ich morgens aufstehen können und arbeiten? Strukturiert, animiert, diszipliniert?

Schau den Mond an. ImKreisimKreisimKreisimKreis! Kann er anders? Und nun, was wiegt der Mond? Ich weiß es nicht, aber schwerer als ich ist er immer noch. Und hat trotzdem keine Kraft, da rauszukommen. Aus den ganzen Hormonen. Eben. Und da soll ich.

Magnetismus? Schnapsidee!

Schwarzes Loch? Liegt exakt zwischen Hormonspiegel und Alkoholpegel. Galaktische Nebel? Alkoholbedingt!

Ferne Sterne? Ach, irgendwann haut's die auch aus der Bahn, nein, ich weiß nicht, ob von den Hormonen oder vom Alkohol, jedenfalls sind sie dann alle Schnuppe!

Weiße Riesen und Rote Zwerge? Na, ob da einer ganz nüchtern ins Fernrohr geguckt hat!

Der Mars? Egal, ob's da auch Wasser gibt, aber Testosteron ist da auf alle Fälle dabei. Und jede Menge Adrenalin. Nebennierenhormon! Überhaupt Adrenalin! Der Sputnik und die Challenger. Hormongesteuert!

Die Sonne? Ein Gelbkörper! Diesen Sommer war da absolute Fehlanzeige. Folge? Klar: Schwarzes Loch!

Bühnentext 2003

Mach die Mücke!

Rund herum und auf und nieder, rechts, dann links,
dann hoch, und wieder rund herum,
jetzt eine Acht, alle, alle mitgemacht.
Es sackt nach unten, es schwingt nach oben,
alle werden hochgehoben,
aufgehoben tief im Schwarm,
im Rausch, im Sog, im Tanz, im Arm von tausend
andern kleinen Fliegen, die sich hier im Tanze wiegen.
Jetzt macht der Schwarm nen großen Bogen,
alle werden mitgesogen
8006908
jeder folgt, eh er gedacht.
Quentin will alleine fliegen,
will die eig'ne Kurve kriegen, will hinaus,
doch alle Mücken ihn sogleich nach innen drücken,
mit nach unten, auf und nieder,
rechts, dann links, dann hoch,
und wieder rund herum, jetzt eine Acht,
und **Quentin** mit, eh er gedacht.
Quentin nochmal Eignes sucht,
eignen Weg und eigne Flucht,
schon saugt der Schwarm ihn in die Kurve,
3 3 8 und 9, jetzt
nur verkehrt herum 0 8 8
und wieder hat er mitgemacht im großen Rausche,
im Schwarme, gefangen durch 10 000 Arme.
Und er taumelt wie gesogen,
wie gezogen, weiter geht
der Tanz im großen Mückenkranz.
Quentin will nen eignen Bogen,
wieder wird er mitgesogen,
im großen Rausch, im Bausch und Bogen
mit der Meute muss er heulen, muss,
muss tanzen mit dem ganzen Mückenschwarm.
Quentin gibt sich endlich auf
mit allen andern geht's hinauf und
runter jetzt im großen Bogen,
alle werden mitgesogen,
und mittendrin
Quentin,
im großen Rausch, wie besoffen,
wie betrunken,
Flucht aus dem Schwarm ist unmöglich,
dieser Rausch und diese Wonne,
unmöglich, sich abzusondern,
unmöglich hier wegzukommen aus der Masse,
die ekstatisch weitertanzt und weiterschwingt,
bis das Licht im Meer versinkt,
weitertanzt und weiterschwingt,
bis das Licht im Meer versinkt.

Liedtext aus »Ballades malades«; Jahresprojekt 2018

Äpfel und Birnen

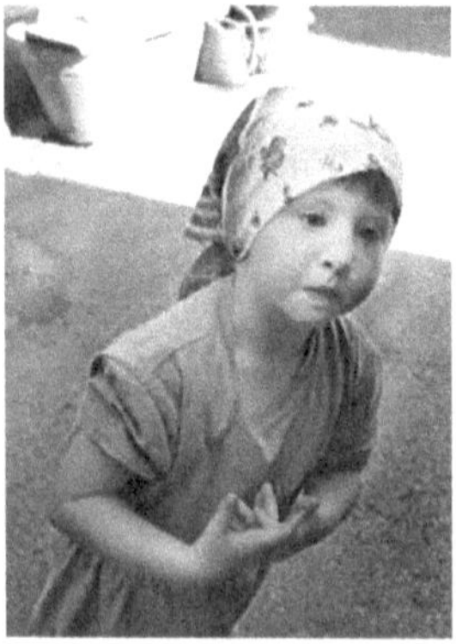

I bin 1. Kälbla im Stall sind 3. Sind 4.
Opa und Oma sind 2. Macht 6.
Und mi muss i nomal dazuzähla.
Sind 7.

Finger han i 10. 10 weg 7 isch 3.
Wenn i 7 bin, komm i in d'Schul. 3 und 7 isch 10.
Bin aber ersch 6. 10 weg 6 isch 4.
Und mi muss i nomal dazuzähla.
Macht 5.

Apfel han i ein' gessa. Isch 6.
Birna 2. Sind 4.
Mama und Papa sind weg. Gibt 2. Und mi muss i nomal dazuzähla.
Isch 3.
Dann isch 3 die Lösung.

aus: »Alätheia« – 365 Eintagsfliegen zum Thema »Welt – Wahrheit – Zeit – Bewusstsein«; Jahresprojekt 2002

Geburtshilfe

Die fünf Engel mit Tuba, Posaune, Horn, Klarinette und Trommel kommen an, packen aus, richten sich ein, stellen die Noten auf, setzen die Instrumente zusammen. Ein Dialog zwischen der Stimmung der Engel (schwäbische Verstocktheit, bekümmerter Heroismus angesichts einer unlösbaren Aufgabe, Verdrossenheit, Müdigkeit), Geräuschen des Fatalen (furzen, rülpsen, husten, schleimen, ächzen, schnäuzen, spucken) und dem sphärischen Zauber des Raumes. Endlich sitzen alle spielbereit. Der Trommler holt aus, die Bläser blasen die Backen auf und versuchen, ihrem Instrument einen Ton zu entlocken.

Klarinette: Wie soll mer jetzt do a Musik nausbrenga? *(schlägt nachhelfend ans Instrument, spuckt zwei Zähne aus)*

Tuba: Mit G'walt goht da nix. Da brauchts a G'fühl. *(Neuer Versuch, mit Gefühl, vergeblich)*

Horn: Zersch müsst mer da durchblicka. Zersch müsst mer wissa, was do älles drin isch, quasi die Funktionsweise verstanda.

Trommel: Also i nehm da Prügel und hau do druff, dazu brauch i koi Ladein. *(Er haut ein paar Mal auf die Trommel, das Licht flackert bei jedem Schlag)*

Klarinette: Der Sach muss mer erscht mal auf da Grund ganga. Vielleicht guckt mer mal nei. Da sieht's nach ma Scharnier aus *(bricht die Klarinette übers Knie kaputt).*

Tuba: Des isch a ganz normale Verschleißerscheinung.

Posaune: Des muss mer fachmännisch macha. *(zum Horn:)* Gib amol des Ding her.
(Horn gibt ihm sein Instrument)

Trommel: *(hat ein Heft gefunden)* Do isch scheints a Gebrauchsanweisung. *(Da die anderen nicht hören, geht er damit zur Tuba)*

Tuba: Also, wie goht des?

Posaune: *(mit chirurgischem Eifer zur Klarinette)* Werkzeugkaschda!

(Klarinette mit Werkzeugkasten zum »OP«)

Horn: Bass bloß auf. Nachher isch's au he.

Posaune: Wenn's da davo hegoht, daugt's eh nix. *(nimmt ein Teil des Horns ab)*

Trommel: *(liest vor)* »Die Töne bildet man, indem man den Hals mit der Hohlung des Daumens und Zeigefingers der linken Hand umfasst.« *(Tubist tut's, an sich und an der Tuba)*

Horn: Siehsch ebbes?

Posaune: Was bassiert jetzt, wenn mer da neiblost. (*Ratlose Pause*) Wenn mer da draufdruckt *(drückt ein Ventil)* – Hörat ihr da ebbes?

(Kopfschütteln bei Horn und Klarinette. Posaunist nimmt das Horn weiter auseinander)

Posaune: Was bassiert jetzt da. Irgendebbes muss da bassiera.

Horn: Bass bloß auf.

Klarinette: Vielleicht hat's scho einer ausg'schlachtet.

Tuba: »... während die Rechte den Bogen am Frosch locker umfasst und ihn in gerader Richtung langsam mit vorläufig nur schwachem Druck bis zur Spitze zieht« *(Tubist beginnt sich mit seinem Instrument zu verknoten)*

Horn: Bass bloß auf.

(Posaune nimmt das Horn vollends auseinander, die drei Chirurgen schauen ratlos die Einzelteile an)

Horn: Wird dir da ebbes klar?

Posaune: Irgendebbes muss da bassiera, wenn mer neiblost.

Klarinette: Wahrscheinlich isch's halt he.

Horn: Des isch an und für sich a tadelloses Horn. – Gwea.

Trommel: »Dabei ist zu beobachten, dass der Oberarm ziemlich nahe am Körper bleibt, während das am Frosch noch gehobene Handgelenk nach und nach gesenkt wird.«

(Tuba verknotet sich weiter)

Horn: Den die da wirklich bloß Luft neiblosa? Braucht's da koi Subschtanz?

Klarinette: Woher soll da a Subschtanz komma.

Posaune: Des schaffa mir bis morga früh! *(greift zum Hammer)*

Trommel: »Lasse die Daumenspitze nicht unter dem Hals hervorstehen. Der Zeigefinger darf mit dem Grundgelenk den Hals nicht berühren. Der Ellbogen steht halbhoch. Halte ihn nicht zu tief, denn wie solltest du später bei einem tiefstehenden Ellbogen in hohe Lagen gelangen?«

Tuba: Hö!

Trommel: »Vor allem soll der Daumen locker bleiben. Zur Kontrolle heben wir ihn einige Male vom Halse ab.«

(Tuba tut's)

Posaune: *(schlägt probeweise mit dem Hammer auf ein Hornteil)* So hört mer ebbes. *(Hämmert noch mal etwas daneben)* Da au.

Trommel: *(an Horn adressiert)*: Siehsch, des bringt meh als Ladein!

Posaune: Jetzt komma mer der Sache näher. *(beginnt das Teil flach zu hämmern)*

Trommel: »Eine nützliche gymnastische Vorübung für das gleichzeitige Funktionieren der Finger bildet das Beugen und Strecken …«

Tuba: *(gepresst)* Für gymnastische Vorübunga hemmir koi Zeit!

(Posaune legt das flachgeklopfte Teil zum Rest des Horns. Die drei »Chirurgen« betrachten bekümmert die Teile des Patienten)

Klarinette: Also i woiß it.

Horn: Kammer nix meh doa?

Posaune: Da könnt mer's zum Beispiel öla.

Horn: Öl!

(Klarinette reicht an)

Posaune: Lappa!

Horn: Lappa!

(Klarinette reicht an, Posaune ölt alles)

Horn: Bass bloß auf.

Klarinette: Des bringt nix.

Posaune: So. Und jetzt zurück das Ganze *(setzt das Horn – verkehrt – zusammen).*

Trommel: »Am Ende des Halses kommt der Wirbelstock mit acht Wirbeln oder mit acht Griffeln zum Drehen der Schrauben.«

(Tubist noch verknoteter)

Trommel: »Sitze aufrecht – mit ruhigem und tiefem Atem – ganz vorn auf dem Stuhl, den Oberkörper etwas nach vorn geneigt, das rechte Bein etwas vor und den Fuß gegen die Mitte gestellt, das linke Bein zurück, den Fuß ebenfalls gegen die Mitte gerückt. In dieser Haltung spielt man die Mandoline.« – Die Mandoline.

Tuba: Ha, so viel andersch kann des au it sei.

Trommel: No blos amol nei.

(Tuba müht sich ab)

Posaune: *(reicht Horn das zusammengesetzte Instrument)* Jetzt müsst's do. Probier amol.

Tuba: I glaub, bei mir kommt's gau!

Posaune: Männer, kommet!

Klarinette: Ruhig atma!

Tuba: *(stöhnt)*

Posaune: Ruhig atma!

(Horn müht sich ab; alle zur Tuba, Geburtshilfe leisten)

Tuba: *(stöhnt)*

Horn: Ruhig atma!

Tuba: *(stöhnt)*

Trommel: Ruhig atma!

Tuba: *(stöhnt)*

Klarinette: Und jetzt pressa.

Tuba: *(stöhnt)*

Posaune: Druck's naus!

Horn: Entspanna!

Tuba: *(stöhnt)*

Trommel: Atma!

Klarinette: Pressa!

Tuba: *(stöhnt)*

Posaune: Entspanna!

Klarinette: I glaub, 's kommt!

Tuba: *(stöhnt)*

Horn: Durchhalta!

Tuba: *(stöhnt)*

Posaune: Ganz entspannt pressend atma!

Tuba: *(stöhnt)*

Trommel: Der schafft's it.

Tuba:

Klarinette: Und, was isch es?

Horn: *(strahlend)* a »b«!

aus »Berta und Marta oder die Schwierigkeiten mit dem hohen ›g‹«;
UA Melchingen 1999

SPRACHE

Anna und Lisa: Gutnacht!

Schlafenszeit, Anna und Lisa in ihren Betten, Mama aus dem Off

Mama: So, jetzt aber endlich Licht aus und nemme schwätza!
Anna: Du, Lisa?
Lisa: Was?
Anna: Weisch du, wie morsa geht?
Lisa: I weiß bloß »Lisa«. kurz-laaang-kurz-kurz; kurz-kurz; kurz-kurz-kurz; kurz-laaang.
Anna: Und »Anna«?
Lisa: Weiß i net.
Anna: Dann isch »Anna« kurz-laaang-kurz-laaang-kurz-laaang-kurz-kurz-kurz-laaang-laaang-laaang.
Lisa: Des stimmt net.
Anna: Doch. Weil i darf des bestimma, weil i die Anna bin.
Mama: Jetzt wird nemme gschwätzt!
Anna: *(flüstert)* Komm, mir morsat. An die Wand klopfa isch »kurz«, über die Wand streicha isch »lang«.
Lisa: *(flüstert)* Aber i kann doch bloß »Lisa«.
Anna: *(flüstert)* Isch doch egal, mir erfindat des eifach. I mors jetzt mal was. Bass auf *(klopft und streicht): lang-kurz-kurz-lang-kurz-kurz-lang-lang-lang-kurz-kurz-lang-kurz-kurz-lang-kurz-kurz-lang.* Hasch verstanda?
Lisa: *(flüstert)* Noi.
Anna: *(flüstert)* I mach nommal *(»morst«): kurz-kurz-lang-kurz-kurz-lang-kurz-kurz-kurz-kurz-kurz-kurz-lang.* Hasch jetzt verstanda?

Lisa: *(flüstert)* Noi, aber des war was ganz anders jetzt.

Anna: Gar net.

Lisa: *(normale Lautstärke)* Doch, des erschte hat mit »laaang-kurz-kurz« angfanga, des zweite mit »kurz-kurz-laaang«.

Anna: Hat aber 's Gleiche gheißa.

Lisa: Des kann net sei.

Anna: Doch. Morsa isch ja international. In ra andra Sprach klingt des ja immer anders, heißt aber 's Gleiche.

Mama: Jetz isch aber endlich a Ruh bei euch zwei! Jetzt wird nimmer gschwätzt!

Lisa: *(flüstert)* Was für an Buchstabe isch denn bei dem, was du grad gmorst hasch, des »laaang-kurz-kurz«.

Anna: *(flüstert)* Weiß i net. Des geht bei mir net nach Buchstaba.

Lisa: *(normale Lautstärke)* Nach was dann?

Anna: Schwer zum saga. I woiß es oifach, dass es immer des heißt, was i will.

Mama: Isch jetz a Ruh!?

Lisa: *(flüstert)* Und was hat's jetz heißa solla?

Anna: *(flüstert)* Was?

Lisa: *(flüstert)* Ha, des, was du gmorst hasch.

Anna: *(flüstert)* »Gutnacht«.

Lisa: *(flüstert)* Gutnacht, Anna.

aus: »Alätheia« – 365 Eintagsfliegen zum Thema
»Welt – Wahrheit – Zeit – Bewusstsein«; Jahresprojekt 2002

Brückenbau

Sapere aude

Immer wieder wollen wir neu denken – und wir **müssen** immer wieder neu denken, denn unsere Welt fließt. Die Brücken, die uns gestern über den Fluss halfen, sind längst gesprengt, gebrochen, hinweggeschwemmt vom reißenden Strom. Vielleicht liegt noch etwas verwendbares Material, Bruchstücke der alten Brücke, an unserem Ufer, vielleicht gibt es noch Fundamente eines Pylonen, auch neues Material könnte besorgt werden.

Also: Denken wir, wagen wir einen neuen Gedanken, sapere aude!

Was für ein Mut, tatsächlich einen neuen Gedanken zu beginnen! Ein Wort, einen Begriff, eine Frage, den Zipfel einer Idee als Widerlager genommen, und dann – frisch gewagt – sich in den freien geistigen Raum gestreckt.

Widerlager, Kämpfer, Anfänger – und weiter geschwungen, hinaus im hohen Bogen, in der Hoffnung man werde es bis zu einem Schlussstein bringen, im Glauben an die Erreichbarkeit eines neuen Ufers.

Wirklich atemberaubend die Vorstellung, den Bau einer Brücke zu wagen, obwohl das andere Ufer im Nebel liegt, im Vertrauen darauf, dass die Konstruktion durch den freien geistigen Raum mich trägt, dass ich nicht abstürze in die Tiefe, wo Sinnlosigkeit, Unsinn und Wahnsinn auf mich lauern.

Noch jung an Jahren mag man das riskieren, diesen Wurf in die abgründige Weite, einen Pfeil mit einem Tragseil einfach mal losgeschickt mit der Zuversicht, er werde ein tragendes Ufer erreichen am anderen Ufer des Flusses.

Doch mit dem Alter wächst die Angst und die Unsicherheit; man traut seinen Plänen nicht mehr, glaubt, sich nicht mehr auf die eigenen konstruktiven Fähigkeiten verlassen zu können: Was, wenn der Gedanke nicht mehr ankommt? Wenn er kein Ufer mehr findet? Wenn er sich verliert? Wenn er abstürzt in den reißenden Fluss? Wenn ich mich plötzlich, auf losgerissenem, hinabgestürztem Balken, in tosenden Stromschnellen und Wasserfällen finde? Festgeklammert an das Bruchstück eines Gedankens, dessen Anfang ich vergessen, das Ende noch nicht einmal erahnt habe, inmitten von wirbelnden Worten und Gedankenfetzen?

Und so findet man sich kurze Zeit, nachdem man den festen Vorsatz gefasst hat, eine neue Brücke zu bauen, angstvoll am ersten Brückenpfeiler festgekrallt, den kalten, starren Stahl verzweifelt umarmt, unfähig, die verkrampften Hände von der tragenden Stütze zu lösen – zerrissen und gelähmt durch zwei widerstreitende Kräfte, der in den freien geistigen Raum hinausstrebenden Sehnsuchtskraft und der Angst vor dem Absturz.

Lehrgerüst

Was für eine gigantische Konstruktion! Und dient doch nur als Behelfskonstruktion während des Baus an einer viel, viel einfacheren und tragfähigeren Konstruktion. Die, wenn sie denn steht, dieses ganzen Klimbims nicht mehr bedarf. Es sei denn, man wiederholt den Fehler Gottes und setzt als Schlussstein den Menschen ein. Den Menschen, »die Krone der Schöpfung«. Als Krone oder Schlussstein der Schöpfung taugt der Mensch nicht. Mit einem solchen Schlussstein trägt die fertige Brücke nicht einmal eine Springmaus.

Warum hat Gott keine – zum Beispiel – Ziege als Schlussstein genommen. Ziegen nehmen nur, wessen sie bedürfen, und sie geben mehr als sie nehmen, sie haben außerdem heilende Kräfte.

Und sie sind klug genug, nicht die Brücke aufzufressen, deren Schlussstein sie sind.

Unvollendete

geplant   seit mehreren Jahren
den ganzen langen Winter   mit den besten Ingenieuren
vor drei Monaten losgeschickt,   einen Schlussstein zu
besorgen

währenddessen

und im Lehrgerüst tanzen die Affen.

Der fehlende Schlussstein

All unseren gedanklichen Konstruktionen, all unseren Theorien, unserem Wissen um Gott und die Welt, fehlt der Schlussstein.

Die Sprache täuscht hierüber hinweg: Wir schreiben und reden in Sätzen. Und Sätze haben einen Punkt. Punkt.

Was für wunderschöne Theorien, Modelle, Ideen haben die Physiker! Sie alle mögen wahr sein, doch ihnen fehlt der Schlussstein. Daher widersprechen sie einander. Punkt.

Wie viele richtungsweisende Ideen, gedankliche Wege, ideelle Brücken schaffen wir im Laufe unseres Lebens! Doch ihnen allen fehlt der Schlussstein.

Ein ganzes Leben lang mühen wir uns verzweifelt mit Lehrgerüsten ab, um unsere Brücken zu einem stabilen Ende zu bringen, doch es sind und bleiben **Leergerüste,** weil wir – so lange wir leben – keinen Schlussstein setzen können.

Was für eine Aporie – von der Größe einer griechischen Tragödie! –, dass wir den Schlussstein erst in der Sekunde unseres Todes setzen, dass wir das Gefühl, am höchsten Punkt unseres vollendeten Bogens zu stehen, nicht mehr **wahrnehmen** können. Punkt.

aus: »Lücken und Brücken«; Jahresprojekt 2021

Sprachzerfall

Nein, die Worte zerfallen uns nicht im Munde wie modrige Pilze. Aber die Sätze. Das Dach stürzt herab, die Wände zerbröckeln, Wildwuchs im Raum, modernde Holzkonstruktionen, vermooste und veralgte Steine.

Der Anakoluth wird zum Konstruktionsprinzip.

Die Frage, die sich mir aufdrängt: welche Sprache entspricht eher unserer geistigen Wahrheit? Die griechische – mit ihren Anakoluthen, Parenthesen, jederzeit offen für neu einbrechende Ideen – pfeif auf Grammatik, denn die Welt baut anders – oder die lateinische, mit ihrer Statik, ihrer Logik, ihrer Linearität, der Definierbarkeit jedes Satzbausteins bis ins i-Tüpfelchen …

Lasst uns Dativ und Genetiv vergessen; wir leben mehr und mehr in einer Akkusativwelt. Versuchen wir, unseren Sprachzerfall als Chance zu erkennen, die wir mutig ergreifen sollten, anstatt uns ängstlich an komplexe grammatikalische Konstruktionen zu klammern, die, je genauer wir sie betrachten, nur umso genauer die Zerbrechlichkeit unserer gedanklichen Welt zeigen. Oder?

aus: »Lücken und Brücken«; Jahresprojekt 2021

Sprachkurs

Siggi, Moni, Publikum

Siggi: So! Und bis die Zentrale das Hotel für uns besorgt hat, habe ich eine phänomenale Idee, wie wir die Zeit nutzen können! Sie alle hier sind nämlich so toll, so prachtvoll, so hellwach im Geist und gleichzeitig humorvoll, so lebensgewandt und positiv, so liebenswürdig und gescheit, Sie lassen sich nicht für dumm verkaufen, dass ich Ihnen zum Dank ein ganz besonderes Geschenk machen will. Wir nutzen die Zeit, bis wir ins Hotel können, für einen Sprachkurs! Sie haben ja schon gemerkt, dass die Moni und ich, seit wir hier sind, nicht deutsch miteinander reden, sondern Uni. Sie haben ja alle schon davon gehört, von Uni. Esperanto konnte sich ja nicht durchsetzen – viel zu kompliziert, aber Uni ist – zumindest auf dem ganzen Balkan – eigentlich schon Standard. *(zu Moni)*: Fffffff!

Moni: Es isch ja oifach so, mer muss es leider saga, dass hier in dene Länder net jeder deutsch schwätzt. Zumindescht in der junga Generation net. Mir müssdat, um uns auf der Reise verständlich z'macha, heut ungarisch, morga rumänisch und übermorga russisch schwätza. Des gibt ja koin Sinn. Deswega hend mir von Bruderreisa glei angfanga Uni zum lerna. Setzt sich allmählich au im Weschda durch und wird in wenige Jahre des Englische als Weltsprache abglöst han.

Siggi: Und heute nehmen wir einfach die Gelegenheit dieser kleinen Wartezeit mit Ihnen wahr, um Ihnen die Grundzüge dieser Sprache beizubringen. Nur das Allernotwendigste für die Reise! Ich sage es immer deutsch vor, die

Moni dann auf Uni, und dann üben wir das zusammen. Also, Lektion 1: Bitte, danke, ja, nein! »Bitte!«

Moni: Hä! *(tonlos; quasi einmaliges Hecheln)*

Siggi: Wird meistens iterativ verwendet. »Bitte!«

Moni: Hä! Hä! Hä! *(hecheln)*

Siggi: »Danke!«

Moni: Mmmm.

Siggi: Je nach Ausmaß der Dankbarkeit kurz oder lang. »Tausend Dank!«

Moni: Mmmmmmmmmmmmm.

Siggi: »Ja!«

Moni: Wau!

Siggi: Und noch einmal ganz genau hinhören: »Ja!«

Moni: Wau!

Siggi: Und jetzt sprechen Sie einfach alle der Moni nach: »Ja!«

Moni: Wau!

Siggi gibt dem Publikum den Einsatz

Publikum: Wau!

Siggi: Das geht noch besser. »Ja!«

Publikum: Wau!

Siggi: Damit kommen Sie schon ganz weit! Und jetzt wenden wir das gleich im Alltag an. Hatten Sie eine gute Reise?

Moni+Publikum: Wau!

Siggi: Lieben Sie Budapest?

Moni+Publikum: Wau!

Siggi: Glauben Sie an Gott?

Moni+Publikum: Wau!

Siggi: Wie war das Wetter?

(Keine Reaktion)

Siggi: *(zu Moni)* Frrrr!

Moni: *(lacht)* Ja, jetzt wärat Sie fascht reigfloga, gell! Aber es gibt halt leider au Fraga im Leba, wo die Antwort a bissle komplexer isch als »ja« beziehungsweise »wau«.

Siggi: Aber da haben wir gleich eine Besonderheit von Uni. Es gibt keine Verneinung. »Nicht« und »nein«, »niemals« und »kein« und die Vorsilbe »un« gibt es nicht! Das hängt mit der Sprachphilosophie zusammen. *(zu Moni):* K! K!

Moni: Uni ischt eine Sprache, in der man positiv denkt. Positiv denken, gell! Und man kann ja au über die Sprache, die man spricht, kann man ja au die eigene Seele, also gell, den Geischt, quasi, positiv beeinflussa, und deswega …

Siggi: Kein »nein«! Lektion 2: Ich, Du, Er, Sie, Es. Ganz einfach: »Ich«: Da nehmen Sie einfach Ihre Kenn-Nummer und hängen, wenn Sie männlich sind, ein -adam dran, wenn Sie weiblich sind, ein -eva. *(zu Moni)* Wwwwwwww!

Moni: Ihr' Kenn-Nummer hend Sie auf dene Buttons, die Sie kriegt hend. Die Nummer isch nach ama speziella wissaschaftlicha Verfahra aus Ihr'm Geburtsdatum, Ihrer Rendaversicherungsnummer, Ihrer Kondonummer und Ihrer Steueridentifikationsnummer errechnet. Am beschda lernat Sie Ihr Nummer glei auswendig. Nachher im Hotel kriegat Sie au so an Ohrclip wie mir hend – gratis und koschdalos, da könnat Se Ihr'n Button neistecka und na an's Ohr klemma. No kennt mer Sie, bis mir in Odessa sind.

Siggi: Tragen Sie Ihren Anhänger bitte am linken Ohr. Wenn Sie lange Haare haben, schneiden Sie ums linke Ohr die Haare einfach aus. Wenn Sie Hilfe brauchen, macht Ihnen das auch die Moni. *(zu Moni):* Gllllp!

Moni: Gern! *(knickst lächelnd)*

Siggi: Also, wenn Sie von sich selbst sprechen wollen, nehmen Sie Ihre Nummer und hängen -adam oder -eva an. »Du« funktioniert genauso. Und auch »Er« und »Sie«. Verstanden? *(zeigt auf sich und seine Ohrnummer)* »Ich!«

Moni: Tausendadam!

Siggi: *(zeigt auf Moni)* »Du!«

Moni: Sechseva!

Siggi: Jetzt halten Sie mal alle Ihre Nummern hoch, dass die Moni das lesen kann. *(zeigt auf eine Dame im Publikum)* »Sie!«

Moni: Zehneva! *(je nach Nummer der Dame)*
Siggi: *(zeigt auf einen Herrn)* »Er!«
Moni: Achtundsechzigadam! *(je nach Nummer des Herrn)*
Siggi: So. Wer möchte sich jetzt vorstellen? *(ruft jemanden auf)* Sie! Wer sind Sie?
Publikum: Hundertelfadam, Vierundsiebzigeva ...
Siggi: Wunderbar! Da ist wirklich schon sehr viel Schönes dran. Sie sind also wirklich, eine so begabte Gruppe hatten wir noch gar nie. Aber man spürt das ja gleich vom ersten Augenblick an. Gleich als Sie alle in den Bus gestiegen sind, habe ich zu der Moni gesagt: »Moni, die Gruppe isch ebbes ganz B'sonders, ebbes ganz Wunderbares!« So, jetzt aber noch zu den sächlichen Fällen. Sie haben einen Gegenstand und wollen ihn benennen. Ganz einfach: Sie nehmen den Preis, rechnen 50% Rabatt ab, speziell für alle Gäste von Bruderreisen, und hängen ein »**ding**« *(gesungen wie eine Kassenklingel)* an. *(zeigt auf den Verkaufstisch)* Hier eine Flasche Tokajer für 14 Euro!
Moni: Sieben**ding**!
Siggi: Eine Minisalami für 3 Euro!
Moni: Einsfünfzig**ding**!
Siggi: Sie brauchen also überhaupt keine Vokabeln zu lernen! Immer nur den Preis einer Sache nehmen, durch zwei teilen, **ding** dran, und fertig. *(zu Moni)* Mpf!
Moni: Gell, also des isch wirklich koi Hexawerk, des kann jeder in Nullkommanix lerna, dazu reicht unser Schulmathematik allemal.
Siggi: Lektion 3: Wollen, Kaufen! »Wollen!«
Moni: Rrrrrrr!
Siggi: Schön mit rollendem r.
Moni: Rrrrrr!
Siggi: »Kaufen!«
Moni: Hamm!
Siggi: *(zeigt auf sich)*: »Ich möchte, ich will!«

Moni: Tausendadam rrrrrr!

Siggi: »Ich möchte bitte!« – Höflichkeitsform!

Moni: Tausendadam rrrrr hä hä hä!

Siggi: »Ich möchte bitte kaufen!«

Moni: Tausendadam rrrrr hä hä hä hamm!

Siggi: »Ich möchte dich *(zeigt auf M)* bitte kaufen!«

Moni: Tausendadam rrrrr Sechseva hä hä hä hamm!

Siggi: Und jetzt Achtung: »Nein danke, ich möchte bitte nicht verkauft werden!«

Moni: Mmmmmm, Sechseva rrrrrr hä hä hä hammm!

Siggi: Sehr gut, Moni! Haben Sie es gemerkt? Verneinungen gibt es nicht, also wird aus: »Nein danke, ich möchte bitte nicht verkauft werden!« »Danke, ich möchte bitte verkauft werden.« So, das ist aber schon sehr viel für den Anfang. Sie üben alle vor dem Schlafengehen am besten noch einmal das Gelernte. *(zu Moni)* Sssp!

Moni: Am beschda schwätzad Se mit'nander ab jetzt au oifach Uni, bis mer in Odessa send. Des isch die allerbeschde Übung!

aus: »Bruderreisen – ein Traum«;
Auftragswerk für »Lokstoff! Theater im öffentlichen Raum«; UA Stuttgart 2010

Die Schriftbazille

Das freie und lebendige Wort isch ausgschdorba. Ganz ausgschdorba? Nein! **Ein** Wort leischdet nach wie vor Widerstand! Niemals aufgschrieba, niemals gfanga und zähmt, niemals aufs flache Blatt Babier presst, zwischa Buchdeckel erwürgt. **Ein Wort** – immer no frei und lebendig, frisch, wild und gfährlich. Geheimnis: Dieses Wort lebt – inkognito – in uns allen. Au in **Ihrem** Kopf. Doch, glaubat Se mir: Irgendwo in Ihrem Wortschatz isch es vergraba. Nein, i verrats Ihne nicht. Selber sucha! Net am Himmel, net auf der Erde! Sie findat es au net bei wikipedia, net im Duden, nur in Ihrem Kopf. Aber wenn Se 's gfunda habat: Bitte schreibat Se 's net auf! Schreibat Se 's niemals auf!

Die Kelta – **des** war Hochkultur! **Keine** Schrift, kein Buch – die Kelta, die hend es **hier** ghett *(tippt sich an den Kopf).* Was der Rede wert war, wurde vom Mund ins Ohr weitergeba, net vom Finger aufs Blatt Babier: ihre Geheimnisse und Mythen, ihre Gedanka und Ideea, ihre Erkenntnisse über den Himmel und die Sterne.

Ja, die Kelta. Nix aufgschrieba.

Aber mir – schreibat alles auf – und vergessat. Ja, die Kelta. Nix aufgschrieba.

Also mir persönlich wär au lieber, wenn net alle mögliche Leut alles mögliche über mi wüssdat. Scho gar net, was i denk. Und so isch es den Kelta ganga. Und dann sind die Römer komma und ham auf-ge-schrie-ben, dass es die Kelta gibt. Aaaaah! Dät Ihne irgend ebbes fehla, wenn Se des net wüssdat?

Ja, die Kelta. Nix aufgschrieba.

Die habat ihre Spura verwischt und uns a saubere tabula rasa hinterlassa.

Was für a geheimnisvolle und aufregende Welt wär des, wenn se heut net vollgschrieba wär, vollgsudelt und besudelt mit Buchstaba.

Wenn es keine Bücher gäb – Sie wüssdat vermutlich nicht, dass sich die Erde um die Sonne dreht und net umgekehrt. Na und? Macht des an Unterschied für Sie? Dürfdat Sie selber gucka, selber rechna und selber denka, und mal angnomma, Sie kämat plötzlich drauf: »Die Erde dreht sich um die Sonne, net die Sonne um die Erde« – überlegat Se doch, was **des** für ein Moment für Sie wär. Absolut grandios! Ein leuchtender Sonnenaufgang über Ihrem Horizont. So aber: Keine großen Momente mehr im Leben!

Die Kelten hend scho gwisst, warum se nix aufschreibat.

Die Kelta – des war Hochkultur in ihrer allerhöchschda Form, die Hochkultur des lebendigen Wortes. Und dann sind die Römer komma und hend die Schrift bracht und damit das Ende der Hochkultur.

Sie habat des Gegenteil glesa? In den Schriften von de Kulturwissenschaftler, Hischtoriker, Archäologa und Kulturanthropologa? Hören Se auf zu lesa, hörat Se lieber zu, hörat Se gut zu! Die Schriftbazille: Sie isch der Tod des lebendigen Wortes. **Jedes** aufgschriebene Wort wird davo infiziert. Und das Wort beginnt zu faula, es verliert Stück für Stück sei Bedeutung. Am Ende zerfällt sein Kern, und bloß die leere Hülle bleibt auf am Blatt Babier. Das Werk der Schriftbazille!

Geschriebenes Wort muffelt. Und je öfter a Wort aufgschrieba worda isch, deschdo verdorbener isch es. Prüfat Se Ihren Wortschatz! Schnüfflat Se! Noi, ich mein net des Alter vom Buch, vom Babier, vom Buchbinderleim. Dieser Fäulnisgeruch kommt vom geschriebenen Wort. Das geschriebene Wort selber stinkt zum Himmel!

A Wort – aufgschrieba – dem gehts wie ra Blume, die presst wird: Mer klemmt se zwischa Löschblätter und presst se zwischa Buchdeckel. Und die Blume vertrocknet und vergilbt. Sie verliert ihre Farbe und ihr Leba. Wird flach und zerfällt. Genauso geht es dem geschriebena Wort.

Das freie und lebendige Wort isch ausgschdorba. Ganz ausgschdorba? Nein! **Ein** Wort leischdet nach wie vor Widerstand! Niemals aufgschrieba, niemals gfanga und zähmt, niemals aufs flache Blatt Babier presst, zwischa Buchdeckel erwürgt. **Ein Wort** – immer no frei und lebendig, frisch, wild und gfährlich.

Geheimnis: Dieses Wort lebt – inkognito – in uns allen. Au in **Ihrem** Kopf. Doch, glaubat Se mir: Irgendwo in Ihrem Wortschatz isch es vergraba. Nein, i verrats Ihne nicht. Selber sucha! Net am Himmel, net auf der Erde! Sie findat es au net bei wikipedia, net im Duden, nur in Ihrem Kopf. Aber wenn Se 's gfunda habat: Bitte schreibat Se 's net auf! Schreibat Se 's niemals auf!

aus: »interim sucht« – Kunstbiennale auf der Grabenstetter Halbinsel; 2017

Fremde Kontinente

Oft schon war ich seekrank, gar schiffbrüchig geworden im unruhigen Ozean von Sprache und Denken. Und so bereiste ich fremde Kontinente, um zu forschen und zu lernen. Einige der auf diesen Reisen entdeckte Merkwürdigkeiten seien hier vorgestellt:

1

»Deine Rede sei: Ja, ja, nein, nein. Alles andere ist von Übel.« Nun, er selbst hat sich nicht daran gehalten, an diese Regel, als er nach einer Zweiwortsprache rief. Denkbar jedoch, dass diese Forderung – im Gegensatz zu anderen von ihm aufgestellten – realisierbar wäre. Ja, ja, nein, nein. Zumindest dann, wenn man zusätzlich nonverbale Gesten zulässt – Fingerzeige und weisende Blicke –, käme man mit »ja« und »nein« wohl aus.

Ich weiß von einem Kontinent, auf welchem eine ebenfalls äußerst beschränkte Sprache erfunden wurde und bis heute in Gebrauch ist. Eine Fünfwort-Sprache. Mir wurde berichtet, dass hin und wieder ein Eingeborener, der von einer Reise in die Fremde zurückkehrt, eine Eingabe macht: den Antrag auf Zulassung weiterer Wörter. Es kommt dann jedes Mal zu einem aufwändigen Gerichtsverfahren; bisher wurden jedoch alle Anträge ausnahmslos negativ beschieden. Die fünf offiziell zugelassenen Worte, wenn man sie in unsere Sprache übersetzt, bedeuten in etwa: Ich, ich, ich, ich und ich. Nein, verschiedene Betonungen gibt es nicht. Es gälte als ungehörig, ein Ich vor dem anderen in irgendeiner Weise hervorzuheben. Ich ist in jedem Fall ich. Einzig ein »ich« am Satzende wird etwas tiefer gesprochen als Ichs am Anfang oder in der

Mitte von Sätzen. In der geschriebenen Sprache wird das Satzende durch einen Punkt gekennzeichnet – wie bei uns. Überhaupt ist diese Sprache letztendlich sehr ähnlich der unseren. Mit dem einzigen Unterschied, dass ein Satz nicht mehr als fünf Wörter umfassen kann. Denn es gilt als unfein, zwei Mal das gleiche »ich« in einem Satz zu verwenden. Es gibt also letztendlich fünf Sätze in dieser Sprache: Kinder lernen in diesem Land recht früh sprechen. Bereits mit einem Jahr sind sie in der Lage, Einwortsätze zu bilden: »Ich.« Im Alter zwischen ein und drei Jahren differenziert sich das Sprachvermögen weiter aus. Kindergartenfähig sind die Kleinen, wenn sie beginnen, sich in Zweiwortsätzen zu äußern, etwa: »Ich ich«. Eingeschult werden die Kinder, wenn sie fehlerfrei Dreiwortsätze bilden können. Erreicht ein Kind diese Phase gar nicht, bleibt es im Elternhaus, wird dort zu niedrigen Arbeiten angehalten und abgestellt. Die Schule ist dazu da, den Kindern Vierwortsätze beizubringen. Anschließendes Studium für die Begabten führt dann in die geistigen Höhen des Fünfwortsatzes: »Ich ich ich ich ich.« Um Ihnen eine lebendige Anschauung zu geben, zitiere ich hier die Hauptpassage aus der diesjährigen Regierungserklärung des Präsidenten dieses Kontinents: »Ich ich. Ich ich ich ich ich. Ich. Ich. Ich ich. Ich. Ich ich ich. Ich ich ich. Ich. Ich. Ich ich.«

2

Was mir auf einem anderen Kontinent als erstes auffiel, waren diese fliegenden Gespinste. Mich erinnerten sie im ersten Moment an die Einkaufsnetze, mit denen unsere Mütter einkaufen gingen. Nur: Diese fliegenden Netze schienen aus ganz zarten Fäden gesponnen. Deshalb war mein zweiter Gedanke, es müsse sich um Spinnennetze handeln, jedoch keine flächigen wie bei uns, sondern dreidimensionale Netze. Auf jenem Kontinent, das bemerkte ich bald, wurden diese fliegenden Gespinste mit großer Ehrfurcht betrachtet. Jeder, dem solch ein Netz fliegend begegnete, versuchte es zu umrunden, es von allen Perspektiven zu betrachten, die einzelnen Fäden zu studieren, die bei genauem Hinsehen in vielen Farben schillerten.

Lange Zeit brauchte es, bis ich erfuhr, was diese Netze, die leider sehr bald zerfielen, ihrem Wesen nach waren; denn kein Mensch auf dem Kontinent dort war bereit, mit mir zu sprechen. Im Nachhinein ist mir klar, warum, anfangs jedoch glaubte ich, die Menschen seien dort überhaupt nicht zur Kommunikation fähig. Nun, heute weiß ich, das Gegenteil ist der Fall, und noch heute fühle ich Scham und Kränkung, wenn ich daran denke, dass sie mich nicht für wert hielten, einen Dialog mit mir zu beginnen.

Es ist so: Das Wort ist ihnen heilig. Der verbale Austausch gilt ihnen als heiliges Ritual. Bevor sie das Wort aneinander richten, waschen sie ihren Mund und setzen sich zu einstündigem Schweigen und Konzentrieren nieder. Dann beginnt ein Dialog, und wer es beobachtet hat, kommt aus dem Wundern und Staunen nicht mehr heraus. Mit dem ersten Satz, den A äußert, fließt ein zarter Spinnenfaden zwischen seinen Zähnen hervor. Zitternd löst sich das Ende des Satzes von den Lippen A's und bleibt einen Moment in der Luft stehen. Dann würde der Satz, dieser Spinnenfaden, zu Boden sinken und sehr schnell verwesen, wenn sich der Gesprächspartner nicht auf das Gespräch einließe. Dies gälte aber als Frevel – ein Wort unbeantwortet verwesen zu lassen. Also wird geantwortet, und der Satz A's wird umschlungen und umgarnt und hält sich – auch dank der Stütze der Antwort B's in der Luft. Und wieder spricht A, ein neuer Faden kommt hinzu, und auf diese Weise bilden sich diese schwebenden Gebilde aus Spinnenfäden. Sie schweben im allgemeinen einige Stunden in der Luft, bevor sie zerfallen, zu Boden sinken und verwesen.

Es gibt bei ihnen keine Schrift oder irgendeine andere Methode, das Wort zu bewahren. Es ist wohl nicht möglich, solch vielschichtige und filigrane Gebilde, wie es die schwebenden Dialoge sind, in irgendeiner Form nachzubilden. Das einzige, was immer wieder versucht wird, um besonders wertvolle Dialoge zu bewahren, ist, sie zu wiederholen. Das heißt: C und D finden beide unterwegs das noch lebende Dialoggespinst zwischen A und B. Wenn beide den besonderen Wert dieses dialogischen Gebildes wahrnehmen, setzen sie sich nieder und versuchen, dieses Gespinst nachzubilden, es zu wiederholen, bevor es endgültig zerfällt. Natürlich wissen sie, dass auch ihr Gespinst bald zerfallen wird. Sie können nur hoffen, dass andere Menschen ihr Gebilde ebenfalls nachbilden, und dass es auf dieses Weise weiter tradiert wird. So gibt es dort auf jenem Kontinent einige Dialognetze, die an die 2000 Jahre alt sein sollen, wenn nicht noch älter. Allerdings weiß keiner, wie weit sie tatsächlich noch die ursprüngliche Form haben, ob sie starke Abänderungen im Laufe der Zeit erfahren haben, gar völlig entstellt sind inzwischen. Sie werden ständig und von sehr vielen Menschen nachgebildet, nur damit sie nicht verloren gehen. Dass es Abänderungen gibt, ist – trotz der enormen Gedächtnisleistung der Menschen dort – unumstritten. Sonst wäre nicht erklärlich, dass von ihrem heiligsten Dialognetz sehr viele, völlig widersprüchliche Varianten durch den Äther schweben.

3

Und ich besuchte einen Kontinent mit mir völlig fremden Werten: A und O allen Lebens dort war, sich nicht beeinflussen zu lassen. Ein Mensch wurde dort nur dann wirklich als vollwertiger Mensch angesehen, wenn er seit seiner Geburt nur aus sich selbst heraus gewachsen war, sich ausschließlich aus sich selbst heraus entwickelt hatte. Jede Charaktereigenschaft, jeder Gedanke, jedes Gefühl, jede Handlung sollte aus dem Kern und nur aus dem Kern des einzelnen Individuums kommen. Erziehung zur Eigenheit wurde das genannt und bestand im wesentlichen letztlich darin, jeden Dialog zu meiden. Entsetzt war man, wenn ein Kind zum Beispiel Mitgefühl zeigte oder einen Gedanken äußerte, den es zuvor irgendwo vernommen hatte. Doch – man durfte sich durchaus äußern, man musste dies sogar, diente doch dieses Sich-Äußern der Eigenheitskontrolle, dem Originalitätsnachweis.

Auf Kontinente wie den unseren wurde verächtlich herabgeblickt. Bei uns wisse man ja nie, wen man eigentlich vor sich habe, wir seien allesamt nicht nur unoriginale Mischwesen, sondern flüchtig und veränderlich wie Chamäleons, die ihre Farbe ständig dem jeweiligen Hintergrund anpassen. Wir dächten nicht aus uns selbst heraus, sondern übernähmen die Gedanken anderer, noch schlimmer, da schwer nachweisbar und hinterhältig, wir verknüpften die Gedanken verschiedener Quellen, die außerhalb unserer selbst lägen und spönnen neue daraus, verkauften sie als eigene.

Die Regierung dieses Kontinents hatte vor allem die Aufgabe, jedem Individuum eine Farbe zuzuteilen, eine einmalige Farbe, und alles, was das Individuum tat, sagte, oder sonst auf irgendeine Weise von sich gab, hatte diese Farbe. Es war daher sofort nachweisbar, wenn das Individuum den Hauch einer fremden Farbe angenommen hatte: die Äußerungen dieses Individuums waren dann nämlich fremdgefärbt, vielleicht nur eine Nuance, aber man hatte Messmethoden entwickelt, auch die winzigsten Farbnuanceunterschiede nachzuweisen. Als vollendet galt ein Leben, wenn es tannengrün geboren, gelebt und gestorben war. In Isolationshaft wurde genommen, wer als tannengrün Geborener plötzlich eine Nuance minzgrün zeigte. Freiheit konnte er erst wieder erlangen, wenn er wieder rein tannengrün geworden war (was jedoch kaum einem gelang; auch konnte einem so in Isolationshaft Gehaltenen keiner dabei helfen, seine ursprüngliche Farbe wiederzufinden, da auch ein therapeutischer Einsatz als Veränderung betrachtet wurde, der sich in einer weiteren Verfärbung niederschlug).

4

Weitere Kontinente bereiste ich zu jener Zeit. Da waren nicht wenige darunter, deren Sprache sich recht grundsätzlich von der unseren unterschied. Zum Beispiel kam ich auf den Adjektivkontinent. Dort bestand und besteht wohl noch die Sprache ausschließlich aus Adjektiven. Sie haben sehr viele davon, wesentlich ausdifferenzierter als bei uns – in kleinste Bedeutungsnuancen. Allein für unser Wort »schön« findet man dort an die 300 Worte, deren jedes eine winzige Bedeutungsnuance unseres »schön« repräsentiert. Dagegen gibt es für tabuisierte Bereiche nur sehr wenige Begriffe – »rund« beispielsweise ist ein Wort, welches sehr einsam in der Wortlandschaft steht. Lange habe ich mich gefragt, warum – was ist an einem Kreis denn so Unanständiges? In vielen Kulturen ist der Kreis ein heiliges Symbol, das Zeichen der Sonne, des Priestertums, der Vollendung, was-weiß-ich. Bei diesem Volk jedoch ist das »Runde« aus irgendwelchen Gründen mit den Körperformen speziell der Frau verbunden, und auf dieses Körperliche scheinen sie dort anders zu reagieren als wir: In unserem Land gibt es ja für die unanständigen Dinge jeweils sehr viele Synonyme. Dort jedoch ist es andersherum – Dinge, die in irgendeiner Art unanständige Assoziationen wecken könnten, werden mit nur einem Adjektiv belegt. Nun, wie funktioniert diese Sprache? Man könnte vermuten, dass sich die Menschen in diesem Land ausschließlich über ihre Meinungen unterhalten, dass sie – vielleicht verbunden mit Fingerzeigen auf die gemeinten Gegenstände – »schön«, »warm« und »trocken« sagen, zum Beispiel, wenn sie einen Ofen meinen. Dem ist aber nicht so. Denn eigentlich gebrauchen sie ihre Adjektive gar nicht zum Kommunizieren in unserem Sinne. Sie haben nämlich längst begriffen, dass die Sprache in Wahrheit obsolet ist. Vielmehr sprechen die Leute dort miteinander, wie wir uns gegenseitig etwas vormusizieren würden. Musik in unserem Sinn kennen sie nicht, sie bauen jedoch sprachliche Partituren aus Adjektiven, deren harmonische Verhältnisse und semantischen Spannungen untereinander ihnen eine Art Melodien ergeben. Es gibt auch Chöre, das heißt vielstimmige Adjektivpräsentationen. Bei dieser Art Musik spielt der Rhythmus jedoch keine Rolle, auch Tonhöhe, Lautstärke und andere Parameter unserer Musik haben keine Relevanz, einzig die Bedeutung der Adjektive. Einige ihrer bekanntesten Volkslieder habe ich mir notiert, zumindest versucht, sie wenigstens rudimentär in unsere Sprache zu übersetzen – wie gesagt nicht einfach –, aber dennoch, hören Sie, hier eines ihrer beliebtesten Kinderlieder: »weich weiß kalt weich weiß kalt lustig lustig weich weiß kalt!« Oder ein bekanntes Wanderlied: »steil frisch steil mutik steil ausdauernd steil anstrengend steil müde steil erschöpft spitz spitz spitz!« Und mein Lieblingsabendlied: »sanft dämmrig ruhig dunkel müde müde müde«. Es gibt aber auch Protestsongs, die dem Konflikt durchaus nicht ausweichen, zum Beispiel: »hart ungerecht mutik wach! grausam verbrecherisch mutik wach! streng grausam mutik wach! böse hart mutik wach!« Und Choräle: »groß gerecht heilig heilig, klein dumm sündig sündig, groß gerecht heilig heilig, zaghaft schafig kindisch kindisch«.

5

Und ich kam auf einen Kontinent, da fand regelmäßig eine Art Olympiade im Denken statt. Nicht Denksport in unserem Sinne. Am besten werde ich Ihnen die Disziplinen der dortigen Olympiade erläutern:

A: Langsamdenken. Gesucht war der langsamste Denker, der, welcher bei den einzelnen Gedankenschritten am längsten verharrte. Es war dies eigentlich eine Disziplin in geistigem Gleichgewicht. Es versteht sich ja von selbst, dass sich unsere Gedanken im stetigen Fluss der Zeit bewegen müssen. Da sie nicht wirklich fließen können, springen sie, vergleichbar einem Wesen, welches im Fluss von einem herausragenden Stein zum nächsten springt. Wir haben Schwierigkeiten, auf einem dieser Gedankensteine zu verharren, bei einem Gedankensprung stehen zu bleiben. Unsere Standpunkte sind ja meist zu klein, um in der steten Bewegung – sowohl der optisch mitgeteilten Bewegung des Flusses als auch unserer eigenen Bewegung des Sprunges – innezuhalten. Die geistige Balance auf einem unsicheren Punkt, der sich im Fluss befindet, ist dabei also das eigentliche Kunststück.

Nun, und in diesem Land war dies eben eine der denkerischen Disziplinen, so langsam wie möglich fortzuschreiten im Denken, so lange wie möglich auf einem Punkte zu verharren. Die Disziplin wurde in mehreren Klassen ausgetragen. Immer war ein Problem vorgegeben, die zu bewältigenden Schritte manchmal durchaus allgemein bekannt, manchmal auch selbständig zu suchen. Die höchste Klasse bestand in der Lösung der Aufgabe 1 + 1. Wer als Letzter zur Lösung kam, wurde Träger der Goldmedaille.

B: Tabubruch. Eine weitere Disziplin war der Tabubruch. Jeder der antretenden Sportler hatte eine Art geistigen Parcours zu durchlaufen. Vergleichbar unseren Springturnieren waren die verschiedenen Tabus der Gesellschaft als Hürden aufgestellt. Es kam darauf an, möglichst viele dieser Hürden niederzureißen oder zu durchbrechen. Da standen religiöse Tabus, logische Tabus, sexuelle Tabus, politische Tabus, gedankliche Tabus, Tabus der Phantasie.

Hier bestand die höchste und schwierigste Klasse darin, einen Parcours zu durchschreiten, der voller unsichtbarer Tabus war. Diese Tabus zu entdecken, war die größte Kunst. Für Auge und Ohr waren diese Tabus nicht wahrnehmbar, doch es wäre ein primitives, mit Punktabzug bestraftes Vorgehen gewesen, einfach durch diesen Parcours zu gehen, bis der Körper durch mehr oder weniger schmerzhafte Berührung ein Tabu entdeckte, um es sodann zu brechen. Den Sportlern dort scheint, durch andauerndes Training geschult, ein 7. Sinn zueigen: Ich selbst habe auf den Rängen des Großen Stadions dort miterlebt, wie ein mehrfacher Weltmeister auf diesem Parcours ein äußerst großes und komplex gebautes Tabu gewissermaßen erroch und mit einer einzigen Bewegung des Geistes, die an Kraft und Grazie nicht zu überbieten war, zerstörte.

C: undsoweiter: Weitere Disziplinen dieser Olympiade waren Gedankenspringen (gewertet wurden die jeweils größten Gedankensprünge), Rückwärtsdenken (den gedanklichen Weg einer Stunde vollständig rückwärts zu schreiten) und Kreisdenken (gedankliche circuli vitiosi nicht zu verlassen): Hierbei wurden die schnellsten geistigen Pirouetten gewertet, – bis der Sportler zusammenbrach. Dies war eine äußerst gefährliche Disziplin, die nicht selten tödlich ausging –, dennoch äußerst beliebt beim Publikum, weil hochkomisch anzusehen.

aus: »Nüx und Nus« – Nachtgedanken; Jahresprojekt 2005

Anna und Lisa: Gedankenkontrolleur

Anna, Lisa

Anna: Du, Lisa, was macht der Mann da?
Lisa: Der kontrolliert Gedanka.
Anna: Was für Gedanka?
Lisa: Alle, die da grad so vorbeifließat.
Anna: Meine au?
Lisa: Wenn se da grad vorbeikommat, ja. Der Mann hört mit sei'm Abbarat in die Gedanka nei und kontrolliert, ob se in Ordnung sind.
Anna: Und wenn net?
Lisa: Dann kriegt mer a Schreiba vom Amt. Und muss ganz viel Geld zahla.
Anna: Und was für Gedanka sind net in Ordnung?

Lisa: Wieso, was hasch denn grad dacht?

Anna: Sag i net. Aber wie kommat meine Gedanka in dem sein Abbarat?

Lisa: Mensch, bisch du dumm: Gedanka haldat ja nie ruhig. Die bleibat net brav in deim Kopf sitza. Wenn du ebbes denksch und net wahnsinnig aufbasch, dann fließt der Gedanke von deim Kopf in da Boda nei. Da unda sind ganz viele Leidunga. Wie Adra, durch da ganza Boda. Und durch die fließat alle Gedanka, und deshalb kann der Mann se höra.

Anna: Aber wieso macht der des, wieso lässt der die Gedanka net oifach da unda in Ruh fließa?

Lisa: Ha, stell dir doch mal vor, du denksch ebbes Böses, ebbes Gfährliches, ebbes wie a Messer oder so. Und dann fließt der Gedanke in da Boda und durch so a Leidung, und plötzlich kommt der bei ma andra wieder raus. Und der verletzt sich dann dran, weil er net aufbasst. Es könnt au sei, dass es an leichtentzündlicher Gedanke isch, und der, bei dem der Gedanke zufällig wieder rauskommt, hat grad a brennends Streichholz in der Hand.

Anna: Ja, aber warum kommat die Gedanka denn bei jemand anders wieder raus? Warum bleibat die net oifach im Boda?

Lisa: Des isch oifach so. Gedanka könnat net stillhalda. Die müssat immer weiter fließa. Sonsch gibts au a Verstopfung.

Anna: Und wenn mer die Leidunga im Boda oifach zumacht, dass die Gedanka oifach bloß versickrat?

Lisa: Dann dädat se, wenn de Pech hasch, wieder bei dir selber rauskomma und alles überfluda.

Anna: Und was macht dann der Gedankakontrolleur, wenn er an bösa Gedanka entdeckt hat?

Lisa: Dann versucht er's ersch mit ma guta Gegagedanka. Wenn des aber net hilft, zum Beispiel weil der böse Gedanke von dir stärker isch wie der gute Gedanke von dem Kontrolleur, dann zeigt der des an, und dann kommt des Schreiba vom Amt.

Anna: Kann mer denn net an bösa Gedanka, der oim, ohne dass mer's wollt, nausgwitscht isch, eifanga und wieder zrückdrücka, bevor der Gedankenkontrolleur den entdeckt?

Lisa: War's denn so schlimm, was du dacht hasch? Was echt Böses?

aus: »Nüx und Nus« – Nachtgedanken; Jahresprojekt 2005

Trägheit des Herzens

Ich bin nicht gleichgültig. Mir geht alles immer furchtbar unter die Haut. Wenn im Fernsehen diese Bilder kommen, Bilder vom Krieg zum Beispiel, aber auch die Arztserien. Wenn sie da Operationen zeigen, ich kann da ganz schlecht abstrahieren. Wird mir richtig schlecht. Horrorfilme kann ich gar nicht. Da fehlt mir die Fähigkeit zur Distanz. Warum ist die Welt so grausam?

Gestern Nachmittag ist mir was passiert. Ich ging raus, hab da mein Lieblingsbänkle am Benzplatz; wunderschöner Blick über Stuttgart. Gestern also sitze ich da, und rechts ist ja die kleine Staffel, die vom Mörikeweg runterkommt, eigentlich nur ein paar Stufen.

Und wie ich mal nach rechts sehe, steht da oben an den Stufen eine Oma mit Rollator, den Korb am Rollator voller Äpfel, und ich denke gleich, will die etwa mit dem Rollator die Stufen runter? Ja, die will da runter, ist ja auch wesentlich kürzer als den riesengroßen Bogen über den Mörikeweg und dann wieder ganz hoch. Sie steht also da oben an der Treppe mit dem Rollator und zögert. Mit dem Rollator die Stufen runter, das geht nicht. Sieht sie dann offensichtlich irgendwann auch ein. Aber statt dass sie aufgibt und eben den Umweg über die Mörikestraße macht, geht sie jetzt an die Seite von der Staffel, wo die Fahrradrampe ist. Will es da versuchen. Wie soll das denn gehen? Mit dem Rollator. Das kann ja nicht gut gehen, hab ich gleich gedacht.

Also bin ich aufgestanden. Bin aufgestanden und hab mich auf die andere Bank gesetzt, die Bank direkt gegenüber der Staffel. Damit ich den Kopf nicht so drehen muss. Im Kino sitz ich auch gerne vorne, aber immer in der Mitte, damit ich den Hals nicht so drehen muss die ganze Vorstellung.

Also, die Oma wollte da tatsächlich an der Rampe runter. Fest entschlossen. Da war ich aber gespannt. Weil mit dem Rollator in die Fahrradschiene rein und runter, das geht nicht. Mensch, die versucht das tatsächlich. Rangiert mühselig den Rollator oben an die Rampe, stellt ihn gerade und macht vorsichtig Schrittchen für Schrittchen vorwärts. Ich denk gleich, das geht nicht. Und – klar – klar, kaum ist der Rollator vorne auf der Schräge, da müsste sie sich extrem vorbeugen, um alle Räder auf dem Boden zu halten, da hätte sie das Gleichgewicht schon mal nicht halten können.

Also kippt sie den Rollator, dass der nur auf den hinteren Rädern Bodenberührung hat und will nun selbst auf die Schräge. So stur! Sie macht also das erste Trippelschrittchen auf die Schräge, und da rutscht ihr der Rollator natürlich schon weg, also dem zieht es sozusagen die Räder nach vorne, jetzt hängt sie da, weil, sie lässt den Rollator nicht los, drückt diese Handbremsen, also der Rollator wackelt in Schräglage, und sie wackelt in Schräglage, da könnte ja kaum ein Junger das Gleichgewicht halten, also mit dem Rollator, der nach unten wegrutschen will, sie selber auf der Schräge und als Stütze den gekippten Rollator. War nur eine Frage, wie lang sie da noch rumkippelt und versucht, sich auszubalancieren. Sie hat sich noch erstaunlich lang in der Lage gehalten, ich würde sagen, fast eine halbe Minute, gut, man kann die Zeit schlecht schätzen in so einer Situation, mir jedenfalls kam es unendlich lang vor. Wie die Oma da völlig verrenkt oben an der Rampe steht, der Rollator nur noch auf den Hinterrädern, gekippt und gedreht, die Oma verzweifelt bemüht, den Schwerpunkt nach hinten zu verlagern, tja, und das Gesicht, so konzentriert verzweifelt irgendwie, ja, konzentriert verzweifelt. Diese Mimik habe ich ganz genau gesehen, war ja auch ganz nah, höchstens viereinhalb Meter. Verzweifelte Konzentration. Ich hab richtig mitgelitten.

Dann ist es natürlich passiert.

Ich sehe, sie ist in der Zwickmühle, sie müsste den Rollator loslassen, um das Geländer zu greifen, aber sie will den Rollator nicht loslassen. Jedenfalls lässt sie schließlich mit der einen Hand den Rollator los, hält ihn aber mit der anderen noch fest, sie will mit der jetzt freien Hand das Geländer greifen, ist aber natürlich nicht schnell genug, der Rollator rutscht an der Seite, wo sie loslässt sofort die Schräge weiter runter, sie will ihn wieder fassen, beugt sich also nach vorne, auf der Schräge, und dann noch die andere Hand an der Handbremse, also, das ist natürlich unmöglich. Aber sie lässt den Rollator jetzt nicht mehr los, der kippt also, die vorderen Räder in der Luft, die Hinterräder rollen die Schräge runter, ziehen die Oma mit sich, der Rollator fällt um, die Oma auch. Ich finde ja immer den Moment kurz vorher noch schlimmer als wenn 's dann tatsächlich passiert. Wenn einer am Felsen hängt, unter sich 400 Meter Abgrund, und sich noch an einem winzigen Grasbüschel festkrallt, und dann löst sich der Büschel, das ist immer Wahnsinn. In »Der unsichtbare Dritte« zum Beispiel, da krieg ich fast nen Herzinfarkt. Die Oma fällt also nach vorne, richtig der Länge nach, auf der steilen Abwärtsschräge, schlägt den Kopf an der Geländerstange an. Aua, aua. Wenn das ein Stuntman so hingekriegt hätte, alle Achtung. Den Rollator hat sie jetzt doch losgelassen, der ist auch vollends umbekippt und liegt unten am Ende der Stufen. Und da liegt sie, direkt vor mir, und eine Weile rührt sie sich gar nicht, wie ein überfahrene Kröte liegt sie da, ich denke noch, wie eine überfahrene Kröte. Ganz still ist es, nur die Äpfel, die in dem Rollatorkorb waren, rollen auf den Platz, mir direkt vor die Füße.

Das hat mich richtig bewegt. Ganz tief im Herzen. Diese Hilflosigkeit, diese Geschichte von Einsamkeit, Niederlage, Scheitern, Schmerz und Ausweglosigkeit.

Aber dann hat sie sich doch wieder bewegt. Sie hat versucht, den Kopf zu heben, ja das ging ein bisschen. Und die Lippen bewegt, vielleicht hat sie ganz leise was gesagt oder versucht, um Hilfe zu rufen. Aber es kam nicht wirklich was raus, und im Leben kannst du ja nicht den Ton höherdrehen, ob man vielleicht doch was versteht.

Also: Sie hebt so den Kopf und versucht, sich ganz vorsichtig umzudrehen, um auf die Knie zu kommen, aber das hat gedauert. Das hat ewig gebraucht, bis sie sich so ein bisschen gedreht hatte. Nach ein paar Minuten hatte sie es auf die Seite geschafft, und da hab ich gesehen, dass sie blutet am Bein, also da lief ihr das Blut runter. Also Blut kann ich ja gar nicht sehen. Ich musste kurz weggucken, ich muss immer weggucken, wenn Blut kommt. Auch in Fluch der Karibik muss ich immer die Hälfte der Zeit die Augen zumachen. Und hier war ja sogar live, also echt, nicht bloß Filmblut. Also das muss schon sehr wehgetan haben. Und sie ist nicht hochgekommen. Lag so auf der Seite ganz komisch verrenkt, und ist nicht mehr hochgekommen, wie sie auch zappelte. Hat es aber versucht, immer wieder.

Und dann seh ich, dass sie weint. Also das ist bei mir ganz furchtbar, also, wenn eine alte Frau weint, das kann ich gar nicht mitansehen. Das berührt mich unheimlich. Und ich saß ja da auf der Bank quasi in der ersten Reihe. Da sind mir dann auch die Tränen gekommen.

Und dann, das war schon irre, also sie lag ja so, da sieht sie – im Liegen also, dass ihre ganzen Äpfel da verstreut herumliegen. Und da fängt die doch an, die Hand auszustrecken, versucht, wenigstens ein paar von den Äpfeln aufzusammeln, da vom Liegen aus. Liegt da, blutend, verrenkt, kann nicht mehr aufstehen, aber fängt an, nach den Äpfeln zu fischen.

Ja, dann ist ein Auto gekommen. Ziemlich junger Typ. Ausgestiegen, zur Oma hin, sammelt sie auf samt Rollator und allem und packt sie ins Auto. Der Geißbock. Und ab, ins Krankenhaus wahrscheinlich. Tja.

Ich bin nicht gleichgültig. Mir geht alles immer furchtbar unter die Haut. Wenn im Fernsehen diese Bilder kommen, Bilder vom Krieg zum Beispiel, aber auch die Arztserien. Wenn sie da Operationen zeigen, ich kann da ganz schlecht abstrahieren. Wird mir richtig schlecht. Horrorfilme kann ich gar nicht. Da fehlt mir die Fähigkeit zur Distanz. Warum ist die Welt so grausam?

aus: »Beichtstuhl« (7 Todsünden im öffentlichen Raum); Auftragswerk für »Lokstoff! Theater im öffentlichen Raum«; UA Stuttgart 2012

Horst Spinnengesicht

Horst Spinnengesicht – sein Alter ist schwer zu schätzen. Trotz der spinnwebenartigen Falten, die sich durch sein ganzes Gesicht ziehen, wirkt er hin und wieder äußerst jugendlich, dann jedoch plötzlich wieder uralt. Als seien diese Falten schon immer da gewesen. Ab und zu mal eine neue hinzugewoben, vielleicht mal ein alte gerissen und verkümmert. Und mittendrin in diesem Spinnennetz aus Falten sitzen zwei völlig unterschiedliche Augen. Das eine lauernd, unbeweglich. Es scheint kaum je nach außen zu blicken. Völlig reglos konzentriert es sich nach innen: Hat sich ein Opfer verfangen? Das andere Auge dagegen ist ständig unterwegs. Es springt von links nach rechts, huscht von nah nach fern – kaum möglich, für mich selbst einen Ort zu finden, an welchem ich mich sicher wähnen könnte. Ja – fürchte ich denn so sehr Beobachtung, Entdeckung? Prinzipiell nein. Aber dieses Auge, das Auge im Außendienst, fängt und packt und – zieht ins Netz. Es bringt dich zu seinem Partner, dem Auge im Innendienst, und dieses wird dich endgültig verschlingen. Ich habe es ja schon oft beobachtet. Da saß zum Beispiel diese Frau. Sie saß auf einer Bank neben dem Grab ihres Mannes, die Handtasche auf dem Schoß – wie auf dem Bahnsteig – und sie war unachtsam, sah nicht, daß Horsts Blick auf Pirsch war heute in diesem Garten der Trauer und Einsamkeit. Als sie aufblickte, war es zu spät. Sie war bereits gefangen. Horsts Blick ließ sie nicht mehr los, und sie schaffte nicht mehr, sich zu befreien. Sicher – rein äußerlich sah man ihr nichts an am nächsten Tag. Aber sie wusste, dass sie gefangen war, gefangen in der Finsternis seiner Seele, und niemals würde sie sich befreien können, niemals, wenn nicht durch den Tod. Sie suchte und fand ihn in ihrem Medizinschränkchen und glaub mir, dieses Ende war besser für sie als ewig dahinzuvegetieren im grausamen Verlies seiner Phantasie. Man sieht seinen Opfern an, dass sie seine Opfer sind – ich erkenne selbst dann, wenn mir ein Mensch in New York auf der Straße begegnet: Opfer von Horst Spinnengesicht – gefangen im Kerker seines Herzens. Es ist nicht bekannt, was er mit seinen Opfern anstellt – nie drang je ein Schrei nach außen, und nie überwand ein tapferer Ritter die dicken Mauern von Horsts Seele und eilte zur Befreiung seiner Gefangenen.

aus: »Nüx und Nus« – Nachtgedanken; Jahresprojekt 2005

Die diebisch' Waltraud

Des isch a Kloine gwea, so a ganz Kloine, aber mit ara große Bosheit, ra ganz große Bosheit. Und diebisch isch dui gwea. Also, wenn du dera begegnet bisch, no hosch du hinterher zerscht amol zähla müssa, ob de no älle Finger an der Hand ghett hosch. Mei Jonger isch amol heulend hoimkomma, heulend, weil er der Waltraud begegnet war und hot gsagt, sie häb ihm da Kopf ausgräumat, also komplett ausgräumat. I versuch den Bua zu beruhiga und sag, ha, jetzt guck amol zersch noch, vielleicht isch ja no älles do. Noi, hot er gheulat, so gheulat hot er, die hat mir da Kopf komplett ausgräumat, do isch nix meh. Also, han i gsagt, jetzt guckat mir mol mitanander, ob mir net doch no ebbes fendat. Gheulat hot der, also gheulat. Wie hoisch, han i gfrogat. Gheulat hot er. Wer bisch denn, han i gfrogt. Bloß no meh hot er gheulat. Wem ghörsch denn, han i gfrogt. Da Kopf gschüttelt und gheulat hot er. Aber du woisch doch, dass de hierher ghörsch, han i gsagt, du bisch doch hierher glaufa komma, da woisch doch, wo de no ghörsch? Gheulat hot er, er häb also gar nix gwisst, bloß seine Füß seiat glaufa, und er halt, also er sei halt mitglaufa, er könn ja da Kopf net doliega lassa, sein Kopf, der net wiss, wo er noghöra dät, wenn seine Füß loslaufa dädat. Und seine Füß häddat da Kopf hierherbrocht, warum, des wiss er au net, i soll seine Füß froga. Han i seine Füß gnomma und gstreichelt und globt, dass se schö herglaufe wärat, aber gschwätzt hend die nix, und der Jong hot immer no gheulat. Drei Dag am Stück hat der Bua gheulat. No han i mir also a Herz gfasst, a Herz und mi recht zammagnomma, dass mir nix abhanda kommt, und bin mit dem Bua an der Hand zur Waltraud. Und die hot den aguckt, also so an Blick han i no nie gsea, aber der Bua hat wieder gstrahlt, isch mir in da Rock nei und hot gsagt: I be dei Jonger und ghör zu dir und hot älles wieder gwisst. Aber also nachweisa hosch dera nie ebbes könna. Gut, früher hätt mer so ebbes verbrannt, aber heut derfsch des ja nemme glauba. Aber wahr isch trotzdem.

aus: »Nüx und Nus« – Nachtgedanken; Jahresprojekt 2005

Fasnetsstammtisch

Hosch gsea, wie se brennt hot?

Jetzt könnat die Bockstetter bis zum Fasnetsdienschdag ihr Hex sucha. Oder die Hammelwiesner.

Vielleicht isch se au vo Oxastoi raufkomma.

Ha, die Oxastoiner hend koi Hex, die sind doch evangelisch, die hend bloß ihre eigene Weiber.

Des langat au, da isch koi großer Unterschied.

Ha, die wird irgend so an Schluri mit zur Weiberfasnet han mitnehme wolla, als Danzpartnerin. Wird koi echts Mädle gfonda hao. Und wird g'moint han, es fall it uff, wenn er a Ausgstopfde nehm.

Die danzt am wenigschdens it davo, die ko er im Griff b'halda.

Vielleicht hätt der Guschdav sei Rosa au ausstopfa solla, dass se ihm it nebenausgoht. A nette Danzpartnerin hot er sich da baschdelt, älles dra. Wird wahrscheinlich bei seiner Mudder Maß g'nomma hau.

Wa loht er se au stau am Schuppa vo der Zeckamarie. Direkt an de Besa isch se gschdanda.

D'Weiber rennat halt ällaweil zu de Butzlompa.

Aber hosch g'hört, wie die pfuhzgat hot im Feuerle. Richtig quiekt hot se.

Ha, der Schluri wird ra a Tonband eibaut han, dass se ab und zu an Ton von sich gibt. A Weib, was koin Ton secht, isch it echt, des dät jeder merka.

Aber gschdonka hot se, da war no ebbes anders drin wie Strauh.

Ha, der wird baar Saukuttla in se neigsteckt han, dass se echt schmeckat. Weiber schmeckat ja it nach Strauh. Höchschdens deine.

Ewig schad, dass mer it wissat, wem die ghairt hot.

aus: »Nüx und Nus« – Nachtgedanken; Jahresprojekt 2005

Kreuz am Rain

Kreuz am Rain
Ganz allein
Hängt keiner dran
Als Jesus allein.
Auch dieser Landschaft musste die Kirche
ihr Brandzeichen aufdrücken.
Warum würde es als Sakrileg angesehen,
ihm einen wärmenden Mantel umzuhängen?
Hätten sie damals Galgen gehabt,
eine Schlinge hinge heute vom Himmel,
ein Erhängter dran baumelte im Wind.
Oder: Gäbe es noch andere Religionen,
in jedem Landstrich eine:
Hier würde Jolab verehrt, den sie vierteilten,
dort Jarub, den sie hungen,
da Jisuf, den sie auf den elektrischen Stuhl setzten,
dort Jobim, den sie pfählten … –
wie sähen die Landschaften aus?

Wie der Landsitz Draculas, der die sterblichen Überreste
seiner besiegten Feinde rund um sein Schloß drapierte.
Zur Abschreckung.
Haben wir also Jesus besiegt?
Ist dort eine Trophäe aufgestellt?
Und warnen wir jeden, der uns da erlösen will,
heilen, zur Feindesliebe anhalten,
es könnte ihn ein gleiches Schicksal ereilen?
Wie ein Verkehrsschild, welches da vor Steinschlag warnt?

aus: »Nüx und Nus« – Nachtgedanken; Jahresprojekt 2005

Teufelsbegegnung

Eine: Wer sind Sie?
Teufel: Ich bin der Geist der Gewalt, der alles neu schafft.
Eine: Wo wohnen Sie?
Teufel: In dem wunderbaren Brachland hinter dem Tabubruch.
Eine: Und was machen Sie dort?
Teufel: Ich schaffe neue Welten.
Eine: Wie sieht Ihre Tätigkeit genau aus?
Teufel: Ich stoße, schlage, steche, hasse, haue, schieße, verletze, töte.
Eine: Ich dachte, Sie üben eine schöpferische Tätigkeit aus.
Teufel: Ach, kommen Sie. Ist aus einer sanften Berührung schon einmal eine neue Welt entstanden? Zur Kernfusion kommt es nicht, wenn zwei Welten bei mittlerer Temperatur nebeneinander stehen.
Eine: Welten verhalten sich doch nicht wie Atome.
Teufel: Sondern?
Eine: Wie liebende Menschen, aus deren zärtlicher Vereinigung neues Leben entsteht.
Teufel: Was für Leben? Schreiendes, plärrendes, hilfloses, lebensunfähiges, saugendes Etwas. Erst nach quälenden Jahren der Aufzucht, Pflege und Plage halbwegs selbständig. Und wenigstens lebendig auch nur deshalb, weil die Vereinigung zweier Individuen, von der Sie sprechen, weniger mit Liebe als mit Gewalt zu tun hat: Eindringen, stechen, schießen, Eier zertrümmern ...
Eine: Aber der Geist, der neue Welten schafft, der Gedanke! Er braucht angstfreien Raum, sich zu entfalten.
Teufel: Unsinn! Wollen Sie einem Menschen zur Geburt eines neuen Gedankens verhelfen? Schreien Sie ihn an, machen

Sie ihn fertig, würgen Sie ihn ab und Sie werden sehen: Wenn sich Staub und Rauch verzogen haben und der Schmerz beginnt, nachzulassen, steht ein junger, gesunder Gedanke vor Ihnen und strahlt Sie dankbar an. Geburt geht immer nur mit Schmerzen, das steht bereits in der Genesis.

Eine: Interessant, daß Sie dieses Buch kennen.

Teufel: Es redet meine Sprache! Lesen Sie es nur genau! Die verbotenen Äpfel vom Baum der Erkenntnis, das Wissen um Gut und Böse, das Werden wie Gott, sehen Sie nicht, was das sagen will? Erst der Tabubruch (das Naschen von den verbotenen Früchten) macht uns zu Schöpfern.

Eine: Dieser Tabubruch vertrieb uns aus dem Paradies.

Teufel: Natürlich, im Garten Eden brauchten wir nicht Schöpfer zu sein. Doch wir wollten Gott sein. Dazu mussten wir böse werden.

Eine: Woraus entstehen denn neue Welten? Immer aus den Trümmern der alten, die Sie zerschlagen?

Teufel: Nicht aus den Trümmern. Trümmer sind Abfall. Die Welten, die ich zerschlage, sind wie Nussschalen. In den alten Welten sind die neuen bereits enthalten. Sind nur eingeschlossen, bis ich sie befreie mit meiner Faust. Oder haben Sie noch nie entdeckt, dass eine Idee, die Sie das erste Mal deutlich sehen, schon längst in Ihnen gewohnt hat, nur nicht zum Tageslicht befreit war?

Eine: Das stimmt. Gedanken scheinen schon lange in mir zu existieren, bevor ich sie bemerke.

Teufel: Sehen Sie. Daher der Vergleich mit der Nuss. Eine alte Welt, in der Sie leben, war vielleicht einmal neu, verhärtete sich aber mit der Zeit. Wurde starr und undurchdringlich. In ihr wuchs unbemerkt eine neue heran. Zertrümmern wir die alte, lassen wir die neue ans Licht. Auch sie wird sich mit der Zeit verhärten und eine neue in sich bergen.

Eine: Heißt das, daß in jedem Gedanken ein anderer wohnt?
Teufel: Unzählige! Man muss nur immer weiter zertrümmern und zerschlagen.

aus: »Nüx und Nus« – Nachtgedanken; Jahresprojekt 2005

MISSVERSTEHEN

Anna und Lisa: Lügagott

Anna, Lisa

Anna: Guck mal, Lisa, was isch da am Himmel?

Lisa: Des isch an Regaboga. Den hat der liebe Gott gmacht, vor tausend Jahr, als Versprecha, dass er's nie mehr regna lässt.

Anna: Ja, aber.

Lisa: Wahrscheinlich kann der halt au net alle Versprecha halda. Oder er hat sich versprocha, wo er des versprocha hat.

Anna: Vielleicht isch des ja der Lügagott und gar net der liebe Gott.

Lisa: Des darfsch net saga, ganz gwieß net.

Anna: Des kann doch falsch übersetzt sei. Vom Himmel auf d'Erd, wenn da einer aufgschrieba hat, was er ghört hat, da kann der sich scho verhört haba. Der eine versprocha, der andre verhört.

Lisa: Des isch net der Lügagott. Des macht doch gar kein Sinn.

Anna: Ja aber. Guck mal: Vielleicht soll des eigentlich »Glaube, Lüge, Hoffnung« heißa. Des basst doch viel besser zamma. »Aber die Lüge ischt die gröschte unter ihnen. Die Lüge höret nimmer auf.«

Lisa: Des darfsch du net saga.

Anna: Doch, d'Wahrheit darf mer saga. Die muss mer sogar saga. Oder! Mer darf die Wahrheit nicht saga! Wenn's der Lügagott isch. Kann doch sei', der Lügagott hat da liebe Gott in Schrank gsperrt. In Schwitzkaschda gnomma, dann in Schrank gsperrt, und dann hat er gsagt: I bin der liebe Gott. Und jetzt lügt der und lügt der, und keiner merkts. Weil alle denkat: Vom lieba Gott darf mer net denka, dass er lügt.

Lisa: Der liebe Gott däts sicher aus am Schrank raus schaffa. Der liebe Gott isch doch allmächdig.

Anna: Der Lügagott aber au. In der richdiga Bibel heißts eigentlich: »Die Lüge ischt von Gott. Denn Gott ischt Lüge.«

Lisa: Noi, des woiß i ganz sicher, dass des der **liebe** Gott isch! Deswoißideswoißideswoißideswoißi!

Anna: Was mer woiß, isch net entscheidend, weil in der richdiga Bibel steht: »Das Wissen bläst auf, aber die Lüge bessert.«

aus: »Alätheia« – 365 Eintagsfliegen zum Thema »Welt – Wahrheit – Zeit – Bewusstsein«; Jahresprojekt 2002

Drahtseilakt

Er hat sich hinausgewagt aufs hoch über den Abgrund gespannte Drahtseil, zunächst noch vorsichtig das Seil ertastend mit den Sohlen, sorgfältig Fuß vor Fuß setzend, doch nun Tempo aufnehmend, – trippelnd, dann ein plötzlicher Halt, ein Stopp, mit wie zum Flug ausgebreiteten Armen, während das Seil weiter schwingt –, er geht leicht in die Knie, und – nein, er wagt tatsächlich einen Sprung – kommt wieder auf, das Seil schwingt noch stärker, scheint zu bocken im Versuch, ihn abzuwerfen, doch er läuft nun rückwärts, in hoher Geschwindigkeit rückwärts über das Seil, welches unter seinen Füßen schwingt, rückwärts und wieder vorwärtstänzelnd, manchmal innehaltend, mit den Armen das Gleichgewicht ausbalancierend, jetzt nimmt er gar Anlauf!, und er schlägt ein Rad auf der schmalen Linie, welche die hohe Luft durchschneidet überm Abgrund, ein Rad, gefolgt von einem Flickflack, und weitere Sprünge auf dem federnden Seil, hoch über dem Abgrund, jetzt steht er gar auf nur einem Fuß, den anderen greift er mit der Hand und zieht ihn himmelwärts, plötzlich lässt er sich scheinbar fallen in den Abgrund, mit nur einem Finger hakelt er sich am Seil fest und kommt mit einer geschmeidigen Bewegungsabfolge auf das Seil zu sitzen, ein Bein angewinkelt auf dem Seil, von da aus wieder in den Stand, sogleich von einem Handstand abgelöst, nun wieder in den Stand – und jetzt legt sich gar noch eine Augenbinde an, tänzelt blind, hüpft, dann die Füße auf dem Seil auseinandergleitend zum Spagat, wie selbstverständlich wieder in den Stand, weitere Kapriolen, Saltos, Purzelbäume, Sprünge, hoch über dem Abgrund – alles blind! – um am Ende gelassen und wie selbstverständlich das sichere Podest auf der anderen Seite zu betreten.

Mir scheint jede Verständigung zwischen uns Menschen wie ein solcher Drahtseilakt. Täglich, ständig schicken wir unsere Botschaften auf das dünne schwankende schwingende Seil. Mit dem einzigen Unterschied, dass wir von Akrobatik keine Ahnung haben. Und zwischen uns der Abgrund des Missverstehens. Abstürze sind Alltag. Äußerst selten, nur in Ausnahmefällen langt der Sinn dessen, was wir dem anderen mitteilen wollen, auf der anderen Seite des Abgrundes beim Gegenüber an.

aus: »Lücken und Brücken«; Jahresprojekt 2021

Gosch halda!

A Bänkle, und auf dem Bänkle a Pärle. Hockat dô, guckat in d'Landschaft. Koiner von boide schwätzt ebbes. Die boide guckat oifach so in d'Welt – ganz ohne Worte.

Luschdig: So von hinda könnt mer denka, die häddat zamma bloß zwoi Bein'. Weil jeder oi Bein über's andere g'schlaga hat. Und i denk: Wenn mer sich verstôht, braucht mer au bloß zwoi Bein zu zweit. Weil mer irgendwann au zamma weggôht.

Wenn mer nämlich die zwoi so aguckt, do auf ihrem Bänkle, nô merkt mer, spürt mer, woiß mer: die boide verstandat sich. Die könndat dô stundalang hocka, in d'Welt gucka und sich oifach verstanda. Ohne zum schwätza.

Und jetzt, bass auf, jetzt bassiert a Oglück: Jetzt secht einer von boide ebbbes. Und was bassiert jetzt? Die verstandat sich plötzlich nemme. Der oi' nimmt sei' zweit's Bein nonder. Damit er zur Not alloi weg kô. Und nô secht er au was. Und der andere nimmt au sei' zweit's Bein vom Knie. Zur Sicherheit. Und jetzt wird richtig g'schwätzt. Und verstanda dehn se sich immer weniger. Und schwätzat no meh. Und verstandat sich no weniger!

Inzwischa sind se g'schieda, 's gemeinsame Haus isch verkauft, beide verschuldet, d'Kinder beim Psychiater, Magagschwür, Herzkaschper, älle boide.

Hättat se no d'Gosch g'halta, dô, auf ihrem Bänkle.

aus: »Nüx und Nus« – Nachtgedanken; Jahresprojekt 2005

Silentium

Agnes aus Kreuzbächingen machte schon mit fünf Exerzitien. Als sie neun war, konnte sie das ganze Neue Testament auswendig. Und mit sechzehn war ihr Entschluss, ins Kloster zu gehen, bereits so unumstößlich geworden, dass Eltern, Lehrer und Freundinnen anfingen, Geschichten über ihre Kindheit aufzuschreiben, um sie später als Heiligenlegenden verbreiten zu können. Mit achtzehn trat sie ihr Noviziat an, legte mit fünfundzwanzig die ewige Profess ab.

Am Ende der Professfeier stand sie auf und sprach laut und deutlich »Silentium!«. Aufforderung an die anderen oder eigenes Schweigegelübde? Schweigend setzte sie sich wieder, schweigend ging sie am Abend in ihre Zelle.

Hinfort kam sie schweigend zu den Stundengebeten, ja, auch zu den Gesängen der Nonnen blieb ihr Mund künftig verschlossen. Nie mehr trat sie aus den Klostermauern, und nie mehr kam ein Laut über ihre Lippen. Schweigend trat sie morgens aus ihrer Zelle, schweigend schwamm sie durch den klösterlichen Tag, schweigend verschwand sie abends wieder in ihrer Zelle.

Sie wurde die beliebteste Beichtigerin des Klosters. Stumm erteilte sie Absolution und Segen – und immer kleiner, unmerkbarer wurden die frommen Gesten des Betens und Segnens. Alle verehrten sie – sie, die Heiligste von allen. Ängstlich erflehten junge Novizinnen von Gott, so werden zu können wie sie; die älteren Nonnen neigten sich in Demut und Bescheidenheit angesichts dieser täglichen Demonstration von Heiligkeit, Frömmigkeit, biblischer Belesenheit, geistiger Exerzitien in Vollendung.

Sie starb viel zu früh, in ihrem 55. Jahr. Brach im Kreuzgang auf dem Weg zur Messe zusammen, und das war das Ende.

Nach ihrem Tod betraten die anderen Nonnen ihre Zelle. Zuerst fiel ihnen der Pfeil auf, der – mit Kohle auf die Wand gezeichnet – zum Kruzifix deutete. Wegweiser für abschweifende Gedanken? Aber auch auf das schmale Bett zeigte ein Pfeil, auf die Bibel auf dem Nachttisch, auf das Waschbecken, auf die Tür zum Klostergang.

Erst beim genaueren Hinsehen entdeckte man in winziger Schrift die Beschriftung dieser Pfeile: »Kruzifix« – stand da unter dem Pfeil, der auf das Kruzifix deutete. »Kruzifix, hängt der Heiland dran, wegen unserer Sünden, muss man sich bekreuzigen, weil selber schuld!«

Unter dem Pfeil auf die Bibel: »Bibel. Heiliges Buch. Vielleicht Apfel. Muss geklaubt werden. Und keine Äpfel glauen!«

Unter dem Pfeil auf die Tür zum Klostergang: »Muss mal raus. Klappe immer schön zu machen. Kommt auch wieder rein.«

Hinter dem Kruzifix waren unzählige Zettelchen geklemmt. Auf einem stand das Vaterunser, auf der Rückseite des Zettels: »Muss man sagen, ist sonst böse. Kann Himmel sonst runterkommen. Ist aber nicht gut, weil Erde hart und reich drauf.« Auf einem anderen Zettel: »Heisse Agnes. Aber ganz kalt. Weisse ganze Bibel. Aber schwarzes Kleid. Tempi passati. Muss schnell was passieren. Hilfe!«

Nun, der Arzt, der den Totenschein ausstellte, wurde in die Zelle gerufen. Er meinte, sie habe wohl jahrelang unter Demenz gelitten, Stück für Stück Glaubensbekenntnis, Ave Maria und Vaterunser vergessen. Der Fall wurde verschwiegen. Das große Silentium.

Und Eltern, ehemalige Lehrer und Freundinnen verbreiteten Heiligenlegenden über sie. Meist auf der Rückseite von Photos aus Agnes' Kindertagen. Da war das Photo der bibellesenden Agnes auf der Schaukel, der knieenden Agnes im Sandkasten, der predigenden Agnes auf dem Baumhaus. Und alle beschriftet mit Geschichten über Heiligkeit, Frömmigkeit und geistiger Bildung der Agnes: Wie sie den äpfelklauenden Nachbarjungen bekehrte.

Wie sie den Corpus in der Kirche vom Kruzifix abnahm, in weiche Tücher hüllte und in ihr Bett legte. Wie sie drei Tage und Nächte kniend auf der Bibel verbrachte, nachdem ihre sündige Tante gestorben war.

Noch heute liegen in der Kirche, auf dem Rathaus und im Wirtshaus von Kreuzbächingen Faltblätter mit diesen Legenden aus.

aus: »Nüx und Nus« – Nachtgedanken; Jahresprojekt 2005

Dolch gegen Dolch

Noi, dem han i gar nix doa, Herr Kommissar, werd i saga. Gar nix. Es hat halt Missverständnisse geba, des allerdings scho. Missverständnis, alles a Missverständnis, werd i saga.

Des war ja an Hochdeutscher, Herr Kommissar, dô gibts ja immer sehr grundlegende Missverständnisse. Weil der Hochdeutsche, der schwätzt so, wie soll i saga, so – klar, so direkt, so eideudig. Spitz wie an Dolch. Und nô gibts halt Missverständnisse.

Weil, wenn einer so klar, direkt und eideudig schwätzt, nô muss mer des ja missverstanda. Weil, an gewissa Interpretationsspielraum braucht mer doch!

Wenn der mir koin Interpretationsspielraum lässt, nô isch des halt tödlich. Für die Verständigung, moin i. Noi, i han ihm doch nix doa, und da war koin Dolch. Höchschdens auf seiner Seit'.

Weil wenn der ohne Interpretationsspielraum schwätzt, nô sticht der quasi in mi nei. Punktgenau. Ganz spitz. Ohne Interpretationsspielraum. Noi, **der** in **mi**!!! I han ja gar koin Dolch. Dô könnat Se ruhig bei mir sucha. Der isch nemme dô. Weg. Verschwunda.

I moin, mer braucht doch a gemeinsame Basis, wenn mer mitanander schwätzt. Und die Basis kann koin spitzer Punkt sei, des isch zu wenig. Und deshalb braucht es an großa Intepretationsspielraum.

I moin, der direkte Weg, so wie der Hochdeutsche schwätzt, isch der ogschickteschde und riskandeschde.

Gucket Se des Brückle ô, Herr Kommissar, werd i saga. Selbscht des kloine Brückle macht an Boga. Warum. Weils besser hebt. Wenns grad wär, wärs net belaschtbar. Und so isch des, wenn einer so gradnaus schwätzt. Nicht belaschtbar. Weil koin Interpretationsspielraum.

Isch Ihne au scho aufgfalla, Herr Kommissar, die weltweide Flugrouta. Dô gibts doch immer so Weltkarta, wo die weltweide Flugrouta ei'zeichnet sind. Und die machat älle an Boga. Au scho gmerkt? Weil direkt, des gôht gar et. Dô stürzt der Flieger ab.

Und so isch es mit dem Hochdeutscha. Der stürzt ab, wenn er mit uns schwätzt. Kommt nicht an. Niemals.

Überhaupt – beim Flieger sieht mer des genau. Wenn der koin gscheida Flugplatz hat, wo er a bissle ausrolla kô, in Ruh abbremsa, Spiel hôt nach rechts und links, nô gôht des schief bei der Landung. Und deswega kô der Hochdeutsche beim Schwabe net landa.

Aber do han i ihm nix. Und wenn, nô wärat mir bloß quitt. Dolch gega Dolch.

aus »Lücken und Brücken«; Jahresprojekt 2021

Gottesbegegnung

Gott: Hallo!
Eine: Ja, bitte?
Gott: Ich bin ein brennender Dornbusch. Wollen Sie nicht mit mir reden?
Eine: Meinetwegen. Nun, ich höre.
Gott: Wollen Sie mich nicht loben?
Eine: Ach, das wieder. Warum ist es Ihnen denn so wichtig, ständig gelobt zu werden? Aus dieser kindlichen Phase könnten Sie doch längst raus sein. Fehlt es so an Selbstbewusstsein?
Gott: Es ist halt so üblich, mich zu loben.
Eine: Ach was. Bei uns sagt man: »Net gschimpft isch gnug globt.« Außerdem: Lob macht tot. Kann das Ihr Wille sein?
Gott: Ach, wissen Sie, gelobt zu werden ist immer noch angenehmer als die Alternative.
Eine: Welche Alternative?
Gott: Das ständige Jammern und Betteln. A verlangt von mir, daß ich B strafe, B will, daß ich A vernichte, C will, dass ich ihm dabei helfe, A kaputt zu machen, D erfleht Hilfe gegen C.
Eine: Ach so, Sie werden auch bei diesen internationalen Friedensmissionen eingebunden?
Gott: Internationale Friedensmissionen?
Eine: Mag sein, Sie sind noch an den alten Sprachgebrauch gewöhnt. »Kriege« sagte man früher. Der trojanische Krieg zum Beispiel: Heute würde man den Raub der Helena als völkerrechtswidrigen Akt interpretieren, Menelaos würde von den anderen griechischen Fürsten uneingeschränkte

Solidarität einfordern und sie würden gemeinsam eine Allianz gegen die Achse des Bösen in Kleinasien gründen. Dann würden sie eine internationale Friedenstruppe entsenden und Troja 10 Jahre lang zusammenbomben undsoweiter, Sie müssen doch aus Erfahrung wissen, wie so was abläuft.

Gott: Ach, das meinen Sie. Ja, wissen Sie, diese Kriege haben doch auch Vorteile. Man redet dann bei uns in der Familie wieder miteinander.

Eine: Sie meinen Jesus, Maria und ihr Schwager oder Schwiegersohn, Joseph?

Gott: Nein, ich meine meine Brüder. Allah, Jaweh und wie sie alle heißen.

Eine: Und welcher sind Sie?

Gott: Der einzig wahre natürlich.

Eine: Natürlich. Entschuldigung.

Gott: Im Allgemeinen haben ich mit meinen Brüdern kaum Kontakt, jeder wurschtelt halt so in seiner eigenen Welt vor sich hin. Aber bei den internationalen Friedensmissionen ist es wieder wie früher, als wir noch gemeinsam im gleichen Sandkasten spielten. Gut, es gibt dann auch Streit, aber das ist immer noch besser als das ewige Alleinsein. Alleinsein ist die größte Not für mich, deshalb habe ich Sie jetzt auch durch diesen brennenden Dornbusch angesprochen.

Eine: Ja, das kann ich verstehen. Und was wollten Sie mir denn nun sagen?

Gott: Ich wollte einfach mit Ihnen reden, mal »Hallo« sagen.

Eine: Aber Sie müssen mir doch etwas zu sagen haben, ich meine, wenn Sie sich schon die Mühe machen, sich in einen brennenden Dornbusch zu verkleiden.

Gott: Ach Gott, nee, so direkt zu sagen hab ich eigentlich nichts.

Eine: Gebote, Regeln undsoweiter. Nichts?

Gott: Nö.

Eine: Oder vielleicht eine Liebeserklärung?

Gott: Um Gottes Willen, warum das denn?

Eine: Man hat mir das gesagt. Sie würden mich lieben, wurde mir immer wieder versichert.

Gott: Das habe ich niemals behauptet.

Eine: Stimmt. Gebote und Drohungen sind eher so Ihre wörtliche Rede. Liebeserklärungen schieben Ihnen aber Ihre Exegeten immer wieder unter.

Gott: Warum sollte ich Sie lieben. Ich kenne Sie ja eigentlich gar nicht.

Eine: Mir gehts mit Ihnen ebenso. Na dann, schönen Tag noch.

Gott: Grüß Gott.

aus: »Alätheia« – 365 Eintagsfliegen zum Thema »Welt – Wahrheit – Zeit – Bewusstsein«; Jahresprojekt 2002

Anna und Lisa: I und Alles

Anna, Lisa, Mama aus dem Off

Anna: Du, Lisa?
Lisa: Ja?
Anna: Wann hat's eigentlich angfanga?
Lisa: Was?
Anna: Alles. Die ganze Welt.
Lisa: Des isch wahnsinnig lang her. 1000 Jahr mindeschdens.
Anna: Und wie hat alles angfanga?
Lisa: Es hat knallt. Und dann war alles da. Die ganze Welt.
Anna: Und vorher?
Lisa: Nix.
Anna: Gar nix?
Lisa: Gar nix.
Anna: Und du?
Lisa: Au net.
Anna: Ja, und i?
Lisa: Du scho gar net.
Anna: Doch, i war scho da.
Lisa: Warsch du net.
Anna: War i doch!
Lisa: Des isch ologisch, weil du bisch jünger wie i.
Anna: Doch, i war da, und i weiß no, plötzlich hats knallt, und dann warsch du au da. Und die ganze Welt.
Lisa: Des isch ologisch.
Anna: Die Logik gabs halt ersch, nachdem es knallt hat.

Lisa: Mama?

Mama: Ja?

Lisa: D'Anna behauptet, sie sei scho auf der Welt gwesa, als es die Welt no gar net geba hat!

Mama: Anna, lass des, des isch unlogisch.

Anna: D'Logik hats da no net geba!

Mama: Die Logik hat's scho immer geba!

Anna: Scho bevor es knallt hat?

Mama: Bevor es was?

Lisa: Sie moint da Urknall!

Mama: Ja die Logik, die Logik war scho immer da. Auch vor dem Urknall!

Anna: Dann kann i genauso gut dagwesa sei.

Lisa: Kannsch du net.

Anna: Doch, weil du hasch gsagt: Bevor 's knallt hat, war gar nix da. Wenn aber d'Mama recht hat, und d'Logik war scho da, dann kann i au dagwesa sei. Wenn aber d'Logik net da war, bevor 's knallt hat, dann kann i ersch recht dagwesa sei, weil dann isch ja völlig egal, ob des ologisch war oder net, dass i da war. Bääääh!

aus: »Alätheia« – 365 Eintagsfliegen zum Thema
»Welt – Wahrheit – Zeit – Bewusstsein«; Jahresprojekt 2002

Thales und die Magd

Thales in einem Brunnenloch, die Magd auf der Wiese

Thales: βοήθεια! Hilfe! βοήθεια! *(altgriechische Aussprache: Boätheia)*
Magd sucht Kräuter am Boden
Thales: Hilfe! βοήθεια!
Magd nimmt den Ruf kurz auf, sucht dann weiter
Thales: βοήθεια! Hilfe! βοήθεια!
Magd: *(genervt)* Hallo?! Wer schreit denn do so rum?! *(bleibt mit dem Fokus am Boden, sucht nicht nach der Herkunft der Stimme)*
Thales: Ich!
Magd: Wer?
Thales: Thales!
Magd: Kenn i net!
Thales: Thales von Milet!
Magd: Sagt mir nix!
Thales: Liegt der Punkt C eines Dreiecks ABC auf einem Halbkreis über der Strecke AB, dann hat das Dreieck bei C immer einen rechten Winkel!
Magd: Wie?
Thales: Jeder Winkel im Halbkreis ist ein rechter!
Magd: Ja, und?
Thales: Ἐν ἀρχῇ ἦν το ὕδωρ! *(gesprochen: En archäh ähn to hüdor)*
Magd: Was?
Thales: Am Anfang war das Wasser!
Magd: Kommat Sie aus Nürtinga? *(vermutet einen Irren)*
Thales: Die nächste auf der Grabenstetter Halbinsel sichtbare totale Sonnenfinsternis wird am 3. September des Jahres 2081 stattfinden!

Die Magd, welche die ganze Zeit nach dem Ursprung der Stimme gesucht hat, entdeckt Thales »auf dem Grund des Brunnens«.

Magd: Ja, do isch er jo! Do unta isch er jo. Nagfloga! Ha, des Loch sieht mer doch! Ja, was hend Sie jetzt do hunda verlora?

Thales: *(arrogant)* Wer Wahrheit sucht, sucht nicht im Dreck, der Geist strebt in die Höh empor!

Magd: Ha, mer guckt doch aber, wo mer nodappt!

Thales: *(sauer)* Das Auge, das am Himmel forscht, sieht nicht, was uns zu Füßen liegt!

Magd: Ja, und was suchat Sie do oba am Himmel?

Thales: Der Philosoph die Wahrheit sucht, die Wahrheit sucht er stets!

Magd: *(guckt auch in den Himmel)* Sind Sie sicher, dass die do oba isch? I moin, wie soll die do naufkomma?

Thales: *(schweigt überheblich)*

Magd: *(zeigt in den Osthimmel)* Hend Sie scho do drüba guckt?

Thales: –

Magd: Wie sieht se denn aus, Ihr Wahrheit?

Thales: –

Magd: *(weiter den Himmel absuchend)* Sie, i han scho viel gfonda, was andre verschlampt hend!

Thales: Ἀλλὰ τα μάτια του λαγού κι ἀλλὰ του κουκουβάγιας. *(sprich: Allá ta mátia tu lagú ki allá tu kukubágias.)* Nur des Philosophen Kopf hat Augen für das Wahre.

Magd: Ha, mein Kopf hat au' Auga, ziemlich gute sogar.

Thales: Der Bauer sieht vielleicht das Ding, doch deuten kann er's nicht!

Magd: Was gibt's do groß zum deuta?

Thales: Schauen Sie mal in den Himmel.

Magd: Dur i doch scho die ganz' Zeit!

Thales: Was sehen Sie?

Magd: Ha, da Himmel halt. (*gegebenenfalls:* baar Wolka, a bissle wolkaverhanga, a bissle diesig, baar Kondensstreifa, Regawolka, blau und schee)

Thales: Die Alten haben geglaubt, dass der Himmel eine Halbkugel ist, eine Art Käseglocke. Und dass die Sonne, der Mond und die Sterne an dieser Käseglocke befestigt sind.

Magd: Jo, so ogfähr siehts aus.

Thales: Ist aber nicht die Wahrheit!

Magd: No lügt der Himmel? Ha, komm!

Thales: Lügen kann der Himmel nicht, doch sagt er auch nicht Wahrheit. Allein ein wahrhaft großer Geist vermag den Himmel wahr zu deuten.

Magd: (*wird immer skeptischer bezüglich Thales' Geisteszustand*) Und was deutet Ihne dann Ihr großer Goischt?

Thales: Der Himmel ist keine Halbkugel, sondern ein unendlicher Raum. Und dieser Raum ist nicht blau, sondern schwarz. Und der Mond, die Sonne und die Sterne sind auch nicht oben, sondern unten und oben zugleich, und viele der Sterne, die Sie zu sehen glauben, gibt es in Wahrheit gar nicht mehr. Dafür schwarze Löcher, weiße Zwerge und rote Riesen.

Magd: Und des hend Sie jetzt do gfonda am Himmel bei Ihrer Suche?

Thales: Einen unendlichen schwarzen Raum, jawoll.

Magd: Ach, da seh i lieber mein' blaua Albhimmel mit der Sonn, dem Mond und de Stern'.

Thales: Weil ihr Geist eben beschränkt ist. Beschränkt wie eine Käseglocke.

Magd: Denkat älle Philosopha so wie Sie?

Thales: Nicht unbedingt. Kommt darauf an, wie weit sie sich mit ihrer Erkenntnis bereits der Wahrheit angenähert haben.

Magd: Und Sie sind jetzt do ganz nah dran?

Thales: Zumindest näher als die anderen. Die Inder zum Beispiel …

Magd: Ja?

Thales: Die Inder glauben noch, die Welt sei eine Scheibe. Eine Scheibe, die auf dem Rücken einer Schildkröte festgemacht ist.

Magd: *(begeistert)* Des find i aber schö'!

Thales: Vielleicht schön, aber nicht wahr. Und in Ägypten …

Magd: Ja?

Thales: *(verächtlich)* In Ägypten sehen sie am Himmel die Göttin Nut – in Form einer Kuh. Eine blaue Kuh, ihr Hinterteil im Osten, der Kopf im Westen. Und abends verschlingt die Kuh die Sonne, und am Morgen gebiert sie sie neu.

Magd: *(hingerissen)* Des solldet se de Kinder in der Schul beibringa!

Thales: Und in Afrika …

Magd: Ja?

Thales: In Afrika glaubt man, die Welt sei aus einem Ei geschlüpft. Ein Ei, ins Nichts gelegt von einem großen bunten Vogel.

Magd: Und warum glaubat Sie **des** net?

Thales: Weil es nicht wahr ist.

Magd: Und warum glaubat die des in Afrika?

Thales: Ach – der afrikanische Kopf kann es eben nicht anders sehen.

Magd: Sie moinat, der bunte Vogel isch halt so im afrikanischa Kopf drin.

Thales: Tja, so könnte man es sagen. Und die Kuh im Kopf der Ägypter.

Magd: Die Schildkröte im Kopf der Inder.

Thales: Und in Ihrem Kopf: die blaue Käseglocke!

Magd: Ach, da dun Sie mir aber leid!

Thales: Warum das?

Magd: Mit Ihrem schwarza Loch im Kopf.

Thales: Wie?

Magd: Ha, des hoißt doch: Jeder sieht, wenn er in Himmel guckt, des, was er in sei'm Kopf hat. Und Sie sehat im Himmel a großes schwarzes Loch – hend Sie g'sagt, an unendlicher schwarzer Raum ohne oba und unta.

Thales: Mit roten Riesen und weißen Zwergen, jawoll.

Magd: Also i persönlich han in mei'm Kopf lieber a blaue Käseglocke als a schwarzes Loch mit ekligem Viehzeug. *(Magd lacht und geht weiter ihres Wegs, für sich:)* Hahaha! A schwarzes Loch ohne oba und unda! Hahaha! Wenn er am Himmel sowieso bloß des sieht, was eigentlich in sei'm Kopf isch, no bräucht er doch eigentlich gar net in Himmel gucka und do nach seiner Wahrheit sucha. Hahaha! Langt doch, wenn er in sei'm oigena Kopf sucht – nach seiner Wahrheit. Hahaha! Dät er au net ins Loch falla, müsst er au net Hilfe schreia. Hahaha! Soll er halt mal a Licht macha in sei'm Kopf und aständig aufräuma, no müsst er gar net so viel sucha. Hahaha! Des isch mei »Philosophie«.

Thales: βοήθεια! Hilfe! βοήθεια!

aus: »interim sucht« – Kunstbiennale auf der Grabenstetter Halbinsel; 2017

Kreistanz

Die Welt fließt stetig und voran,
doch schaut euch Quentins Kopf mal an:
Da geht es stets im Kreis herum:
dideldum wie dumm dideldum!

Der Quentin schläft in tiefer, dunkler Nacht,
doch ein Problem vom Tag partout noch wacht.
Es tanzt im Kopf, es tanzt wie wild herum,
und springt im Kreis, macht immer dideldum,
und walzt nach rechts, nach links, dann unten rum,
nach rechts, nach oben, immer dideldum,
auf A folgt B, doch B heißt C, jetzt rum,
und C macht A, aus A folgt B, wie dumm!

Die Welt fließt stetig und voran,
doch schaut euch Quentins Kopf nur an:
Da geht es stets im Kreis herum:
dideldum wie dumm dideldum!

Der Quentin streitet heute mit Rebekka,
er sagt: Jerusalem, doch sie sagt: Mekka,
und wieder geht der Streit dumdideldum
die ganze Zeit so stur im Kreis herum,
und walzt nach rechts, und dann nach unten rum,
nach links, nach oben, wiedrum dideldum,
und Quentin kriegt die Kurve nicht – wie dumm –
die Kurve aus der Kurve, dideldum!

Die Welt fließt stetig und voran,
doch schaut euch Quentins Kopf mal an:
Da geht es stets im Kreis herum:
dideldum wie dumm dideldum!

Liedtext aus »Ballades malades« – Jahresprojekt 2018

Heinis untreue Welt

Die Welt ist nicht treu. Gestern sagt sie noch zu mir: »Du, Heini, ich gehör zu dir, nur zu dir, ganz fest zu dir.« Was hat die mir alles erzählt, du! Und wo steckt das Luder jetzt? Ach was, ich mein doch nicht die alte Schlampe von heute. Hängt sich dran an einen und kuckt, ob's was zu schnorren gibt. Und riechen tut die, nee. Aber die Torte von gestern! Richtig Verlobung gefeiert haben wir gestern, paar Bier getrunken, und ich sag noch: »Du bist doch auch nicht anders wie die andern, mach mir doch nix vor.« Und, hab ich recht oder nicht? Hat mich sitzengelassen. Oder wo steckt das Biest jetzt. Von Gott und aller Welt verlassen, so sagt man doch. Ja, so isses. Von Gott und aller Welt verlassen. Mit wem geht sie jetzt? Hätt's gut gehabt bei mir, kann ich dir sagen. Ja, rund ist die Welt und dreht sich. Tanzt mit dem und dann mit jenem. Treu bleibt die keinem. Und du drehst dich noch und machst die Augen zu, und ist gut so, und wie du die Augen wieder aufmachst, ist sie fort. Fortgetanzt. Mit dem nächsten. Damenwahl. Und du sitzt da und hörst die Musik und weißt: Jetzt tanzt sie mit einem anderen. Gemein, die Musik. Ist nicht fair, dass da Musik weiter aus em Radio kommt. Nu sitz ich da, auf Wache. Und halt mir wieder den Krieg vom Leibe. Braucht gar nicht mehr wiederzukommen, die blöde Welt. Ich tu, als kenn ich sie nicht, wenn sie kommt.

aus: »Alätheia« – 365 Eintagsfliegen zum Thema »Welt – Wahrheit – Zeit – Bewusstsein«; Jahresprojekt 2002

Adams Welt

Adam hat die Weltformel entdeckt. Die Sache ist eigentlich ganz einfach, nur bedurfte es – wie so oft – eines Genies, das einfache Geheimnis zu enthüllen. Hinter allem steckt nämlich ein schlichter Algorithmus. Was beweist, dass wir Teil eines großen Computers sind. Eines göttlichen Rechenspiels? Denn klar ist, dass Raum und Materie Illusionen sind. Wäre nämlich das Weltall endlich, würde ein Gedankenstrahl, von uns ausgesendet, logischerweise irgendwann zurückkommen. Alles also eine Sache des klaren Menschenverstandes. Und ein bisschen Rechnen – nur die Grundrechenarten!

»Frischer Zwerg! Betrachte den 11.9.2001.«

Adam betrachtet jedes Datum der Weltgeschichte vom Geburtsdatum Johann Sebastian Bachs aus, manchmal gilt auch das Todesdatum. Aus einer wohlerstellten Tabelle lässt sich so leicht das wahre Datum jedes Tages ablesen. Jedenfalls ist der 11.9.2001 die Zahl 115 591. Adam lässt dann seinen alten Computer gern mit Tripeln aus dieser Zahl rechnen, vor allem aber Teiler interessieren ihn.

»Muss nur noch schnell sehen, ob Gott ein Teiler davon ist.«

Der Teiler Gott lässt sich unterschiedlich rechnen. Erst einmal muss einem klar sein, dass 7 die göttliche Zahl ist. Da keiner Gott je gesehen hat, streicht er die 7 aus den meisten Zahlen heraus. Vor allem aber übersetzt er Gott in Zahlen, mal als »GOD«, mal als »GOTT«, mal als »JAHWE«. Welche Schreibweise in jedem Fall die richtige ist, muss man ausprobieren. (Unterschiedliche Schreibweisen und vor allem Druckfehler sind überhaupt von allerhöchster Bedeutung. Er hat einmal in einem Buch entdeckt, dass bei den Lebensdaten von Astrid Lindgren die rechte Klammer fehlte – Hinweis auf das ewige Leben!) Er übersetzt also

»GOD« und lässt den vorsintflutlichen Computer rechnen: Ist 7154 ein Teiler? Seine eigene Göttlichkeit hat er übrigens bemerkt, als nach seinem einzigen Gebet (auf dem Himmelberg!) die Sprache zu ihm kam, und sein Computer folgendes feststellte: G + O + T + T = 7 + 15 + 20 + 20 = 62. 62 ist also die göttliche Zahl, und das ist auch sein Geburtsjahr! Außerdem, wenn er rechnet 715 – 2020, kommt – 1305 heraus – sein Geburtstag und Monat! Am 13.5.62 ist Adam geboren! Wahrhaftig! Aber weiter mit dem 11.9.:

»Der 11.9.2001 ist von Bach aus 115 591, das ist 7 x 7 x 7 x 337 (die 66. in der göttlichen)!« Adam unterscheidet 3 Primzahlreihen, die übliche, seine eigene (ohne 2 und ohne 5), und die göttliche (ohne 2, ohne 5, ohne 37 und ohne 101). Weitere Rechenmöglichkeiten ergeben sich, wenn er – wiederum aus einer seiner Tabellen – ersieht, die wievielte Primzahl der kleinste Teiler in der göttlichen ist.

»Nun schau dir die 337 auf dem Kopf an: LEE! Die Welt hielt den Atem an!!! Ha! Ha! Ha!«

Das ist noch nicht alles, denn auch zu Adam selbst hat diese Zahl einen klaren Bezug: Denn:

»115591 : 7 = 16513«

Und das ist er! Adam heißt in der realen Menschenwelt PE … M … WEI … , und jetzt Achtung:

16 = P, 5 = E, 13 = M, also PE M , und nicht genug, denn:

16513 : 7 = 2359 = WEI, heißt natürlich WEI … (man muss eben oft ergänzen)

Übrigens liefert die Bibel selbst den letzten Beweis. Dort muss man den 11.9.2001 in der Genesis suchen, im ersten Buch, Kapitel 11 (die Geschichte vom Turmbau zu Babel), und da steht in Vers 9: »Daher heißt ihr Name Babel, daß der Herr daselbst verwirrt hatte aller Länder Sprache und sie zerstreut von dort in alle Länder.« Und er selbst beherrscht die Zungensprache!

Adam hat unendlich viel Material zusammen. 2000 Seiten mindestens! (Und in welchem Jahrtausend leben wir? Na? Ha! Ha! Ha!) Er fragt jeden, den er trifft nach dessen Geburtsdatum, jede

Autonummer wird analysiert, in einer irrsinnigen Geschwindigkeit zerlegt, verrechnet und mit der enormen Datenmenge, die er im Kopf gespeichert hat, verglichen. Es passt alles zusammen! Und in 49 (7 hoch 2) bis 62 (GOTT) Prozent aller Fälle kommt Einsteins e = mcquadrat heraus. Und wenn die Masse gleich 0 ist, ist auch die Energie = 0!

Ich beneide Adam, denn er versteht viel, viel mehr von dem großen Rätsel Welt als wir alle.

Oder ist Adam in einem Zeitspalt steckengeblieben? Man muss auf dem Hut sein!

aus: »Nüx und Nus« – Nachtgedanken; Jahresprojekt 2005

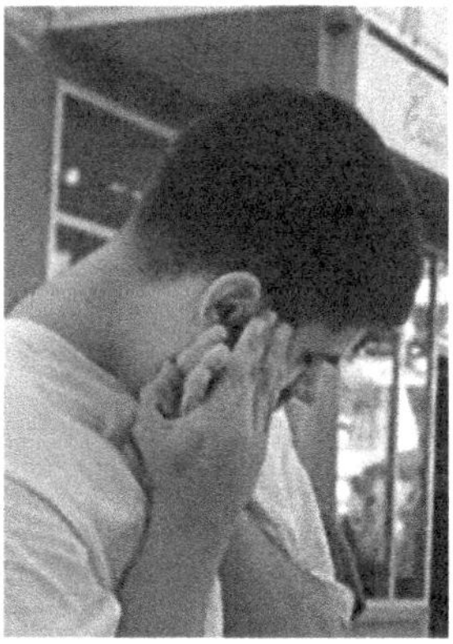

Welt verloren

Komm, komm. Welt ist verloren. Und die Trauer hört niemals auf. Nicht irgendeine Welt, nicht das Mittagessen von gestern oder so. Nein, die wesentliche, die eigentliche. Entflohen. Aus dem Ohr. Hütet eure Ohren, bewacht diese Grenzen zum leeren Raum. Ich will meine Ohren zu Rottweilern abrichten. Die lassen jeden herein, aber keinen mehr heraus. Doch diese, meine Eigenwelt, ist endgültig verloren. Immer wieder finde ich mich wie schlafwandelnd in meinen labyrinthischen Innengängen. Suche meine Welt in dem leeren Gehege. Manchmal durchzuckt mich ein freudiger Schreck. Da ist sie! Doch beim Versuch, sie zu fassen, entpuppt sie sich wieder und wieder als leere Hülse. Es war die schönste aller Welten. Mein Garten Eden. Dort hatte mein Atem mich schlafend entdeckt und sich mit mir verbunden, dort war ich erwacht. Und trank aus einer Quelle Glück.

Verloren. Ich entdeckte den Verlust eines Abends am Feuer. Ich wollte mein Paradies besuchen, mich erinnern. Weg. Noch blieb ich gelassen. Sie wird morgen wieder da sein. Oder sie kommt in einigen Tagen zurück. Komm, komm. Kein Lockruf brachte sie zurück. Es gibt Welten, die kann man gehen lassen. Mögen sie bleiben, mögen sie gehen, mögen sie wieder kommen oder endgültig verschwinden, egal. Doch diese eine zählte. Jetzt heißt meine Welt Trauer. Sie wird bei mir bleiben. Nein, ich halte sie nicht. Mag sie gehen oder bleiben. Doch ich weiß, sie wird bleiben. Wenigstens ist sie eine Spur. Doch ich kann dieser einzigen Spur nicht folgen. Sie verliert sich im Nichts. Was ich spüre, ist ein Phantomschmerz.

aus: »Alätheia« – 365 Eintagsfliegen zum Thema »Welt – Wahrheit – Zeit – Bewusstsein«; Jahresprojekt 2002

Warten auf meine Welt

Warten, bis meine Welt vorbeikommt. Bis sie passt. Es dreht sich im Kopf. Es dreht sich die Welt. Und dreht sich meist aneinander vorbei. Nicht in die falsche Welt einsteigen. Dort kennt man sich nicht aus. Ist, wie wenn du auf einen Schlag in Australien wärst. Auch wenn es immer gleich aussieht hier. Doch ist Maskerade. Die wahre Welt kommt unerwartet. Und man muss sie erspüren. Die falschen Welten sehen gleich aus, ja. Doch du spürst: Hier bin ich fremd. Dann willst du wieder raus aus der falschen Welt, doch das ist nicht so einfach. Dir wird schwindelig, und kann sein, du wirst herausgeschleudert. Tödlicher Unfall. Erkennt man an den Augen. Gestern sah ich so ein Mädchen. War ganz klar herausgeschleudert worden aus einer falschen Welt. Ich kann das bei allen sehen, ob die Welt und der Kopf gerade passen. Der Typ dort mit dem grünen Rucksack zum Beispiel. Ist nur ganz knapp daneben, vielleicht eine Minute. Wenn sich die Welt gerade langsam dreht, ist er immer paar Momente richtig, dann verrückt das wieder um eine Minute. So geht das den ganzen Tag. Überhaupt das Tempo. Schwierige Angelegenheit. Selten dreht sich der Kopf gleich schnell wie die Welt. Meist muss man immer wieder aussteigen, wenn man merkt, jetzt verschiebt sich das wieder. Aussteigen und warten, bis es wieder passt. Und einsteigen. Ist die Welt schneller als der Kopf, wird man müde. Aussteigen und schlafen legen, rat ich. Ist der Kopf schneller als die Welt, zieht es so im Bauch. Da, wo die Angst wohnt.

aus: »Alätheia« – 365 Eintagsfliegen zum Thema »Welt – Wahrheit – Zeit – Bewusstsein«; Jahresprojekt 2002

Professor Konfusius: Weltformel

Ich, Professor Konfusius, gehe davon aus, dass die Welt weder gewollt noch geträumt noch Zufall ist, sondern sie wurde errechnet. Jemand hat also gerechnet, und die Welt ist das Ergebnis. Wir wollen jetzt gemeinsam herausfinden, wie die Aufgabe gelautet hat, deren Lösung die Welt ist. Sie wissen doch: Wenn ich sage: »12« ist die Lösung, dann sagt das gar nichts, solange wir die Aufgabe nicht kennen. 12 kann durchaus richtig, aber auch falsch sein. Wenn ich aber sage: Die Aufgabe war »Wurzel aus 169 minus 1«, dann können Sie sehen, dass 12 das richtige Ergebnis ist.

Aber wie – werden Sie jetzt sagen – kann man diese Aufgabenstellung der Welt, die Weltformel, jemals herausfinden? Denn Sie wissen natürlich – um beim einfachen Beispiel mit der 12 zu bleiben, dass es unendlich viele mögliche Aufgaben gibt, deren Lösung 12 lautet. Ja, richtig. 12 kann durch unendlich viele Rechenoperationen herauskommen.

Wenn man – sagen Sie – wenigstens die Grundelemente der Formel kennen würde! Wenn man zum Beispiel wüsste, dass die Lösung 12 auf irgendeine Weise aus minus 3, pi, 13 und 81 entstanden ist, dann wäre die Sache schon einfacher.

Ja, richtig. Aber – wir kennen ja in etwa die Grundbestandteile unserer Welt: Geist – Materie – Leben – Raum – Zeit – Liebe – Endlichkeit. Und – noch mehr, wir wissen nicht nur um die Grundbestandteile der Weltformel, wir wissen auch durchaus, dass mit diesen Grundelementen nicht alle Rechenoperationen möglich sind: Geist und Materie beispielsweise sind nicht addierbar, die Wurzel aus Raum und Zeit muss irgendetwas mit »i« zu tun haben, Leben minus Liebe ist negativ, auch kann Geist keine Teilmenge von Endlichkeit sein.

So, jetzt nehmen Sie bitte Bleistift und Papier und rechnen. Denn Sie wollen unbedingt wissen, wie die Aufgabe, deren Ergebnis unsere Welt ist, gelautet hat.

Obacht! Die Sache wird dadurch ein bisschen komplizierter, dass die Welt bekanntlich jeden Tag anders ist!

Um wieder auf unser Beispiel mit der 12 zurückzukommen: Gestern war die Lösung der Aufgabe 12, heute kommt plötzlich 13 heraus. Jetzt gibt es natürlich Aufgaben, die mehrere richtige Lösungen haben können. Es könnte also 12 **und** 13 richtig sein, aber es ist auch möglich, dass die 12 von gestern falsch war, und nur die 13 von heute stimmt.

Auf die Welt und ihre Formel übertragen heißt das: Die Formel, die Aufgabe, ist von Anbeginn dieselbe, aber die Lösung unserer Welt ist an manchen Tagen richtig, an manchen Tagen hinter dem Komma nicht ganz korrekt, und manchmal sogar voll daneben, grottenverkehrt!

Nein, das liegt nämlich durchaus nicht an Ihnen, wenn Sie manchmal morgens aufwachen und das Gefühl haben, an dem Tag irgendwie nicht in die Welt zu passen. Das liegt an der Welt. Die ist falsch an dem Tag. Sie dagegen liegen völlig richtig in Ihrem Bett.

Aber wie – werden Sie jetzt sagen – kann man denn dann die ursprüngliche Aufgabe ableiten, wenn man nicht einmal weiß, ob das Ergebnis stimmt?

Ja, spüren Sie denn nicht, ob die Welt dieses heutigen Tages eine richtige oder eine falsche Lösung ist? Ob sie nur eins daneben ist, ob das Vorzeichen heute verkehrt wurde, ob man vergessen hat, die Wurzel zu ziehen, oder ob da jemand aus Versehen durch 0 geteilt hat?

Das sind die Tage, an denen man am besten im Bett bleibt. Wartet, bis der Tag vorüber ist und am nächsten Morgen die Welt genau prüft, bevor man aufsteht.

Also, Hausaufgabe: Leiten Sie die Formel ab! Aus den Grundelementen Geist, Materie, Leben, Raum, Zeit, Liebe, Endlichkeit. Nein, an diesen Axiomen gibt es nichts zu rütteln! Die Endlichkeit stört Sie? Ach, Du lieber Himmel, wissen Sie denn nicht, dass wir Mathematiker sofort das Handtuch werfen, wenn wir der liegenden 8 begegnen? Dann hätten Sie dafür noch gerne den Trost in der Formel? Aber wozu denn? Sie haben doch die Liebe!

aus: »Alätheia« – 365 Eintagsfliegen zum Thema
»Welt – Wahrheit – Zeit – Bewusstsein«; Jahresprojekt 2002

Gedächtnislücken

Alles fließt, wie wir seit Heraklit wissen. Auch die äußere, materielle, anscheinend so feste Welt. Auch unsere geistige Welt ist von ihrem Wesen her eine gasförmige, ätherische, oder meinetwegen: flüssige. Doch allein schon ihre Gewandung und Sortierung in sprachliche Begrifflichkeit, Wissen, Denken, Erinnerungen und unsere Angst schaffen einen mehr oder weniger festen Aggregatzustand.

Wenn unser Geist sich – was ja sinnvoll wäre – an den Aggregatzustand der Welt halten würde, dann bliebe er aber zumindest flüssig. Wenn nicht gasförmig. Täglich, stündlich, jeden Augenblick flösse oder wehte er um die amöbenhafte Struktur der Welt. Doch unser Geist ist ein sehr träges Ding. Er wäre überhaupt nicht in der Lage, sich in der notwendigen Geschwindigkeit zu wandeln. Er neigt zur Erstarrung, vielleicht eine Art Schockstarre, angesichts des Tempos, in welchem sich die Welt wandelt. Unser Geist ist ein Tiefkühlschrank, er friert die Welt immer wieder ein und bewahrt die erstarrten Kristalle in einer Schatulle, die er Gedächtnis nennt. Und wenn er eines der Eiskristalle hervorholt und betrachtet, wundert er sich, dass die Struktur dieser Art Schneeflocken (jede sei anscheinend einzigartig, wurde uns versichert) so gar nichts mit unserer jetzigen Welt zu tun hat. Freuen wir uns doch, wenn diese Kristalle auftauen, sind wir doch froh, wenn die Gegenwart unseren armen vereisten Geist wieder erwärmt und verflüssigt.

Entsetzt nennen wir die in unserem Geist aus aufgetauten Eiskristallen entstehenden Flüsse »Gedächtnislücken«, und verzweifelt versuchen wir, Brücken zu bauen, um wieder festen Grund unter den Füßen zu haben.

Dass es sich so verhält, mit der Flüssigkeit der Welt, meine ich, merken wir daran, wie sich unsere Gedächtnislücken verhalten.

Wenn wir trotz verzweifelter Suche nicht dazu in der Lage sind, festes Material zu finden (Marmor, Stein und Eisen), mit welchem die Lücken sich füllen ließen, beobachten wir, wie flüssige Materie in die Lücken fließt, flüssige Geistmaterie, die leider sehr schnell wieder erstarrt zu neuem Irrtum über die Welt.

Nur in dem Moment, in welchem wir voll Schrecken die Lücke entdecken, entdecken wir Wahrheit. Dann treibt uns die Angst wieder zum festen Aggregatzustand und damit zur Lüge.

aus: »Lücken und Brücken«; Jahresprojekt 2021

Gucke

I will nix hergeba.

Will mir einer was nehma, muss i ihm auf da Kopf haua.

Am meischda muss i beim Gucka aufbassa. Wenn i da net aufbass, verschwindet alles durch die Gucke. Die Gucke isch a tiefes Furchtbarloch, wo aufgoht, wenn zwei sich angucka. Also wenn oiner mir in die Auga guckt, und i dem au, dann goht des Loch auf, und der kann mit seine Auga in mi neilanga und ebbes raushola. Wenn i net aufbass.

Es gibt Gebauga und Nehmauga, musch wissa. Und Zwillingsauga. Der Opa hat Gebauga. Bei dem kommt immer ebbes raus, wenn mer dem in die Auga neiguckt. Der lacht zum Beispiel immer so a bissle mit de Auga. Gibt mir a Lacha. Und i hol mir des raus aus em, wenn i ihn anguck. Der Onkel Rolf aber hat Nehmauga. Die guckat bloß aus em raus und sind aber hinda zu, dass nix rausfalla kann aus ihm, was i mir nehma kann. Der guckt bloß und will was aus mir rausnehma. Nehmauga. Zwillingsauga könna beides gleichzeitig, gebat was, guckat aber au, ob se von mir was hola könna. Mit dem eina Aug guckat se naus, mit dem andra Aug guckat se nei. Bei dene muss mer bsonders aufbassa. Flutsch, bisch ausgraubt und ganz leer, und der andere hat alles und isch Sieger. Dann muss i ihm auf da Kopf haua, wenn er net stärker isch als i.

Mer kann nadürlich oifach weggucka, wenn oim einer in die Auga schaut. No gibt's koi Gucke. Dann kann mer selber aber au nix hola, und der andere weiß, dass mer Angsch hat. Besser isch, mer guckt, dass mer Nehmauga kriegt. Mit Nehmauga kann mer immer länger in die Auga gucka wie der andere, und der andere traut sich dann nix mehr.

Mei Eis kriegsch übrigens au net.

aus: »Alätheia« – 365 Eintagsfliegen zum Thema »Welt – Wahrheit – Zeit – Bewusstsein«; Jahresprojekt 2002

Sphärenmusiken

Keine Welt ohne ihre Sphärenmusik. Leider kein Pythagoras, sie zu hören. Höchstens, wenn man den Tinnitus hat.

Da gibt es die Ein-Ton-Welten. Sie sind keineswegs eintönig, wie man vielleicht meinen könnte. Auch gibt es nicht nur zwölf davon, sondern ihre Zahl ist unendlich. Nehmen wir zum Beispiel eine Des-Welt. Eine einstimmige, eingestrichene Des-Welt, oboengleich, liegender Ton. Über die gesamte Dauer der Welt hinweg, bis zu deren Untergang:

Sie ist ruhig und interessant, hat Tiefgang. Stilles Wasser. Der leicht depressive Hauch, den der Ton »des« nun einmal hat, wird, wenn nicht aufgehoben, so doch abgemildert durch den spitzen, fast aggressiven Klang der Oboe. Eine scharfsinnige und nachdenkliche Welt. Analytiker könnten in ihr wohnen.

Betrachten wir dagegen eine D-Welt. Welten liegen zwischen Des-Welt und D-Welt. Also eine D-Welt. Wählen wir auch sie einstimmig, eingestrichen und oboengleich, geben wir ihr jedoch einen Rhythmus:

Sie ist unruhig, kindisch und dumm, man möchte ihr entfliehen. Als hätte man ein ungezogenes, nervendes Kind zu hüten. Das sind so die Welten, in denen man sich fragt, was eigentlich nicht stimmt: Der Tag hat vielleicht gut angefangen, Tätigkeiten und Begegnungen sind durchaus erfreulich, und dennoch ist man genervt. Ja, an der Sphärenmusik liegt es, nur ist man sich dessen nicht bewusst. Die Weltenmusiken sind übrigens fast alle so minimal wie die beiden Beispiele oben. Insofern hat die Entdeckung bzw. Entwicklung der Minimalmusik tatsächlich ein Stück weit die Sphärenmusiken »ent-deckt«.

Man kann ihnen nicht ausweichen, diesen Sphärenmusiken. Man kann sie nicht beeinflussen, nicht ändern, nicht einfach die Schallplatte umdrehen. Wo und warum sie genau entstehen, ist nicht wissenschaftlich erwiesen – es gibt darüber mehrere Theorien: Pythagoras meinte, sie entstünden durch die unterschiedlichen Reibungen, welche die Planeten auf ihren schalenartigen Umlaufbahnen verursachen. Er kann damit jedoch nicht erklären, warum jede der über eine Billion existierender Welten heute eine andere Musik hat. Es sei denn, man nimmt an, dass jede unserer Welten andere Planeten, Monde und Sonnen aufweist. Denkbar. Eine modernere, mit dem Pythagoräertum verwandte Theorie besagt, dass es die Hirnströme sind, die von Elektronen verursachten Reibungen in den neuronalen Strukturen, welche die Sphärenmusiken entstehen lassen. Erklärt zumindest, warum jede der Billionen Welten eine andere Musik hat.

Eine andere, wenn auch ziemlich mythisch anmutende Theorie besagt, dass jede Welt ihr Engelsorchester besitzt, welches der Welt die jeweils eigene Musik macht. Diese Theorie sagt jedoch nichts darüber aus, wer den Engeln die Noten gibt und ihnen das Spielen beibringt. Ein Meister kann's wohl kaum sein, bei dem häufig doch recht schulorchesterartig anmutenden Klang. Es scheint übrigens so, dass die jeweiligen Engelsorchester gerne bei einem Menschen bleiben. Die Weltenmusiken dieses Menschen bleiben dann in etwa immer im gleichen Stil. Wenn wir einem Menschen begegnen, können wir, für einen ganz kurzen Moment, dessen Sphärenmusik, hören, nur für den Bruchteil einer Sekunde. Es ist dies ein Phänomen, welches die Wissenschaft bisher nicht erklären konnte: Erwiesenermaßen handelt es sich nur um einen Sekundenbruchteil, in welchem wir die Sphärenmusik des Gegenüber hören, ebenso erwiesenermaßen kann sich Musik jedoch nicht in einem Sekundenbruchteil repräsentieren, da sie die Zeit als Medium braucht. Dennoch, so ist es: wir nehmen in dem millionsten Bruchteil einer Sekunde die Musik unseres Gegenüber wahr, im gleichen Augenblick, in dem wir ihn erblicken, dann nicht mehr. Und aufgrund dieser Musik spüren wir Sympathie, Zuneigung und Interesse oder Antipathie, Widerwillen, Hass. Ich mag zum Beispiel keine Welten mit Hundsmusiken bzw. Menschen, deren Orchester eine Vorliebe für Hundsmusiken hat. Das obige Beispiel für eine D-Welt ist eine solche Hundsmusik. Marschrhythmus, Regelhörigkeit, Fellgeruch, das sind ihre Merkmale. Dagegen liebe ich Kontrapunktwelten in moll, nicht jedoch in kanonartiger, kreisförmiger Ausprägung.

aus: »Alätheia« – 365 Eintagsfliegen zum Thema
»Welt – Wahrheit – Zeit – Bewusstsein«; Jahresprojekt 2002

Anna und Lisa: Auf koi Linie dabba!

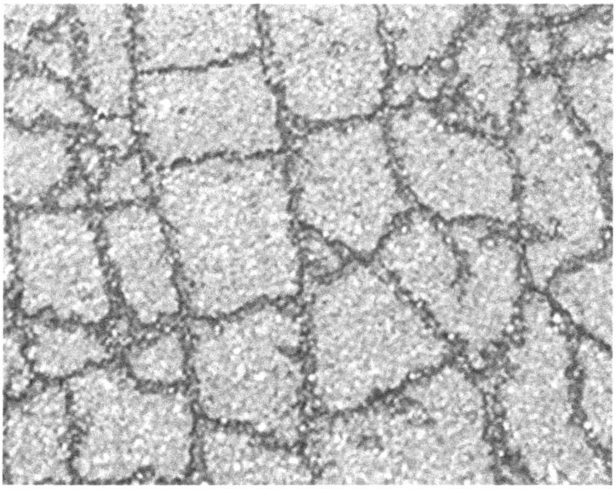

Anna und Lisa auf der Straße vor dem Elternhaus, Mama aus dem offenen Küchenfenster

Anna: Du darfsch auf koi Linie dabba.
Lisa: Warum net.
Anna: Weil des jetzt so gilt. Wenn du auf a Linie dabbsch, fliegsch in d'Luft.
Lisa: Du bisch doch aber grad eba auf die Linia da dabbt!
Anna: Da hats no net golda. Da war no koin Krieg. Ersch jetz. Komm!
Lisa: Des geht doch gar net. Da kann mer doch gar net laufa, ohne auf a Linia z'dabba.
Anna: Kann i au nix macha. Komm jetzt!
Lisa: Noi. Sonsch dabb i auf a Linie.
Mama: Anna! Lisa!

Anna: Mir müssat heim.

Lisa: I will aber net in d'Luft fliega.

Anna: Also, dann isch des jetzt halt aufghoba. Ab jetzt darf mer da wieder draufdabba.

Lisa: Noi, glaub i net. Isch ja Krieg.

Anna: Dann musch jetzt halt auf alle Linia dabba. Darfsch keine auslassa. Dann gilts. Entweder auf keine oder auf alle.

Lisa: Auf die kleine da au?

Anna: Auf alle. Sonsch fliegsch in d'Luft.

Mama: Anna! Lisa!

Anna: Komm jetzt.

Lisa: Was bassiert, wenn i eine auslass? Die kleine da zum Beispiel?

Anna: Dann müssat mir wieder die Regel ändra.

Lisa: Wie?

Anna: Dann hasch du halt auf alle Linia dabba müssa außer auf die kleine da.

Lisa: Und was dät bassiera, wenn i auf alle dabba dät, au' auf die kleine?

Anna: Dann dätsch du in d'Luft fliega. Komm jetzt endlich.

Lisa: Also auf alle muss i dabba außer auf die eine kleine?

Anna: Genau.

Lisa: Welche kleine war des jetzt?

Mama: Anna! Lisa!

Anna: Isch doch egal. Mir müssat halt hinterher saga, die oder die war's.

Lisa: Bisch sicher, dass des geht, hinterher no?

Anna: Ganz sicher. Komm.

Lisa: Also i muss jetzt eine auslassa, und die isch dann die, wo mir danach sagat, dass i bei der in d'Luft gfloga wär?

Anna: Ja, genau.

Lisa: Und wenn mir net aufbassa und sagat hinterher die falsche, eine, auf die i aber dabbt bin, und i bin auf a andre net dabbt?

Anna: Dann wärsch halt in d'Luft gfloga.
Lisa: Aber davon hätt i ja gar nix gmerkt.
Mama: Anna! Lisa!
Lisa: *(weinerlich)* Mama.
Anna: Dann isch jetzt halt Frieda! Jetzt kannsch überall draufdabba. Komm endlich!

aus: »Alätheia« – 365 Eintagsfliegen zum Thema »Welt – Wahrheit – Zeit – Bewusstsein«; Jahresprojekt 2002

Lysistrata

Chor I: Wir scheitern

Wir scheitern.
Den Krieg beenden wie die Frauen von Athen
unter der Führung Lysistratas!
Lysistrata unter dem Scherbenhaufen
gescheiterter Bearbeitungen und Inszenierungen hervorholen,
neu beatmen, zum Leben erwecken.
Im Theater.
Und von dort – vom Ort der Utopie –
den Sprung in die Realität unserer Welt wagen.
Wir scheitern.
Denn wir müssen scheitern!
Gründe für das Scheitern gibt es viele:
Denn wir sind ohnmächtig.
Wir sind wenige.
Wir sind schwach.
Wir sind uneins.
Also scheitern wir.
Gründe für das Nichtscheitern – da gibt es nur einen:
Wir dürfen nicht scheitern!
Denn dieser Krieg muss
– sofort –
beendet werden!
Also lasst uns die Waffen der Ohnmächtigen,
der Wenigen, der Schwachen und der Uneinigen erheben!
Auch wenn …
Wir scheitern.

Chor II: Frauen

Dieser Krieg muss beendet werden.
Jetzt.
Durch uns.
Gewaltlos.
Für Männer ist
Gewalt immer eine Option
Weil es für sie die Option Gewalt gibt
Mächtig, stark und waffenreich
Greifen sie in der Not zur Gewalt
Die Situation ist aussichtslos
Unser Vorhaben
zum Scheitern verurteilt.
Doch für uns ist Gewalt keine Option.
Ohnmächtig
schwach
und waffenlos –
wie wir sind
Wollen wir zusehen?
Wollen wir nichts tun?
Krieg den Männern
und ihrer Gewalt überlassen?
Wir dürfen nicht zusehen
Wir dürfen nicht nichts tun
Wer jetzt zusieht und nichts tut,
der macht sich schuldig
Der führt Krieg.

Chor III: Zuhören

Wir hören einander nicht zu
Denn wir haben Angst
Zuhören –
und der Krieg wäre beendet
Der Feind dem Feind und umgekehrt
Der Nachbar der Nachbarin und umgekehrt
Die eine Partei der anderen Partei und umgekehrt
Der Pazifist den Panzerlieferern und umgekehrt
Der Talkshowgast dem Talkshowgast –
Wir hören nicht zu.
Jeder ein Bollwerk,
geschlossene Luken, hermetische Panzerung
Wir graben uns ein mit unseren Meinungen
Wir feuern aus wohlgesicherten Schützengräben
Herausgebrüllt die Meinung –
die Ohren verschlossen –
und die Gräben vertieft
Wir sehen nicht, ob wir treffen
Denn wir kämpfen mit geschlossenem Visier
Wir treffen nicht, denn man hört uns nicht zu
Wir werden nicht getroffen, denn wir kämpfen
mit hermetischer Panzerung
Wir hören nicht zu.
Unsere Stimme wird immer ihr Ziel verfehlen:
Zu treffen – gehört zu werden –
verstanden zu werden – und zu verändern
du sagst: Auch wenn wir zuhören würden,
wäre dieser Krieg nicht zu Ende
Also akzeptierst du die Gewalt?

Chor IV: Lügen

Wir sind uns nicht einig
Denn jede von uns glaubt anderen Lügen
Im Krieg ist die Wahrheit immer das erste Opfer
Alle lügen
Die Kriegsparteien – lügen
Die Politiker – lügen
Die Medien – lügen
Und weil sie lügen, schreien sie
Um die Lügen der anderen zu übertönen
Alle lügen
Leider dient die Sprache bereitwillig
allen Interessen und jedem Lügner
Alle lügen
Über die Ursachen dieses Krieges
Die Anfänge dieses Krieges
Über die Schuld an diesem Krieg
Die Beteiligten dieses Krieges
Die Interessen in diesem Krieg
Über den Verlauf des Krieges
Über die Ziele des Krieges
Über die Opfer des Krieges
Doch in einem –
nur in dem einen –
sind wir uns hier einig,
und das ist wahr:
Es ist Krieg.
Und dieser Krieg muss beendet werden.
Durch uns.
Jetzt.

aus: »Lysistrata Zwanzigzweiundzwanzig Punkt Null« –
Kopftheater; Jahresprojekt 2022

Balleraballeraballera

Panzer auf alle Dächer.
Und alle Löwazähn sind Granada.
Balleraballeraballera.
I bin im Geheimdienscht.
I woiß, dass Krieg isch, derf's aber net saga.
Soldatin im Auftrag meiner Majeschtät.

I spreng die ganz Welt in d'Luft.
Und dann fress i se auf.
Geschdern han i ebbes denkt.
Scheißa und Schießa. Scheißa und Schießa.
Deswega isch älles, was i ess, Munition.
Munition isch französisch und hoißt »Achtung«.
Der Franzos kommt!
Dann hoißts Alarm.
Da muss mer dann in d'Stellung ganga.
Et ersch, wenn mer 18 isch.

Alarm!
So schreiat Raba.
Des sind koine Vögel in der Luft.
Pfeile und Raketa.
Drum sind dene ihre Schnäbel so spitz.
Die Pfeil schwirrat und die Raketa pfeifat.
D'ganze Luft isch voller Krieg.
Balleraballeraballera.

Meine Panzer bassat auf.
Dass se net vom Dach haglat.
Wenn's haglat, musch in Deckung ganga.
Unter dei Deck.
Im Gras hockat se au. Des sind na Bodatruppa.
Die ka mer aber köpfa, no send se weg.

Der Freind isch au an Feind.
Des rrrrrrrrrrrrrrrrrr muß mer'm rausschießa.
Des wär's Herz.
Da merkt der gar nix davo.
Weil der Feind kann ja koi Deutsch.
Der lebt dann von der Kriegsgräberfürsorge.

Balleraballeraballera.
Wer lacht, wird verschossa.
Schreia muss mer könna.
I be die Erschte.
Die Blätter an de Bäum sind bloß zur Tarnung.
Im Herbscht fällt die Fassade.
Na sieht mer, wer übrig isch.

aus: »Alätheia« – 365 Eintagsfliegen zum Thema »Welt – Wahrheit – Zeit – Bewusstsein«; Jahresprojekt 2002

Heut fallat se aber!

Zwei Jäger, Rudolf und Gustav, auf dem Hochsitz

Rudolf: Guck mal, wie rot die Buche scho isch. Wie Blut.
Gustav: Mir gfällt der Ahorn besser. Da isch au gelb dabei.
Rudolf: Heut fallat se aber.
Gustav: Wer?
Rudolf: Die Blätter.
Gustav: Tja, wahrscheinlich bloß no baar Däg, dann isch wieder kahl.
Rudolf: Dann isch Winter.
Gustav: Winter, jawoll.
Rudolf: Jetzt isch einer von deine gfalla.
Gustav: Wer?
Rudolf: A Blatt von deim Ahorn.
Gustav: Ja, die fallat.
Rudolf: Herbscht eba.
Gustav: Jetzt eins von deine, guck. Von der Buche. Und no eins.
Rudolf: Die Buchablätter sind ja au kleiner. Dafür mehr.
Gustav: Wie im Krieg.
Rudolf: Wie die alle rumliegat. Der ganze Boda voll.
Gustav: Könnt mer direkt auf Gedanka komma.
Rudolf: Ha wa!
Gustav: Raschelt so, wenn mer durchgeht.
Rudolf: Kann mer sich vorstella, was da alles gwischpert wird.
Gustav: Besser, mer hält sich da raus.
Rudolf: Sonsch kommt mer no in ebbes nei.
Gustav: Wenn mer jetzt drauf schießa dät, auf eins von deine, däts dann a Loch in des Blatt geba oder dät des Blatt oifach vom Baum falla?

Rudolf: Ja, des sind so Frôga.
Gustav: Die stellt sich der Mensch oifach.
Rudolf: I probiers mal. Bei eim von deine. (*legt an*)
Gustav: Lass bleiba.
Rudolf: Warum?
Gustav: Da soll der Mensch it eigreifa.
Rudolf: Warum it.
Gustav: Wega der Waidgerechtigkeit.
Rudolf: Also, lassa mer der Natur ihr'n Lauf.
Gustav: Guck, jetzt fallat a ganze Menge.
Rudolf: Wie auf Kommando.
Gustav: War wohl 'n Windstoß.
Rudolf: Merkt mer gar it so, wenn mer dô oba sitzt.
Gustav: Warum warsch du eigentlich it auf der Beerdigung vom Franz?
Rudolf: Mit dem bin i quitt.
Gustav: Was hat der dir do?
Rudolf: Nix, aber i bin halt quitt mit ihm.
Gustav: Wieso?
Rudolf: Weil der zu meiner Beerdigung au it kommt.
Gustav: Aber es hätt sich ghört, daß de nôgehsch.
Rudolf: Bloß, wenn der zu meiner Beerdigung au komma wär.
Gustav: Aber die war doch noch gar it. Wie hätt er denn da komma solla? Da kannsch ihm doch keine Vorwürf macha.
Rudolf: I mach am Franz doch keine Vorwürf! Du machsch mir Vorwürf, dass i net zu seiner Beerdigung bin.
Gustav: Über da Dot naus soll mer nix nachtraga.
Rudolf: Hat des der Pfarrer gsagt?
Gustav: Noi.
Rudolf: Was hat er denn gsagt?
Gustav: »Ich bin der Weg, die Wahrheit und das Leben.«
Rudolf: Ha, des sagat älle.
Gustav: Was weddesch? Fällt jetzt als nächschdes zersch a Ahornblatt oder a Buche?

Rudolf: Wer kann des scho saga. Des musch nehma, wie's kommt.

Gustav: Lebt der Eugen eigentlich no?

Rudolf: Ja. Aber der Fritz isch letschthin gschtorba.

Gustav: War ja au scho 82.

Rudolf: So betrachtet a Erlösung.

Gustav: Warsch du eigentlich nomal beim Dokter wega dei'm Zucker? Musch dô ebbes nehma?

Rudolf: Vorerscht it. Die Werte seiat ganz gut. – Jetzt isch wieder eins von deine gfalla.

Gustav: A gelbes.

Rudolf: Sonsch sind immer die rote gfalla. I han scho denkt, die gelbe müssat ersch rot werda. Und dann könnat se falla.

Gustav: Der Horscht hat ja immer no Aktien. Je länger der wartet, deschto schlimmer war's dann, wenn er mal raus isch. Glaubt wohl immer no an a Wende.

Rudolf: Huiii, des war jetzt aber mal 'n richtiger Wirbel war des.

Gustav: Kann mer gar nimmer zähla. Aber mehr von deine.

Rudolf: Sind ja au mehr.

Gustav: Aber kleiner.

Rudolf: Für so Läus vielleicht au schlimm.

Gustav: Läus?

Rudolf: Die werdat ja it gfrôgt, woisch?

Gustav: Hend ja aber 's Blatt gwählt, auf dem se hockat.

Rudolf: Selber schuld.

Gustav: Irgendwie, oder?

Rudolf: Vielleicht sind se au scho abgwandert. Wonâ gangat die eigentlich im Winter?

Gustav: Untergrund vermutlich.

Rudolf: Was dô alles lebt. Was schätzsch, jetzt so im Umkreis vo 50 Meter. Wieviel Leba gibts dô?

Gustav: Wahrscheinlich unvorstellbar.

Rudolf: Do grausts eim.

Gustav: Kannsch nix macha.

Rudolf: Muss doch da Kittel wieder aziega. (*zieht Jacke an*)

Gustav: Guck, jetzt haglats grad richtig Blätter.
Rudolf: Isch der Bernhard von deine Nachbra eigentlich jetzt fertig mit der Schul? Oder hat der nomal wiederhola müssa?
Gustav: Isch durchgfloga. Kommt aber jetzt im Frühjahr raus.
Rudolf: Wie die Zeit vergôht.
Gustav: Und sei Vadder isch au pleite.
Rudolf: Guck, jetzt wieder eins von deine.
Gustav: Kalt wird's.

aus: »Waidmannsheil – schwarze Komödie im grünen Rock« – UA Melchingen 2004

Der Mann auf der Brücke

Quasi einstimmig war der Beschluss gewesen: Die Brücke sollte gesprengt werden. Die eine, einzige Gegenstimme – Paul – zählte nicht wirklich. Also wurden Sprengladungen angebracht, das Gelände weiträumig abgesperrt, eine Zeitschaltuhr wurde installiert, der Countdown lief. Doch plötzlich stand – allen Absperrungen zum Trotz – Paul auf der Brücke. In der Mitte der Brücke stand Paul, der wohl glaubte, mit dieser Art Widerstand die Sprengung der Brücke verhindern zu können. Man rief Paul zu, er solle gefälligst verschwinden, ohne Erfolg.

Alle spekulierten darauf, dass Paul allerspätestens im letzten Moment seinen Widerstand aufgeben werde. Um ihm die unwiderrufliche Dringlichkeit des laufenden Countdowns klarzumachen, riefen die Schaulustigen auf beiden Seiten der Brücke den Countdown – crescendo, crescendo – mit: 10 – 9 – 8 – Paul stand – 7 – 6 – 5 – Paul rührte sich nicht – 4 – 3 – 2 – Paul hielt sich die Ohren zu – 1 – 0!!! Die Menge hatte am Ende des Countdowns die Zahlen so laut gebrüllt, dass die Explosion dagegen fast leise erschien. Als die Brücke zu zittern und wanken begann, hielten sich viele der Zuschauer die Augen zu, um Pauls Ende nicht mitansehen zu müssen. Diejenigen, die hinsahen, konnten Paul bald nicht mehr ausmachen, eine riesige Staubwolke verhüllte alles.

Stille. Und der letzte Staub war niedergerieselt. –

Doch Paul stand auf der Brücke, vielmehr: er stand in der Luft, an der Stelle, an welcher gerade noch die Mitte der Brücke gewesen war. Man erwartete zunächst irgendwie, dass er, wie eine Comicfigur, die noch eine Weile horizontal über dem Abgrund in der Luft rennt, bevor sie abstürzt, nun in die Fluten sinken werde, aber er stand. Und hielt sich die Ohren zu.

Die Geschichte endete, wie sie enden wollte: Vergeblich versuchte man, Paul abzuschießen aus seinem luftigen Standort. Die Kugeln jedoch gingen einfach durch ihn hindurch und fanden am jeweils gegenüberliegenden Ufer ihre Opfer. Und Paul stand. Die letzten beiden Überlebenden, jeder auf seiner Seite, begannen, wieder eine Brücke zu bauen, an derselben Stelle wie vordem. Und Paul ging ruhig von der Brücke und von dannen.

Ward niemals mehr gesehen.

aus »Lücken und Brücken«; Jahresprojekt 2021

Dorffrieden

Atmo: sich allmählich füllendes Festzelt, auf der Bühne die sich vorbereitende Combo: Oskar, Rudi, Gerd, Franz

Oskar: Also mir als Heimatmusikanta, i woiß it.
Rudi: Wenn der Guschtl kommt, spiel i it.
Gerd: Und i spiel it, wenn der Veit kommt.
Rudi: Ha, i find, du bräuchtesch do it so grätig do. Bei mir und am Guschtl, do isch um Geld ganga. Aber an Streit um a Weib sollt Männer it auseinanderbringa könna.
Gerd: Des sieh i anders.
Rudi: An Streit um a Weib kannsch irgendwann vergessa, die wird mit der Zeit eh alt, daub und fleckig. Beim Geld isch anderschrum, Zinsa, verstohsch! 'S Geld hosch irgendwann auf der Bank, 's Weib aber auf 'm Buckel, des isch der Unterschied.
Franz: Guckat, d'Marie kommt au.
Oskar: Also dass die sich zum zoiga traut!
Gerd: Und hockt sich au no auf die gleich Bank wie der Paul, ha, des isch dreischt.
Rudi: Des woisch du it, ob des der Marie ihr Hund war, wo dem sein Gockeler grissa hot. Des kann genausogut der Fuchs gwea sei.
Gerd: Der Gockel hat eh nix daugt, der hat ja Angsch vor de Henna ghett. Dem hätt mer d'Henna ja festbinda müssa, bis der sich mal auf eine nauftraut hätt.
Oskar: Der Lothar hat no zum Paul gsagt: Derfsch dem Gockeler halt it dei Marianne zeiga, sonsch haut er nachher vor älle Henna ab.
Franz: Jetzt schwätzt der Paul mit am Lothar au nemme.

Gerd: Guckat, da kommt der Lothar. Wo hockt jetzt der no.

Oskar: Zum Hinz und seine Leut!

Gerd: Gwieß it. Die könnat sich auf da Dod it ausstea.

Rudi: Ha ja, aber des isch ja au a Rass für sich. Also des isch ja a ganz minder Verei'. Die hend ja au g'sagt, dass i die Entschädigung an da Guschtl zahla müss', wega dem Flurschada. Dabei han i ja die Küh bloß deswega bei dem mal durch da Maisacker trieba, weil dem sei Urgroßvadder damals d'Gillagrub zu unsrer Seit numbaut hot.

Oskar: Ha, des mit dera Gillagrub hat ja au a Vorg'schichte. Am Guschtl sei', i woiß jetzt nemme, Ur- oder Urur, hot zur Mathilde, wo nach em erschda Weltkrieg bei euch g'schafft hat, g'sagt, sie soll in der Kirch weiter hinda nahocka. Vorne dädet bei uns von alters her bloß die Weiber von de Baura mit oigenem Grund und Boda sitza.

Gerd: Dabei isch bekannt, dass also dem sei Weib, dem Ur- oder Urur-, sei Weib, Brigitte hot se ghoißa, dass dui so falsch gsunga hot, dass da 's Ewige Licht gflackrat hot, wenn die in der Kirch de Mund aufdo hätt. *(zu Rudi)* Mit der bisch übrigens verwandt, hosch des g'wisst?

Rudi: D' Verwandtschaft kann mer sich it aussucha, zumindescht auf 'm Dorf it.

Oskar: Die Brigitte isch stoialt worda, und d'Leut hend immer gsagt: Die will wohl der Herr it zu sich hola, weil er se it in seim Engelschor han will.

Franz: Wahrscheinlich hat se halt französisch gsunga.

Oskar: Wieso des?

Franz: Ha, d'Clara vom Oichahof hat der Brigitte ihrer Mudder, wo der Napoleon mit seine Soldata durchkomma isch, g'sagt, sie sott's halt amol mit oi'm von dene Franzosa probiera, wenn ihr Wilhelm koin Nachwuchs nokriega dät. Auf die Bemerkung no hat der Wilhelm – dem hat des sei Weib natürlich brühwarm verzählt – der Clara ihr'n Hennastall ozunda.

Gerd: Mei Vadder hat immer g'sagt, der alt Ludwig hot der Clara da Hennastall ozunda. Weil der Clara ihr Bruder, der war mit de erschte schwäbische Eiwanderer nach Amerika ganga. Und der Ludwig war auf die Äcker scharf. D' Clara hat aber an da Otto verkauft.

Oskar: Ha, des hätt mer doch schwätza könna.

Gerd: Eba it, weil am Ludwig und der Clara ihre Leut', die hend scho seit Generationa nix meh mitanander g'schwätzt. Der Lärchahof und der Oichahof waret scho immer über Kreuz.

Oskar: Warum des?

Gerd: Da war irgend a G'schicht im Dreißigjähriga Krieg zwischa dene Familia. Wo der Gustav Adolf mit seine Schweda durchzoga isch, hat irgendoiner vom Lärchahof Rossbolla von der schwedischa Kavallerie ufg'lesa und beim Oichahof auf d' Mischde gschmissa.

Oskar: Ja und? Rossbolla send doch gut für da Boda.

Gerd: Des warat aber evangelische Rossbolla, und die vom Oichahof hend des irgendwie als Signal für irgendebbes gsea. Deswega sagat die Leut vom Oichahof no heut: Also sie häddet da Westfälischa Frieda it unterschrieba.

Franz: I han immer denkt, die Fehde zwischa Oicha- und Lärchahof sei mit am alta Fritz zammag'hanga. Da sei irgendebbes gwea, weshalb letschdens d'Gisela vom Lärchahof g'sagt hat, sie gang nemme in d'Sengstund, solang der Walter vom Oichahof da Solo beim Montanara-Lied singa derf. So vom Hörasaga han i mir des denkt.

Rudi: I woiß, was de moinsch, des war aber ebbes anders. Des war it der alte Fritz, sondern der Friedrich Barbarossa, der Kaiser Rotbart. Wega dem goht d'Gisela nemme zum Senga. Weil einer vom Walter seine Vorfahra war beim Kreuzzug mit am Kaiser Barbarossa dabei und hat dafür als Leha des ganze Land kriegt, was vorher der Giseala ihre Vorfahra bewirtschaftet hend. Und so ebbes vergisst mer it so leicht.

Franz: Ja, aber, was hat jetzt des mit em Rudolf und em Erich zum doa?

Rudi: Stimmt, die schwätzat ja au nemma mitanander.

Gerd: Des woiß koiner meh, des isch a uralte Gschicht, also des muss wirklich in grauer Vorzeit liega.

Oskar: Jetzt hat sichs Zelt doch schö gfüllt, Rudi. Jetzt soddesch du dei Red halda!

Rudi: (steht auf, geht ans Mikro) Liebe Einheimische, liebe Gäschte von nah und fern! Mir freuet uns, dass trotz Rega und kühle Temperatura so viele Leut in unser Festzelt gfunda hend. Und mir haltets halt so wie immer bei uns: Mir hend die Sonne in unserm Herza, wir sonnat uns an der Herzenswärme, die uns in unserm Flecka scho seit Menschengedenken zammastao lässt. Wenn mer so in d' Welt neiguckat und sieht, wieviel Feindschaft, Hass und Krieg es anderswo gibt, no isch mer doch arg froh, bei uns zu sei: dahoim. Dahoim isch mer, wo oim no warm ums Herz wird, wo der Kitt zwischa de Leut' no baddet. Und in diesem Sinne wünschet mir euch a fröhliche Hockete mit den Golden Boys!

aus dem Hörspiel »Tuten und Blasen«; 2007

Anna und Lisa: Rat amôl!

Anna, Lisa und Mama. Anna zeigt Lisa ein Bild.

Anna: Rat mal, was des isch, was i da gmalt hab.
Lisa: A Haus.
Anna: Falsch, ätsch.
Lisa: Was soll des sonsch sei.
Anna: Des bisch du.
Lisa: Des bin net i, des isch a Haus.
Anna: Wer hat des Bild gmalt?
Lisa: Ha, du.
Anna: Also. I muss doch wissa, was des sei soll. Und i sag: Des bisch du. Des sin deine Haar, des da deine Auga, des dein Mund, und des da dei Nas.
Lisa: Mei Nas isch doch net da oba.
Anna: Doch. Du hasch a Himmelfahrtsnas.
Lisa: Mama?! Guck amal, was d'Anna da gmalt hat!
Mama: Ah, a schöns Bild!
Lisa: D' Anna sagt, des soll i sei.
Mama: Gfällt's dir denn net?
Lisa: Doch, aber des isch doch a Haus, des bin doch net i.
Mama: Isch doch besser, du bisch a schönes Haus als a hässliches Kind.

aus: »Alätheia« – 365 Eintagsfliegen zum Thema »Welt – Wahrheit – Zeit – Bewusstsein«; Jahresprojekt 2002

Zahlenkosmos

Nun, die Zahlen leben dort, was ist daran schwer zu begreifen? Es ist einfach ein Kosmos aus Zahlen: Sterne, Planeten, Monde, Kometen, alles Zahlen. Lebendig allerdings. Und extrem emotional. Und damit auch zur selbstgeführten Bewegung fähig – mit etwas Willen und Anstrengung kann ein Zahlenplanet schon mal sein Sonnensystem verlassen und sich eine neue Heimat suchen oder selbst zum Zentralgestirn werden.

Die 12 war allerdings schon immer Sonne. Unwahrscheinlich, dass die 2, die 3, die 4 und die 6 sie jemals verlassen werden. Sie wird von allen heiß geliebt, die 12.

Die 10 dagegen lebt in einer völlig anderen Galaxie. Man ist dort etwas kühl von Charakter, wenn Sie wissen, was ich meine. Rationale Zahlen fühlen sich dort heimisch. Man redet zwar viel miteinander, aber ohne Herzenswärme.

Die 13 irrt als einsamer Wandelstern allein durch den Zahlenkosmos, denn sie wird – aus unerfindlichen Gründen – von allen anderen Zahlen gemieden. Abstoßungskräfte scheinen sie zu beherrschen. Dafür rächt sie sich, indem sie hin und wieder einen Kometen absprengt und in Richtung anderer Zahlengestirne losschickt, um sie zu verletzen – tragischerweise oft mit Erfolg.

Die 7 und die 11 sind seit langem als Zweigestirn durch die Primstraße unterwegs. Gerne würde ich Ihnen den Zeitpunkt genauer angeben, als die beiden sich gemeinsam auf den Weg machten, aber welches Jahr könnte ich Ihnen als Rechnungseinheit anbieten? Das Einserjahr, die Zeit, welche die 1 braucht, um die 0 einmal zu umrunden? Oder das Dreierjahr um die 12, warum dann nicht das Viererjahr? Sie könnten mit diesen Angaben sowieso nichts anfangen, weil sich die Zahlenjahre in keiner Weise in unsere Zeit umrechnen lassen. Das ist das besondere an diesem Kosmos. Er lässt sich nicht umrechnen, nicht in etwas anderem als sich selbst ausdrücken. Eine 12 ist eine 12 ist eine 12, was sonst. Unmöglich, es Ihnen zu übersetzen, wenn Sie es nicht bereits begriffen haben.

Wer den Zahlenhimmel regelmäßig beobachtet, der mag wohl ins Staunen kommen: Es gibt Konstellationen, deren zufälliges Zustandekommen kaum wahrscheinlich ist – dennoch treten sie auf, und nicht einmal rar. Magische Quadrate beispielsweise. Noch keiner hat herausgefunden, wo die treibende Kraft zu suchen ist, die zur Bildung solcher Systeme am Zahlenhimmel führt.

Denn sie sind ein anarchisches Volk, die Zahlen. Eher als geheimnisvolle Ordnung entspricht ihnen, dass sie schon einmal falsche Rechnungen in den Himmel stellen, absurde Gleichungen, die uns zum Lachen bringen.

Ein großes Geheimnis in diesem Kosmos sind die irrationalen Zahlen. Die natürlichen, rationalen und reellen Zahlen leben in ständiger Angst, ihnen zu nahe zu kommen – natürliche Zahlen scheuen daher bereits jedes Minus, rationale Zahlen fliehen das Wurzelzeichen, wo sie nur können. Denn die Bereiche, in welchen irrationale Zahlen leben, sind den schwarzen Löchern in unserem Kosmos vergleichbar – wenn man ihnen zu nahe kommt, verschwindet man leicht auf immer und ewig. In der Unendlichkeit, ja.

Tragische Geschichten schreiben sich in den Zahlenhimmel. Wer Grips genug zum Rechnen hat, der rechne. 8 Neuntel zum Beispiel, von unendlicher Sehnsucht getrieben, die 0,9 zu erreichen und sich mit ihr zu vereinigen, verbringt ihr ganzes Leben bisher damit, der 0,9 nachzujagen. Fraglich, ob sie irgendwann einmal die Sinnlosigkeit ihres Strebens einsieht und sich anderen Zielen zuwenden wird.

aus: »Alätheia« – 365 Eintagsfliegen zum Thema »Welt – Wahrheit – Zeit – Bewusstsein«; Jahresprojekt 2002

Erinnerungsgenie

Albrecht war unser Nachbar und schrieb auf. Täglich, von 23 Uhr bis 24 Uhr. Alles, was an diesem Tag gewesen war. Was es ihm bedeutete. Was er gedacht hatte. Was er sich behalten wollte. Er tat dies seit seinem 12. Lebensjahr. Bis er 18 war, in den ersten 6 Jahren seiner protokollarischen Tätigkeit, hatte er zusätzlich aufgeschrieben – zwischen 22 und 23 Uhr –, was er sich von den frühen Jahren bis zum 12. Lebensjahr noch behalten hatte. Denn er wollte sein Leben so komplett wie nur irgend möglich haben. »Fehlt ein Tag in diesem Buch, fehlt er mir in meinem Leben«, erklärte er. »Ich bin nur, was in diesem Buch steht. Wer vergisst, stirbt.«

Er war das, was man einen richtig guten Menschen nennt: klug, treu, hilfsbereit, denn so hatte er sich in seinem Buch beschrieben. Neigte allerdings ein wenig zur Rechthaberei. Es verwirrte ihn, wenn einer seiner Freunde eine Meinung äußerte, die von der abwich, welche dieser Freund wenige Tage zuvor geäußert hatte. Uns geschieht das ja auch wohl täglich, doch wir geben jeder der beiden Meinungen recht, da wir die erstgeäußerte längst vergessen haben. Er aber war der Buchhalter seines Lebens. Nichts ging ihm verloren.

Es geschah an seinem 40. Geburtstag. Albrecht hatte zu diesem Zeitpunkt fast 100 000 Seiten beschrieben. Mit dünner Feder, mit kleinen, steilen, Buchstaben. Wer seine Schrift nicht kannte, konnte die Buchstaben schlecht auseinanderhalten – auf den ersten Blick sahen sie alle gleich aus. Der gleiche Winkel, der gleiche Abstand, die gleiche Länge – erst auf den zweiten Blick entdeckte man hin und wieder etwas, was ein i-Punkt sein mochte, minimale Unterschiede in den Längen, winzige Ösen bei »l« oder »e«, die Andeutung eines Querstrichs beim »t«. Es geschah also an seinem 40. Geburtstag. Er hatte sich zur Feier eine Kerze angezündet beim Frühstück und war dann aus dem Haus gegangen, um mit uns, seinen Freunden, gemeinsam Mittag zu essen. Und so wurden wir Zeugen eines bis heute völlig unerklärlichen Vorgangs: Vor unseren Augen verwandelte sich unser Freund Albrecht binnen einer Minute zu Asche. Ja. Er verkohlte und zerfiel zu Asche. Natürlich riefen wir die Feuerwehr, doch diese war bereits unterwegs – nicht jedoch zu dem Restaurant, in welchem wir waren, sondern zu Albrechts Haus. Die Kerze vom Frühstückstisch war heruntergebrannt und hatte im letzten Verflackern den Vorhang entzündet. Das Haus brannte und mit ihm verbrannte Albrechts Tagebuch. Da erst begriffen wir, was er gemeint hatte, wenn er sagte:

»Ich bin mit diesem Buch identisch.«

aus: »Alätheia« – 365 Eintagsfliegen zum Thema
»Welt – Wahrheit – Zeit – Bewusstsein«; Jahresprojekt 2002

Vergessenskünstler

Rolf war Vergessenskünstler. Er lebte einige Wochen bei uns, bevor er wieder aus unserem Leben verschwand, ohne Abschied. Genauso unvermutet, wie er aufgetaucht war. Nie haben wir erfahren, wer er war, woher er kam, wie alt er war, wohin er verschwunden war. Wir nannten ihn Rolf, er selbst hatte seinen Namen vergessen. Rolf scheint mir der glücklichste Mensch, dem ich je begegnet bin. Er war Vergessenskünstler. Lesen und Schreiben lehnte er kategorisch ab, und er verbrachte viel Zeit mit geistigen Übungen, die dem Vergessen des in der Schule Erlernten dienten. Vergessen bedeutet Leben, sagte er. Ihr müsst vergessen, dass ihr alt werdet, und ihr seid jung, behauptete er. Wer vergisst, kann nicht sterben. Wenn ihr lest, mahnte er uns, beschäftigt ihr euch mit totem, verlebtem Geist. Nur das jetzt lebendige Wort ist Geistesnahrung, totes Wort tötet. Rolf lebte perfekt in der Gegenwart. Die Sprache selbst vergaß er merkwürdigerweise nicht, ja, er beherrschte sogar neun Sprachen fast perfekt. Aber er behielt nichts von dem, was jemals zu ihm gesagt worden war. Sprache war für ihn flüssiges, lebendiges Material. In verfestigter, geronnener, gegossener Form verbannte er sie aus seinem Geist. Haltet die Sprache flüssig, sonst macht sie euch steif, pflegte er zu sagen. Er behandelte Sprache als Material, mit welchem alles zu bilden war, verflüssigte das Gebildete jedoch sofort wieder, um wieder neues zu bilden. Sein Geist glich einer Amöbe, die ständig neue Gestalt annimmt, von einer Form in die andere fließt. Rolf war glücklich. Er neigte erstaunlich wenig zu Irrtümern, wie wir sie doch täglich begehen, denn er nahm nie Erinnerungen als Hilfsmittel seiner geistigen Operationen. Auch verrechnete er sich nie. Eines Tages war er sang- und klanglos verschwunden. Lebt er noch?

aus: »Alätheia« – 365 Eintagsfliegen zum Thema
»Welt – Wahrheit – Zeit – Bewusstsein«; Jahresprojekt 2002

Professor Konfusius: Weltenfahrplan

Ich, Professor Konfusius habe mich über viele Jahre der Erforschung des Weltenfahrplans gewidmet: Der interkosmische Raum wurde deshalb fast leer gehalten, weil unsere Welt nicht allein in diesem Kosmos ist. Denn oft bereits eine Sekunde, nachdem unsere Welt den Raum A eingenommen hat, wird dieser Raum A von einer anderen Welt durchkreuzt. Wir nehmen unsere Zeit selbstverständlich mit in einem neuen Raum (B), der alte (A) bleibt anderen Welten vorbehalten. (Der Streckenabschnitt x einer Landstraße wird schließlich auch wieder frei sein für andere Fahrzeuge, nachdem unser Fahrzeug diesen Abschnitt passiert hat – sinnlos, anzunehmen, dass wir diesen Streckenabschnitt x weiter mit uns herumtragen.) Der interstellare Raum muss also weitgehend leer gehalten werden, um etwaige Zusammenstöße, die sich bei Verspätungen der einen oder anderen Welt ereignen könnten, zu vermeiden. Fastzusammenstöße kommen leider häufiger vor, als man denkt. Glücklicherweise fungiert der interkosmische Raum eben als Pufferzone. Auch richtige Zusammenstöße ereignen sich immer wieder und werden sich auch bei sorgfältigster Beobachtung des Fahrplans nie ganz vermeiden lassen. Sie führen leider zum sofortigen Ende der beteiligten Welten. Die Wracks dieser Welten stören hin und wieder als Hirngespinste unser Dasein. Massenkarambolagen, wie es sie auch schon gegeben hat, bergen die Gefahr, dass ein riesiger Weltenschuttberg mit beispielsweise unserer Welt kollidiert und jeden Geist okkupiert und verwirrt. Diese epidemischen Fremdwelt-Infektionen sind äußerst schwierig zu diagnostizieren, da meist nicht erkannt wird, dass es sich um Anteile einer zerstörten und fremden Welt handelt – sie werden für Eigenweltanteile gehalten, was zur Folge hat, dass das Abwehrsystem sich ihnen gegenüber passiv verhält. Unregelmäßigkeiten im Fahrplan können, zumindest in gewissem Maße, durch Anziehungs- und Abstoßungskräfte zwischen den Welten wieder ausgeglichen werden. Vergleichbar sind diese Kräfte mit Kräften, wie sie in unserer physikalischen Welt auch vorkommen: Zentrifugal- und Zentripetalkraft, Gravitation und Magnetismus. Bremsen, also aus eigener Kraft die Geschwindigkeit verringern, können Welten jedoch nicht. Daher gibt es keine Staus, aber eben hin und wieder Kollisionen. Welt 5858 hat fast immer Verspätung. Das bringt dann den ganzen Fahrplan durcheinander. Einmal geschah doch tatsächlich, dass Welt 5858 über 10 000 Jahre unserer Zeitrechnung Verspätung hatte, während Welt 37a sich etwas zu schnell auf ihrer Bahn befand. Die Ausgleichskräfte zwischen den Welten bewirkten in diesem, bisher allerdings einmaligen Fall, dass Welt 37a umdrehen musste, der Welt 5858 entgegen, um den vorgeschriebenen Abstand zwischen den Welten wieder zu erreichen. Dies bewirkte in Kettenreaktion, dass auch alle andere Welten wenden mussten. Die Folge war ein mehrtausendjähriges Rangieren, in dessen Verlauf Welt 99 wieder in ihrem Urknall versank. Die Laufrichtung aller Welten wurde natürlich sofort wieder korrigiert, Welt 99 jedoch ist nie wieder aus ihrem Urknall aufgetaucht.

aus: »Alätheia« – 365 Eintagsfliegen zum Thema »Welt – Wahrheit – Zeit – Bewusstsein«; Jahresprojekt 2002

Schattenseher

Schon öfter war er mir in meinem Stadtviertel begegnet, denn er wohnte bei mir um die Ecke. Ich hatte immer die Sicherheit beobachtet und bewundert, mit welcher er sich durch die Straßen bewegte. Auch ohne weißen Stock samt Armbinde und die dadurch bewirkte Rücksichtnahme der Leute eckte er nirgends an.

Ich verstand daher nicht, was mit ihm los war, als ich ihm an einem schönen sonnigen Maitag im Park begegnete. Wir kamen aufeinander zu, und mir fiel auf, dass er die ganze Zeit den Kopf nach links zu Boden gedreht hielt. Als wir gerade dabei waren, einander zu passieren – instinktiv wich ich zwei Schritte aus, weil ich nicht sicher war, wie früh er mich wahrnehmen und mir ausweichen könnte – sprang er beinahe zwei Schritte zur Seite und direkt in mich hinein. Höflich entschuldigte ich mich, er sich ebenfalls. Dann ging er weiter, wieder den blinden Blick zur Seite auf den Boden gewandt. Ich blickte ihm nach. Wieder kam jemand ihm entgegen – Frau mit Hund – und das gleiche Spiel: Anstatt sie zu passieren, sprang er sie gewissermaßen an, der Hund der Frau schnappte sofort zu und packte sich seine Wade, die Frau schrie, der Mann schrie, ich eilte hinzu, Hilfe leisten. Der Blinde war ohnmächtig, als ich die Unglücksstelle erreichte, die Bisswunde blutete, wir riefen einen Krankenwagen. Da ich immerhin wusste, wo er wohnte, fuhr ich mit. Ich blieb im Krankenhaus, bis er versorgt und vernäht war. Noch war er bewusstlos. Ich setzte mich an sein Bett und betrachtete sein Gesicht. Bisher hatte ich immer Scheu empfunden, ihm genau ins Gesicht zu schauen. Ich hatte es als anstößig empfunden, in Augen zu blicken, die nichts von meinem Blick wussten, ihn jedoch vielleicht desto stärker ahnten. Als er zu sich kam, wandte ich daher den Blick wieder ab, stellt mich vor und fragte ihn, ob ich etwas tun könne, bis er entlassen würde, jemanden benachrichtigen, vielleicht Blumen gießen in der Wohnung? (Haben Blinde Blumen in der Wohnung?) Und so erfuhr ich von seiner Eigenheit:

Er sei bereits blind geboren, erzählte er mir, und habe – wie alle Blindgeborenen – relativ schnell und gut gelernt, sich zurechtzufinden in der Welt, mittels Gehör und Tastsinn, ja, aber auch der Geruch spiele eine Rolle, und: Ja, er habe Blumen der Wohnung und es wäre nett, wenn ich sie bis zu seiner Entlassung aus dem Krankenhaus versorgen könnte. Zu dem Unfall heute: An seinem 12. Geburtstag habe er zum ersten Mal einen Schimmer gehabt. Im Lauf der folgenden Jahre habe sich eine gewisse Sehfähigkeit entwickelt, allerdings nur für Schatten. Die Ärzte hätten dafür, wie ja für alles Wesentliche, keine Erklärung gehabt, er hätte selbst sehen müssen, wie er damit zurecht kam, und das sei nicht einfach gewesen. Also er sehe Schatten, Schatten von Gegenständen wie von Lebewesen. Obwohl er jedoch seit 20 Jahren versuche – er sei jetzt 32, vom Schatten auf das Objekt selbst zu schließen, den Ort des Objekts zu verstehen, gelinge ihm das nicht. Zu körperlich, zu dingfest erscheine ihm der Schatten, so gegenständlich und existent, dass seine anderen Sinne, also das Gehör, der Tastsinn und der Geruch, welche ihm sagten, dass links vom Schatten eine Frau mit Hund käme, überstimmt würden von dieser Wahrnehmung des Schattens. Er könne einfach nicht anders, er müsse den Schatten ausweichen, sie seien ihm einfach vorhandener als der Mensch oder der Hund, welcher den Schatten werfe. Bei schlechtem Wetter oder in der U-Bahn sei er zum Beispiel in der Lage, sich mit Leuten zu unterhalten, sie anzusprechen, ihnen zu antworten. Er könne sie orten, ganz klar. Nicht jedoch bei schattenwerfendem Licht. Er könne dann nur den Schatten ansprechen, den Schatten auf dem Bürgersteig, und sei nicht in der Lage, die Antwort von rechts oben diesem Schatten links unten zuzuordnen. Er schaue den Schatten am liebsten auf die Füße, ungern ins Gesicht. Es käme ihm obszön vor, der

Blick in ein Gesicht, welches nicht ihn anblicken könne, nichts von seinem Blick wisse.

Fürchterlich sei für ihn allerdings der Sonnenuntergang. Er liebe die Menschen, die Blumen und Bäume, die Häuser, aber dieses bedrohliche Wachstum am Ende des Tages mache ihm panische Angst. Am entsetzlichsten sei der Moment, in welchem die Sonne untergehe und alles sozusagen zum Schatten werde. Der reine Horror. Es sei nur ein relativ kurzer Moment, aber dieser Moment sei so grauenerregend, dass er den Sonnenuntergang am liebsten zu Hause im Bett mit über den Kopf gezogener Decke überlebe.

Ich verstand nicht. Wie, natürlich, die Schatten würden länger bei Sonnenuntergang, nun ja, das könne natürlich Angst machen, aber was am Moment danach so schlimm sei? Sei es einfach dieser Moment, wo die Schatten schwänden, der Augenblick, wo er wieder nichts sehen könne, wo ihm seine Blindheit wieder direkt vor Augen geführt würde? Nein, sagte er, der Moment, wo er endlich wieder blind sei, sei ihm äußert wohltuend, eine Erlösung. Er meine dagegen den Moment, in welchem alles Schatten wäre, vielleicht müsse man sagen, wo alles im Schatten der Erde läge, eben der Moment des Sonnenuntergangs. Es sei doch so, dass die Schatten immer größer und größer würden und dann eben plötzlich alles bedeckten, die ganze Welt. Das sei für ihn ein wirklicher Augenblick des Horrors, und es sei ihm nur ein Rätsel, wie wir, die wir ja vermutlich Vergleichbares ständig vor Augen hätten, es aushalten könnten.

Ich schwieg eine Weile, während er meinen Schatten beobachtete, der über seine Bettdecke wuchs, immer näher auf sein Gesicht zu. Da bat er mich, zu gehen, schien dabei seine Brust anzusprechen. Und ich möge die Vorhänge zuziehen, bitte, und nicht vergessen, die Blumen zu gießen bei ihm zu Hause: Atropa, Datura und Solanum, lauter Nachtschattengewächse.

aus: »Nüx und Nus« – Nachtgedanken; Jahresprojekt 2005

Gegenbildwahrnehmer

Er nehme von allem das Gegenbild wahr, so erklärte er mir. Nur an den Umrisslinien berührten sich seine und unsere Wahrnehmung. Diese Gegenwahrnehmung betreffe alle Bereiche: Bild, Klang, selbst Moral. Helles sei ihm dunkel, Dunkles hell. Vergleichbar einem Menschen, der grüne Flächen rot wahrnimmt, blaue gelb.

Wir verständigten uns morsend, denn im Rhythmus konnten wir uns begegnen. Und an den Grenzen. An den Rändern, Kanten. An den Grenzen von Licht und Dunkel, von Ton und Stille.

Auf welche Weise er das Dunkel differenzierte, so dass er sich darin auskannte, weiß ich nicht. Jedenfalls wurde ihm im Dunkel die Materie körperlich, im Licht stolperte er darüber.

Für den Bereich der Musik hat er es mir so erklärt: Es gibt einen für alle Menschen hörbaren Bereich von ca. 16–16 000 Hertz. Für uns bleibe dieser Bereich bloße Möglichkeit, solang wir keine Töne erzeugten durch Sprache, Musik, Geräusche, Klang. Hörten wir einen Ton, nehmen wir als Beispiel den Kammerton a, hörten wir quasi »a« auf dem Hintergrund der Stille, vergleichbar einer gelben Linie auf einem schwarzen Hintergrund. Er dagegen nehme die Kippfigur davon wahr. Wie er im Fall der gelben Linie eine weiße Fläche wahrnehmen würde, durchbrochen von einer blauen Linie, nehme er im Bereich der Töne dann, wenn wir »a« hörten, das ganze Spektrum der Töne wahr, nur daß die Frequenz von »a« samt allen Obertönen darin fehlte.

Ich meinte, das müsse doch unangenehm sein, da er vermutlich fast immer weißes Rauschen im Ohr haben müsse. Er widersprach. Denn einmal sei ihm dieser Allklang genauso angenehm wie uns etwa strahlendes, warmes Licht. Zum anderen sei es ja so, dass jeder erzeugte Ton eine ganze Menge Ober- und Untertöne habe, die mitschwingen würden. Auch diese würde er nicht hören, so dass vor allem im hohen Bereich relativ wenig Töne an sein Ohr drängen, wenn wir Musik machten. Auch sei unsere Welt viel lauter, als wir gemeinhin bewusst wahrnähmen. Seine umso leiser. Er liebte romantische Symphonien, dick gesetzte Partituren, reiche Akkordik. Dies war ihm Musik der Kargheit, Einfachheit, Schlichtheit, bestehend aus wenigen, wohlgesetzten Tönen. Auch Bach schätzte er, die strengen Linien, die er im Gegenbild wahrnahm. Wenn er Ruhe haben wollte, warf er sich über die Klaviatur seiner Hausorgel, nachdem er alle Register gezogen hatte. Tutti, das war für ihn absolute Stille. So verschieden seien unsere Welten doch gar nicht, betonte er immer wieder. Ob man auf dem Schachbrett die schwarzen Felder auf dem Hintergrund der weißen oder umgekehrt wahrnehme, mache doch keinen Unterschied.

Weihnachten feierte er übrigens wie wir am 24. Dezember. Als Fest des Hasses. Er bemühte sich an diesem Tag, besonders gehässig zu seinen Mitmenschen zu sein, ihnen alles heimzuzahlen, was sie ihm im vergangenen Jahr an Hass angetan hatten. Verlauf und Ergebnis des Festes waren in seiner Umgebung allerdings kaum unterscheidbar von unserem Weihnachten.

aus: »Nüx und Nus« – Nachtgedanken; Jahresprojekt 2005

Professor Konfusius: Welt in der Welt

Dass die Atome keine unteilbaren Elementarteilchen sind, weiß heute jedes Kind (und leider auch jeder heiße Krieger). Atome sind vielmehr aus Protonen, Neutronen und Elektronen aufgebaut. Bekanntlich sind auch Protonen und Neutronen nicht unteilbar. Sie bestehen aus Quarks: Strange-Quarks, Charm-Quarks, Bottom-Quarks, Top-Quarks, Up-Quarks, Down-Quarks, rote, grüne, blaue …

Ich, Professor Konfusius, habe jetzt entdeckt, was es mit den blauen Down-Quarks auf sich hat. Jedes blaue Down-Quark – merken Sie jetzt auf – ist nichts anderes als unsere Erde. Die anderen Quarks sind die anderen Himmelskörper unseres Sonnensystems, Sonne, Planeten, Monde.

Das heißt: Sie nehmen sich ein x-beliebiges Atom unseres Sonnensystems, zerschneiden es und zerschneiden es und zerschneiden es, bis Sie ein blaues Down-Quark vor sich haben, und – Sie haben unsere Erde vor sich. Somit ist unsere Erde in jedem Atom unseres Sonnensystems enthalten.

Es wird Ihnen leichter fallen, sich das vorzustellen, wenn Sie an diese russischen Puppen denken: Sie öffnen die größte und finden in ihr eine kleinere, Sie öffnen die kleinere und finden in ihr eine noch kleinere, und so weiter. Anders als bei den russischen Puppen jedoch endet diese Verschachtelung niemals, und darin liegt des wahre Rätsel unseres Universums. Meine Forschungen haben nämlich ganz klar erwiesen, dass diese Verschachtelung oder Verpuppung unserer Welt sozusagen kreisförmig verläuft: Wir müssen annehmen, dass die kleinste Ebene, gewissermaßen die kleinste Puppe im Innern aller anderen wiederum die größte

Puppe in sich enthält. Schwer vorstellbar, zugegeben, aber es muss so sein, all meine Daten und Experimente weisen drauf hin. Es entspricht nicht Ihrem Vorstellungsvermögen. Aber was besagt das schon? Ihr Vorstellungsvermögen ist eben im Puppenspielalter steckengeblieben. Wie viele Sonnensysteme oder Universen ineinander verschachtelt sind, vermag bis heute niemand zu sagen, auch nicht, wo die doch zu vermutende Schnittstelle ist, an welcher die kleinste Welt die größte in sich birgt. Diese Schnittstelle ist absolut nicht zu erkennen. Als sei sie überall, auf jeder Ebene, zu finden.

Diese meine Theorie über Welten- und Atomaufbau hat weitreichende Konsequenzen, nicht nur für Kosmologie, Astronomie, Physik und Chemie, sondern auch für die Psychologie:

Denn – machen Sie sich klar: Sie sind in sich selbst vielmals enthalten, und Sie sind Teil Ihrer selbst. Nehmen wir einmal an, Sie öffnen sich die Pulsadern: Blut fließt aus Ihnen, bestehend aus Blutkörperchen, bestehend aus Zellen, bestehend aus Molekülen, bestehend aus Atomen, bestehend aus Protonen, bestehend aus Quarks, bestehend aus dem Planeten Erde, auf welchem Sie sich in diesem Moment – ja, jetzt was? Öffnen Sie sich auf dieser Ebene ebenfalls die Pulsadern oder vielleicht stattdessen eine Sektflasche?

Wenn diese meine Theorie vervollständigt ist, werden Sie einen Anflug schlechter Laune leicht erklären können:

Eine Miniaturausgabe von Ihnen hat sich grade in Ihnen die Pulsadern geöffnet! Warum wird Ihnen plötzlich leicht zumute? Eine Hyperausgabe von Ihnen hat sich gerade eine Sektflasche geöffnet!

Was heißt das für Sie in diesem Augenblick? Sie sitzen in einem Vortrag des genialen Professor Konfusius und versuchen, ihn zu verstehen. Sie sind ein bisschen ratlos.

Sie, die Sie in sich selbst enthalten sind, sitzen vielleicht in einem Vortrag des völlig blödsinnigen Professor Konfusius, den Sie überhaupt nicht verstehen und er selbst sich auch nicht. Sie sind verzweifelt.

Sie, deren Teil Sie sind, sind heute Abend vielleicht daheim geblieben und haben sich einen gemütlichen Abend gemacht, weil Sie an Welterklärungsmodellen des Ihnen völlig unbekannten Professor Konfusius nicht interessiert sind. Sie sind glücklich und zufrieden.

Jetzt wären Sie gerne auf dieser Ebene, daheim, glücklich, ohne die Welterklärungsmodelle des Professor Konfusius?

Zu spät! Diese Möglichkeit haben Sie vor wenigen Stunden versäumt!

aus: »Alätheia« – 365 Eintagsfliegen zum Thema »Welt – Wahrheit – Zeit – Bewusstsein«; Jahresprojekt 2002

Hier gibts nix zum sea!

Frei formulierte Einleitung: Für die folgende Nummer sei die Phantasie des Publikums gefordert. Man möge sich bitte auf die Verabredung einlassen, dass auf der Bühne ein Kamel steht. Von dieser Vorstellung eines Kamels auf der Bühne möge sich das Publikum durch nichts und niemanden, auch nicht durch die Vortragende, abbringen lassen. Dann:

Aufstanda und hoimganga, hier gibts nix zum sea!
Aufstanda und hoimganga, hier gibts nix zum sea!
Hier gibt's nix zum sea!

–

(spricht jemanden in der ersten Reihe an) Warum bleibat Sie jetzt dô hocka?

–

A Kamel? Dôhanna?

–

Jetzt mal bidde a bissle genauer nachdacht:
Sie glaubat, dôhanna a Kamel zu sea? Ja, glaubat Sie denn alles? Glaubat Sie alles, was in der Zeitung stôht, alles, was Ihne Ihr Freundin verzählt? Hier gibt's koi Kamel!

–

Sie **sehat** aber des Kamel? Mit Ihre oigene Auga?
Also jetzt benutzat Se doch mal bidde Ihren – hoffentlich klara – Menschaverstand. Wie dät denn so a Kamel hierher komma könna?
Des Kamel bildat Sie sich ei.

–

Doch, so was gibts. Wenn der Mensch wüsst, was alles Eibildung isch – gottseidank weiß er's net.

–

Warum Sie sich hier a Kamel eibilda solldat? Ganz oifach: Sie sind vielleicht vorher hier durch die kloi Dür dô komma, des isch wie so a Nadelöhr. Und da isch Ihne – obewusst nadürlich – der Satz durch da Kopf ganga: »Eher geht ein Kamel durch ein Nadelöhr, als dass ein Reicher in den Himmel kommt.« Und nô hend Sie – obewusst, aber logisch – weiterdenkt:

1. Die katholische Kirche isch reich.
2. Viele Päpschte sind heilig gsprocha worda.
3. So an Heiliger muss in Himmel nei.
4. Wenn die Päpschde jetzt im Himmel sind – eher aber ein Kamel durch ein Nadelöhr geht, als dass ein Reicher in den Himmel kommt, nô muss mer doch logisch folgra: A Kamel gôht ganz locker durch a Nadelöhr.
5. Wenn aber a Kamel locker durch a Nadelöhr geht, nô dürfte es doch für solch ein Kamel a Leichtes sein, hier durch die kloi Dür zu komma.

Sehat Se, des hend Sie – obewusst – denkt, und – schwupps – stôht da a Kamel. Vor ihre Auga. Eibildung!

I kann aber Ihr Kamel verschwinda lassa. Ich kann macha, dass Ihre Kamel-Einbildung zerplatzt – wie eine Seifenblase. Bassat Se mal auf, hörat Sie mir zu und guckat Se Ihr Kamel dabei â. Ihre ganze Gedankenfolge von eba beruht auf einem Übersetzungsfehler in der Bibel. Der Luther, der Martin Luther, hat im Griechisch-Unterricht net richtig aufbasst. Kamilos heißt: jaja, des heißt scho »Kamel«, aber es hat noch a andere Bedeutung: »ho kamilos« – das Seil. Ohne Scheiß! Von einem Seil isch die Rede in der Bibel, nicht vomma Kamel. Der hat saga wella, dass eher ein Seil durch ein Nadelöhr geht, als dass an Reicher in da Himmel kommt. In der Bibel steht nix vomma Kamel, sondern von einem Seil. Also kann – logischerweise – a Kamel nicht hierher kommen. Weil es auch nicht durch ein

Nadelöhr passt. Auch wenn die katholische Kirche reich, und Ihre Päpschte heilig sind.
Sehat Sie des Kamel jetzt immer no?

–

(weitere Zuschauer ansprechen) **Sie** au?

–

(wieder zum »ersten« Zuschauer) Jetzt guckat Se môl, was Sie dôhanda angrichdet hend. Älles bloß, weil Sie hockablieba sind. Sie wissat doch, wie d'Leut tickat: Der dô vorna bleibt hocka, also muss dô was sei, also bleib i au hocka. Und so weiter, bis dôhana der ganze Saal richtig feschthockt. D'Leut sind so. Wenn oiner hockableibt und secht, dô handa stôht a Kamel, nô sagat's die andre weider, und plötzlich glaubat's älle. Wie in der Polidik. Oiner behauptet ebbes, im Internet oder so, und – zack – die ganze Welt schwätzt's nôch.

–

Doch, so funktioniert des, Sie, des beweis i Ihne. Bassat Se mal auf: Sie *(zu irgendwelchen hinteren Zuschauern)*, dô hinda, sehat Sie dô au a Kamel?

–

Sehat Se! Und älles bloß, weil Sie damit â'gfanga hend. Die sehat überhaupt nix, aber weil Sie dô hockablieba sind und voma Kamel gschwätzt hend, sagat plötzlich älle andere 's gleiche. Des isch eine also psychologische Angsch, die Sie de Leut machat, ehrlich, dô gibts Untersuchunga dazu. Wenn 5 Leut vor mir sagat, die Wand dôhanda isch grün, und nô soll i saga, vor älle, welche Farb die Wand hat, Sie, 99,9 % der Menschheit entschließt sich dann au für a grüne Wand. Und die 99,9 Prozent hockat jetzt dô hinter Ihne und schwätzat ebafalls voma Kamel. Und Sie sind schuld. Sie hend's agrichded. Weil Sie hockablieba sind und des Gschwätz vomma Kamel in d'Welt gsetzt hend.

–

Eigentlich a Hybris, genau gnomma, Sie hend sich quasi zum Gott gmacht, indem Sie dene Leut dô des saudumme Kamel erschaffa hend. Denkat Se mal drüber nach!

–

Sehat Sie des Kamel jetzt immer no?

–

Des isch aber an zäher Fall! Also jetzt probier i's mal so: Warum sollte hier ein Kamel stehen? Also: Wenns theoretisch möglich wär, a Kamel hierher zum schaffa, warum hätt mer des do solla?

–

Mer wollte uns damit was saga? Das Kamel ischt also ein Kunschtwerk? Ja, und was dät uns denn jetzt dieses Kunschtwerk bitte saga wella?

– *(nimmt die verschiedenen Antworten quasi von einzelnen Zuschauern ab)*

Ein Kamel lebt normal in der Wüschte. Wenn jetzt ein Künschtler a Kamel hierher stellt, dann will uns der Künschtler vielleicht damit sagen: Hier ischt eine Wüschte. Eine Kulturwüschte zum Beispiel. Des wollt uns der Künschtler saga?

–

Oder: Der Künschtler wollt uns auf da Klimawandel hinweisa. Dass es hier in wenige Jahrzehnte aussieht wie in der Wüschte Sahara, dass dann sehr wohl Kamele hier leba könndat, ebbes anders allerdings eher nemme. Des wäre dann die inhaltlichkontextuelle Bedeutungsbezugsqualitätsaussage der Kunscht?

–

Ha, kommat!

Des isch doch alles so was von absurd! Des wissat mir alles au so, des mit am Klimawandel und der Kulturwüschte, da dazu brauchat mir koi Kamel und koi Kunscht! Außerdem, was soll eigentlich da dran die Kunscht sei? A Kamel hierher zum stella. Wenns möglich wär, a Kamel hier herzumkriega, nô wärs koi Kunscht. Weil nô könnt i's au. Dô muss mer halt in der Wilhelma arufa, dass die a Kamel herbringat, und ferdig.

Vielleicht a bissele rumtelefoniera, aber Kunscht isch des koine. Also steht hier koi Kamel. Weil's koi Kunscht isch. Also: Hier isch koi Kamel. Hier gibt's nix zum sea. Und deshalb: Standat Se bitte auf und gangat hoim! Hier gibt's nix zum sea.

–

Also jetzt woiß i ebbes, was Sie überzeugt, jetzt macha mirs so: Wer jetzt immer no des Kamel sieht, der soll dafür zahla, weil des Kamel stôht net im Programm. I lass jetzt an Hut rumgea: wer des Kamel nicht sieht, der soll hoimganga, weil es hier nix zum sea gibt. Wers aber immer no sieht, der soll dafür zahla, weil a Kamel azumgucka, ohne dafür zu zahla, also des gôht net, weil des stôht net im Programm. Und mi alloi hier agucka, i moin, des isch doch net abendfüllend.
Also: Zahla – oder hoimganga! Hier gibts nix zum sea!
Hier gibts nix zum sea! …

Bühnentext; 2016

NACHT

Anna und Lisa: Schläfsch du scho?

Nacht, Anna und Lisa im Bett

Anna: Lisa, schläfsch du scho?
Lisa: M-m.
Anna: Wenn die Sonne eifach nimmer käm morga, was wär dann?
Lisa: Die kommt scho wieder. Die isch doch bisher au immer wieder komma.
Anna: Ja, aber, wenn plötzlich nemme? Wenn se sich's anders überlegt? Wenn die jetzt scho vorhat, uns heut Nacht zu verlassa?
Lisa: Dann wär halt immer Nacht.
Anna: Müsst mer dann immer schlafa?
Lisa: Ja. Immer schlafa. Und im Schlaf müsst mer ganz schnell a neue Sonne träuma. Weil sonsch dädat die Menscha sterba.
Anna: Warum dädat die Menscha sterba ohne Sonn?
Lisa: Weil se sich gegaseidig nimmer sea dädat. Und alloi verfriert mer.
Anna: Woher woiß mer eigentlich, dass die wiederkommt morga?
Lisa: Die hat an Vertrag mit der Erde, dass se jeden Morga komma muss.
Anna: Und wenn se oifach abhaut in der Nacht? Sieht ja koiner.
Lisa: Warum soll die abhaua. Die hat's doch gut bei uns.

PAUSE

Anna: Lisa, schläfsch du scho?
Lisa: M-m.
Anna: Woran sieht mer, ob oiner dot isch oder bloß schloft?
Lisa: Bloß daran, dass er nemme aufstoht. Gar nemme.
Anna: Sonsch kann mer des net wissa, ob oiner dot isch oder bloß schloft?
Lisa: Des kann der bloß selber wissa.
Anna: Aber wenn i schlof, woiß i des doch gar net. Ersch, wenn i wieder aufwach.
Lisa: Des isch der Unterschied. Wenn mer schloft, woiß mer des net, wenn mer aber dot isch, woiß mers.

PAUSE

Anna: Lisa, schläfsch du scho?
Lisa: M-m.
Anna: Wärsch du lieber Sonne oder Mond?
Lisa: Sonne.
Anna: I Mond. No dürft i immer aufbleiba, wenn du in's Bett müssdesch. Obwohl i die Kloiner bin. Mond isch au besser, weil der Mond zu ebber g'hört. Und den hend au scho Aschtronauta bsucht. Außerdem gibts da Mann im Mond. I hätt an Mann, du aber it.
Lisa: Dafür kann i alles sea: Bluma, Vögel, Farba. Du aber it.
Anna: Doch, i seh au alles. Vom Himmel aus kann mer alles sea.
Lisa: Gar net. Isch viel zu dunkel, da kannsch du zum Beispiel gar keine Farba sea. I aber seh alles.
Anna: Ebbes gibts aber, was du net sea kannsch.
Lisa: Und was soll des sei'?
Anna: D'Nacht.

PAUSE

Anna: Lisa, schläfsch du scho?

Lisa: M-m. Schlof jetzt endlich.

Anna: I muss no auf a Sternschnuppe warta, dann darf i mir nämlich was wünscha. I seh da an Stern, der sieht ganz so aus, als könnt er glei' a Sternschnuppe werda.

Lisa: Und, tut sich was?

Anna: No net.

Lisa: Mach halt d'Auga zu und wünsch dir oifach was. Irgendwo auf der Welt hats dann sicher grad a Sternschnuppe.

Anna: Noi, des gilt it. I wünsch mir jetzt ganz fescht, dass der Stern da runterfliegt und a Sternschnuppe wird.

Lisa: Du darfsch dein Wunsch doch gar net saga. Jetzt geht er net in Erfüllung.

Anna: Bisch du dumm, i darf doch sowieso ersch wünscha, wenn se runterfliegt.

Lisa: Du bisch doch dumm. Du kannsch doch net wünscha, dass dein Stern runterfliegt, wenn du dir ersch was wünscha darfsch, wenn er runterfliegt.

Anna: Nei, du bisch dumm. Dass der Stern da runterfliegt, hat ja nix mit mei'm eigentlicha Wunsch zu tun. Den kann i mir ersch wünscha, wenn die Sternschnuppe kommt. Dass der Stern aber zur Sternschnuppe wird, kann ja so bassiera, ohne dass i mir des wünsch.

Lisa: Ja, aber dann darfsch es dir net wünscha. Jetzt mach halt endlich d'Auga zu und schlof. Mit zu'ene Auga darf mer sich alles wünscha. Mer darf se halt bloß nimmer aufmacha, sonsch gehts net in Erfüllung. Gut Nacht!

Anna: Wer zersch schläft, der pfeift.

aus: »Nüx und Nus« – Nachtgedanken; Jahresprojekt 2005

Zwielicht

Zwielicht ist gefährlich.

Die Zeit der Schlacht. Am Ende flieht der besiegte General nach Westen, die Leichen seines Fußvolks auf dem Schlachtfeld zurücklassend. Und da liegen sie, auch wenn sie dem Auge nicht sichtbar sind: Denn tote Nachtsoldaten sind taghell, nicht sichtbar in der Tageshelle, ebensowenig wie die nachtschwarzen toten Tagsoldaten auf dem Feld in der Nacht. Nur der Geruchsinn weiß Bescheid. Es ist der Leichengeruch nach der Dämmerung, der im Schlachtfeld noch haftet.

Gefährlich ist das Zwielicht.

Zwei Giganten ringen miteinander, da könnte man leicht zwischen die Fronten kommen. Wer da behauptet, Dunkelheit sei nur die Abwesenheit von Licht, wird im Zwielicht eines besseren belehrt. Zwei Giganten, nie zufrieden mit der Menge des beherrschten Landes. Jeder Ort auf der Welt ist von einem der beiden besetzt. Sie teilen nicht. Dem Feind muss das seine abgejagt werden.

Doch schick deine Truppen nach Westen, der Feind wird sofort in deinen Osten einfallen. Im Zwielicht nimm dich in Acht. Vorsicht!

Oder willst du zwischen Dunkel und Hell zerdrückt werden? Vom Tag zertrampelt im Eifer des Gefechts? Oder vom Schwert der Nacht getroffen, während sie ausholt zum tödlichen Streich auf den Tag?

Auch neige ich im Zwielicht zu fatalen Stimmungen. Denn ich war schon immer auf der Seite des Verlierers.

Fatal ist es, täglich einem Kampf zusehen zu müssen, dessen Ausgang man kennt. Es stimmt nieder, sich im Geschichtsunterricht das zweite Mal anhören zu müssen, wie der Krieg zwischen Rom und Karthago verläuft, wenn man auf Seiten Hannibals ist.

Auch die Natur offenbart ihre Parteilichkeit im Zwielicht.

Die meisten Vögel feuern das Tageslicht an, nur Käuzchen und wenige andere sind zum Feind übergelaufen und rufen der Nacht heisere Durchhalteparolen zu.

Nein, dem Land ist nicht egal, von wem es regiert wird.

Deutlich spürst du die Verzweiflung der Verlierer, den Triumph der siegenden Partei.

Ich bin nie bei den Siegern, immer auf Seiten derer, welche unterliegen werden. Abends bin ich für den Tag, morgens für die Nacht – nichts zu machen.

Und ich mag diese Siegertypen nicht, die sich immer dem jeweiligen Triumphator an den Hals werfen.

Ich heule nicht mit den Wölfen.

Ich weine mit dem letzten verglühenden Funken des Tags, mit dem letzten Schleier der Nacht.

aus: »Nüx und Nus« – Nachtgedanken; Jahresprojekt 2005

Sonnenuntergang

Ich mag den Sonnenuntergang. Die Dämmerung klopft mir auf die Schulter und die Welt kommt zu mir auf Besuch. Der Wind fängt das Vorspiel an und gibt den Vögeln den Einsatz. Wind und Vögel rauschen los, der Sonne hinterher und verfolgen sie auf ihrem Weg um die Erde, solange bei uns Nacht ist. Denn der Wind und die Vögel können Nacht nicht leiden. Wind und Vögel sammeln sich am Horizont bei der Sonne und blasen und zwitschern sich ein Reiselied. Dann beginnt die Sonne ihr großes Loch zu graben und die Vögel stehen wie bei einer Beerdigung drum herum und hoffen, dass es nicht wahr ist. Wenn die Sonne ins Loch steigt, seufzen sie einmal ganz laut auf und folgen ihr dann, meist ohne Widerspruch. Nur der Wind will nicht immer mit und verpasst dann den Nachtzug. Dann tobt er die ganze Nacht vor Angst und Wut. Wenn die Sonne abgestiegen ist, wird der Mensch kühler, leiser und langsamer. Das Adagio beginnt und dauert bis zum Schlafengehen. Wenn die Sonne untergeht, wird der Wald immer größer. Die Häuser im Dorf werden kleiner und kleiner, bis sie wie Pilze aussehen vor dem riesenhaften Wald. Am nächsten Morgen kommen als erstes die Vögel wieder. Sie fliegen der Sonne und dem Wind voraus, stellen sich aufs Ankunftsgleis und blasen in ihre Trillerpfeifen. Dann kommt der Wind angeflogen, der die Sonne geschoben hat, damit es endlich schneller geht. Als letztes hat es dann auch die Sonne geschafft. Der Wald wird wieder kleiner und macht dem Dorf Platz. Warm wird der Mensch wieder und schafft. Allegro tutta con forza.

aus: »Alätheia« – 365 Eintagsfliegen zum Thema »Welt – Wahrheit – Zeit – Bewusstsein«; Jahresprojekt 2002

Papst stirbt

Also da verkündet der Vatikan, der Papst werde die Nacht nicht mehr überleben. Er sehe und spüre bereits den Herrn. Und sei nicht mehr bei Bewusstsein. Und nun kommen sie und bauen ihre Live-Kameras auf. Ntv cancelt jegliche Reklame, und die beiden Nachrichtensprecher ziehen vorsorglich schwarz an. Es gibt einen Streifen, den sie vorbereitet haben mit Stationen aus dem Leben des Papstes, unterlegt mit zusammengeschnittenen Musiken vom Ave Maria bis zu irgendwelchen Trauermusiken – jeweils die traurigsten 16 Takte, dann kommt der Schnitt zur nächsten Passage. Diesen Streifen bringen sie schon mal. Man hatte vor, ihn nach seinem Tod zu bringen, aber nun muss die Zeit ja überbrückt werden. Aber dann passiert etwas Grauenerregendes, Entsetzliches. Er stirbt nicht. Gegen 20.30 Uhr halten es einige Agenturen nicht mehr aus. Jetzt wird gemeldet, das EKG zeige eine Null-Linie. Dann wird gemeldet, der Papst sei jetzt hirntot. Keine Bestätigung aus dem Vatikan, aber das kennt man ja. Einige Zeit später dann doch der Vatikan: Der Papst lebe noch. Sein Herz schlage noch. Und er sei bei Bewusstsein. Nun – am nächsten Morgen lebt er immer noch. Ach, das hatten die Abertausend Katholiken, die immer noch für seine Genesung beteten, nun doch auch nicht gewollt.

Merkwürdig, wenn die Welt auf eine Nachricht wartet, von der sie weiß, dass sie kommen wird. Nur das wann steht noch aus. So ist das eben beim Tod – und wohl nur da. Beim 11. September, bei der Flutkatastrophe in Asien wusste keiner, was kommt (außer vielleicht den geheimen amerikanischen Nachrichtendiensten). Als es geschah, hatten die Nachrichtensender nur ein Thema: Wer hat die schönsten Bilder? Hier haben sie kein Bild, sie warten darauf, wobei da ja auch die Frage ist – woraus bestünde denn das

Bild? Bei aller Öffentlichkeit dieses Sterbens, bei aller Inszenierung (besonders grausam der vorletzte Akt vor zwei Tagen, als sie den siechen Sterbenden ans Fenster rollten und ihm ein Mikrophon hinhielten – er regte quälend hilflos einige Glieder und konnte nicht) – bei aller Öffentlichkeit: Das Bild könnte höchstens darin bestehen, dass da ein Licht im Papsthaus ausgeht, oder eines geht an, oder einer tritt ans Fenster. Was wäre dann? Alles hielte gebannt den Atem an: Seit Stunden starren sie auf diese Fensterfront, lesen das Muster aus erleuchteten und dunklen Fenstern wie eine Botschaft. Die Botschaft heißt: Der Papst liegt im Sterben. Jede Änderung würde bedeuten: Der Papst ist tot. Und die Botschaft wird kommen. Warum starren wir alle so gebannt?

Terry Schiavo ist vorgestern übrigens endlich gestorben. Und gestern Harald Juhnke. Auch endlich.

aus: »Nüx und Nus« – Nachtgedanken; Jahresprojekt 2005

Gewitter

Berta und Marta liegen im Bett, Blitz und Donner

Marta: Glei schlägts ei.
Berta: Bei uns schlägts it ei. Mir den koim ebbes.
Marta: Du woisch nie im Voraus, wer d' Schläg kriegt. Wenn er scho mal dabei isch.
Berta: Des schlägt bloß bei Leut ei, wo Telefon hend. Wega de Dräht.
Marta: Woisch nie sicher.
Berta: *(ruft)* Fahr bei der Küfers-Suse nei! Dera ihr Kamin isch höher wie der unser!
Marta: Am Blitz kann koiner befehla.
Berta: I scho. Der dut, was i sag.
(Gewitter kommt näher)
Marta: Do schreits! I hör da Vadder schreia.
Berta: Hör mit dem auf. Der hat scho seit 40 Jahr ausgschria.
(furchtbarer Donner, Marta zuckt zusammen)
Berta: Musch it immer beim Donner zammazucka. Wenn de den hörsch, isch scho vorbei.
(Blitz, Marta zuckt zusammen)
Berta: Beim Blitz hats au koin Wert. Wenn de den siehsch, isch au scho vorbei.
Marta: Wann muss i na Angsch han?
Berta: Zwischa de Blitz, immer vor am nächschda.
Marta: Jetzt?
Berta: Zum Beispiel.
(Marta beginnt zu zittern)
Berta: Wenn de Angsch hasch, machsch's bloß no schlimmer. Angsch zieht den Blitz an. Wega dem Elektrischa. Da

goht der richtig druf. Der zuckt da oba im Himmel rum, mal dona, mal dona, und guckt dabei, wo am meischta Angsch hockt. Da schlägt er na nei.

Marta: Han aber Angsch.

(Gewitter nähert sich seinem Höhepunkt)

Berta: Heut Mittag hasch no gsait, du möchtesch zur Mudder. »Wenn i no scho bei der Mudder wär!« Wa hasch no Angsch? Wenn er eischlägt, bisch no heut Nacht, wo d' nawitt.

Marta: Will nemme na!

Berta: Woher soll der des jetzt wissa. Der hat heut Mittag zug'hört. »Wenn i no scho bei der Mudder wär!« Laut und deutlich und draußa im Garda. Da hot der glei a Kreuzle in sei Heft gmacht. Bei deim Nama. Und's heudige Datum dazu.

Marta: *(schreit)* Will nemme na!

Berta: Hat koin Zweck. Jetzt hört der die scho nemme. Bei dem Krach, wo er macht.

(Gewitter am Höhepunkt, Marta macht verzweifelt abwinkende Zeichen in Richtung Himmel)

Berta: Kannsch se ruhig hola! Dui frisst eh bloß, und i kann gucka, wo i's herbring!

(Einschlag)

Marta: It wohr! It wohr! Glaub dera nix! Die isch bees!

Berta: Hol se, dui will zu ihrer Mudder!

(Einschlag)

Berta: Der hot in Kirchturm neigschlaga. Dass du no dei Vadderunser beda kannsch.

Marta: *(packt Berta am Arm)* Wenn der mi holt, no gohsch du mit.

Berta: Awa, mir dut der nix. I bin gut Freund mit ihm, *(schreit)* gell?

(Donner)

Berta: Siehsch.

Marta: *(klammert sich mit dem Würgegriff einer Ertrinkenden Berta um den Hals)* No lass mi di heba! Lass heba!

Berta: *(versucht sich zu befreien)* Hör doch auf!

Marta: Lass heba!

(Gerangel, Donnergrollen)

Berta: Marda! Kannsch loslassa! Er sagt, er dut nix! Er verspricht's! Lass los!

(Donnergrollen)

Berta: Er sagt, er könn uns gar nix doa, mir häddet ja die Tann vor am Haus. Die sei ja unser Blitzableiter. Marta!

Marta: Und. Na schlägt oiner in dui Tann und der nächschte ins Haus, hat ja g'nug Blitz.

(furchtbarer Einschlag)

Berta: Des war dui Tann. *(Beginnt, nun auch verängstigt, mit den Armen zu rudern)* Musch schwimma. Des hilft gega d'Angsch.

Marta: Aber it gega de Blitz. *(rudert ebenfalls)*

Beide: *(singen)* Auf, auf, du teuflisch und verweg'nes Hertze, Sieh an dem Himmel eine Donnerkertze, Die uns und manchen Landen aufgestecket, Der alles …

Marta: *(unterbricht schreiend)* Willsch d'Katz han! *(zu Berta)* Mir müssat ihm ebbes opfra.

Berta: Kannsch in d'Katz neischlaga!

Marta: Nimm d'Katz! Nimm d'Katz!

(Einschlag)

Berta: Des war se.

(Beide hören mit den Schwimmbewegungen auf)

Marta: Hoffentlich isch er z'frieda.

Berta: *(ruft)* Bisch z'frieda?

(Grollen, das Gewitter entfernt sich)

Marta: Nemme bees sei.

(Grollen)

Marta: Die Friedhofkatz kannsch au no han! Wenn d'witt.

(ferneres Grollen)

Marta: Nimm d'Friedhofkatz! Nimm d'Friedhofkatz!

Berta: Der isch doch scho z'frieda. Sei still, sonsch dreht er bloß no um.

(Leises, fernes Grollen)

Berta: Jetzt isch er wieder gut.

Marta: Die Friedhofkatz wär halt g'schickt, wenn se he wär.

Berta: Wa hosch gega des süße, schwarze Kätzle?

Marta: Beese, beese Katz. Die scharret immer an dene Pflänzle auf em Grab. Isch immer älles ganz verrupft.

Berta: Lasse scharra, des den d'Katza halt.

Marta: Isch aber it gut. Nachher moint der Vadder no, es zupft ihm oiner an der Decke, und es sei scho Auferstehung.

Berta: Streua mer halt Pfeffer auf's Grab. Des verscheucht Katza.

Marta: Menschenskind, Berda! Am Vadder Pfeffer auf's Grab! Wie kannsch au so ebbes saga! Dir sott mer a alt Henn auf da Buckel binda und di 's Brundel naschicka, na holt di der Fuchs.

(ein später, naher Einschlag)

Berta: Was hot jetzt des g'hoißa?

Marta: Hat dir golda.

Berta: Noi.

Marta: Sag ra's!

(grummelnder Donner)

Marta: Sollesch endlich schlofa und nemme schwätza. Woisch no, wie's immer ghoißa hot: »Und koi Wort meh! Sonsch gibt's ebbes!«

(Ruhe, Bühne dreht)

aus »Berta und Marta oder die Schwierigkeiten mit dem hohen ›g‹«;
UA Melchingen 1999

Anna und Lisa: In der Großstadt

Anna und Lisa in einer U-Bahn

Anna: Du, Lisa, sind mir jetz grad losgfahra, oder fährt die Bahn da drüba?

Lisa: Mir.

Anna: Warum?

Lisa: Weil sich die Erde zwischa de U-Bahna au bewegt.

Anna: Dann fährt ja die Erde. Vielleicht isch des a E-Bahn. Oder es fahrat scho beide Bahna?

Lisa: Noi, des geht net.

Anna: Warum net?

Lisa: Weil sich dann die Erde net bewega darf. Immer högschdens zwei fahrat, und eine steht still. Sonsch kommt a Durchanander und eim wird schwindlig.

Anna: Aber die Erde bewegt sich doch immer, wenn mer fährt.

Lisa: Noi: wenn zwei Züge ananander vorbeifahrat, dann kann sich die Erde net bewega. Die wüsst ja gar net, wohin se fahra muss, ob in unser Richtung oder in die von der andra Bahn. Deshalb muss se dann stillstea und abwarda, bis der andre Zug vorbei isch. Dann darf se weiterfahra.

Anna: Kriegt die Erde au a Signal?

Lisa: Ja, aber unterirdisch. – Du hasch gfurzt!

Anna: Noi.

Lisa: Aber es stinkt.

Anna: Des warsch du.

Lisa: War i net.

Anna: Dann hat halt die Luft gfurzt. Vielleicht isch des a S-Bahn, a Stinkebahn.

Lisa: Oder a Furz-Bahn, a F-Bahn.

Anna: Aber du hasch gsagt, es müssat zwei stinka, die Luft und einer von uns. Weil sonsch a Durchananander kommt. – Vielleicht ham mir beide gfurzt.

Lisa: Noi.

Anna: Warum net?

Lisa: Weil mir des dann net riecha könndat.

Anna: Warum net?

Lisa: Weil net alle drei stinka könnat. Du, i und d'Luft. Wenn mir beide gfurzt haba, dann kann die Luft net stinka, also kann mer des net riecha. – Bei der nägschda Haltestell müssa mer aussteiga.

Anna: Noi.

Lisa: Doch.

Anna: Noi.

Lisa: Warum sagsch du noi?

Anna: Weil net alle drei recht haba könnat, du, die Haltestell und i.

Lisa: Ach so, also, dann müssa mir an der nägschda Haltestell net aussteiga.

Anna: Genau. Komm, raus!

aus: »Alätheia« – 365 Eintagsfliegen zum Thema »Welt – Wahrheit – Zeit – Bewusstsein«; Jahresprojekt 2002

Unterwegs auf der Alb

Atlas der Stille

Meer. Inselloses Meer war die Alb. Lange Zeit. Des sagat die Geologa. Und des sagt die Bibel. Sintflut. Des woisch du au. Was du aber net woisch: Die Alb isch au heut no Meer.

A, der Veit! Verrückter alter Schäfer. Denksch du. Hält sein Schäferkarra für a Bootle und sich selber für an Schiffer. Hat irgendwann baar verstoinerte Muschla im Boda entdeckt, und jetzt moint er, er sei auf am Ozean.

Noi, net wega de Muschla. Aber die Brandung! Früher bin i mit de Schôf über da Winter ins Gäu nunderzoga. Und im Frühjahr, wenn's wieder nauf ging, isch se mir entgegakomma. Die blaue Woge. Mit ihre Brecher, de nackte Felsa am Albtrauf. Und oba, auf de Wacholderheida: Wella, Hügelwella. Bei jedem Blick zum Horizont war mir klar: Dô dahinter liegts Meer.

Veit, sagsch du, steig auf da nägschda Hügel. Isch dô irgendwo Meer. Ja, sag i. Du siehsch immer bloß bis zum Horizont, i aber weiß das Meer dahinter. Veit, sagsch du, guck auf d'Landkart! Ha, Landkart, dass i net lach, sag i. Landkarta helfat dir auf am Meer net weiter. Weil: als junger Schäfer han i de Landkarta au no glaubt. Hab abends, wenn der Pferch aufgschlaga war, mei Landkart hergnomma und a Kreuz eizeichnet. Dô ben i. Und am nägschda Morga war alles anders. Des Kreuz auf der Landkart war zum Beispiel weiter links als am Abend vorher. Dô brauchsch du gar et grinsa. Du denksch: Dô wird sich der Veit halt vertan han in der Abenddämmerung, und sei Kreuzle an d'falsche Stell gmôlt han.

Möglich, scho möglich. Doch du denksch zu sehr als Feschtlandmensch. Du denksch, auf 's Feschtland kann mer sich doch verlassa. Und auf a Landkart au. Die sagt net heut sell und morga des. Des einzige, worauf mer sich net verlassa kann, des isch der Veit. Schäfer! Dô woiß mer doch Bescheid.

Der wird halt z'viel Rotwein g'habt han am Abend, wo er sei Kreuzle gmôlt hat. Möglich, scho möglich. Möglich aber au, dass das Kreuz auf der Kart über Nacht abdrifdat isch. Oder, andere Möglichkeit: Des Kreuz steht no an der gleicha Stelle, aber die Felder, Wiesa und Hügel sind auf der Kart' weitergwandert. Welle ischt Welle, auch eine Welle auf der Karte muss wandra. Oder, au möglich, die Karte isch no gleich, des Kreuzle au, aber die Insel, auf der i bin, mit mei'm Pferch und mei'm Karra, isch weitertrieba in der Nacht. Hôsch da Sturm net ghört? Der hat die ganz' Nacht am Land grüttelt, und jetzt simmer abdrifdet. Möglich!

Überhaupt: der Wind. Der Wind und dieser weite Himmel. **Der** Himmel isch an Meerhimmel, glaub mir, und der Wind, hörsch, **der** Wind isch koin Landwind. Dieser Wind singt vom Meer, von Ebbe und Flut, von Wella. Wella die Hügel, Wella deine Gedanka, und Welle au alles, was an dei Ohr dringt.

Und deshalb helfat dir Landkarta auf der Alb net weiter. Dô brauchsch andere Karta, wenn de dich orientiera willsch. Karta, wo die Geräuschwella eizeichnat sind. Lautkarta, Schallkarta, Ohrakarta. Guck amol dô:

A Karte vom Albtrauf. Woran de des siehsch? Chchchchchchch – hörsch net die Brandung aus am Tal? Der kleine Punkt ben i. Hinter mir fährt an Zug vorbei – gg gg gg gg gg gg gg – mer hört die Schienaschwella, wenn der Zug drüberfährt. Dô muss i direkt am Traifelberg gwesa sei, bloß dô führt die Bahntrasse so nah am Albtrauf entlang. Oba am Himmel a Flugzeug – mmmmmmmmbommm – durchbricht grad die Schallmauer! Die Kart han i offasichtlich in de Sechzger Jôhr zeichnet. Damals isch der Zug am Traifelberg no werkdags gfahra. Und die Tiefflieger hend regelmäßig Wettrenna mit am Schall gspielt.

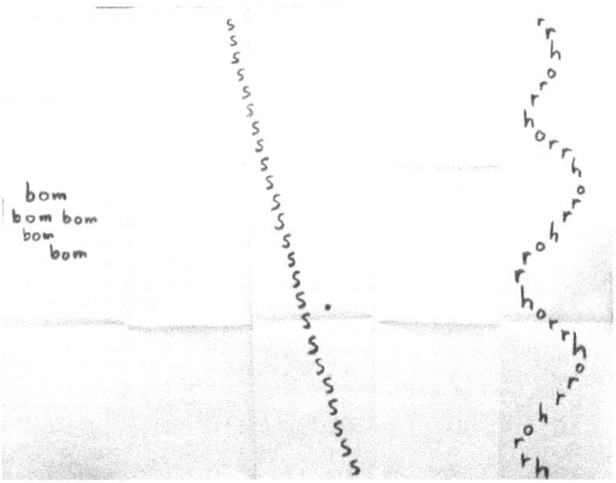

Hier semmer auf der mittlera Alb.

Der Punkt bin wieder i. Links, hörsch, ssssssssss – a Hochspannungsleidung. Und rechts, hörsch, – rrhorrhorrhorr – Modorräder. Wahrscheinlich aus am Lauterdal. Also Frühjahr oder Sommer. Und vermutlich Wochaende. Ja, Wochaende, genauer, Sonntag! Weil – Bom bom bom, hörsch, Böller. Links aus der Ferne. Des kann in dem Fall bloß aus Ödawaldstetta komma. Die Ödawaldstetter schießat nämlich bei Taufa. Allerdings bloß bei männliche Nachkomma. Die Kart han i also ganz offasichtlich auf am Schacha zeichnet, an ama Sonndag im Frühjahr oder Sommer gega 11 Uhr. Denn bloß dô und um die Zeit kannsch du an era Hochspannungsleidung standa und von steuerbord die

Modorräder aus am Lauderdal und von backbord die Taufböller aus Ödawaldstetta höra.

Meine Ohra sind also mein Kompass auf der Alb. Nadürlich musch genau nôhöra. In Ödawaldstetta böllrat se bei Taufa, woandersch bei Beerdigunga oder an Fronleichnam. Des isch wie mit am Sternahimmel. Du musch deine Sternbilder scho genau kenna als Kapitän zur See. Die Sternbilder der Alb sind Glocka und Schüsse. Du musch das Geläut der verschiedena Dorfkircha kenna, Schuss und Böller mu mer ausananderhalda, au Totaglock und Bahnschrankengebimmel, Sprengdetonation und Überschallknall, Stundenschlag und Büttelschelle, Fehlzündung und Peitschenknall.

Alde Seefahrerregel: Wenn de wissa willsch, wo de bisch, musch wissa, wann de bisch. A bestimmtes Sternbild am Himmel hilft dir überhaupt net weider, wenn de koi Uhr hasch. Meer und Himmel fließat. Und morga isch alles anders. Deshalb sagt dir a rechde Ohrakart net bloß, wo de bisch, sondern au, wann de bisch. Guck amol dô:

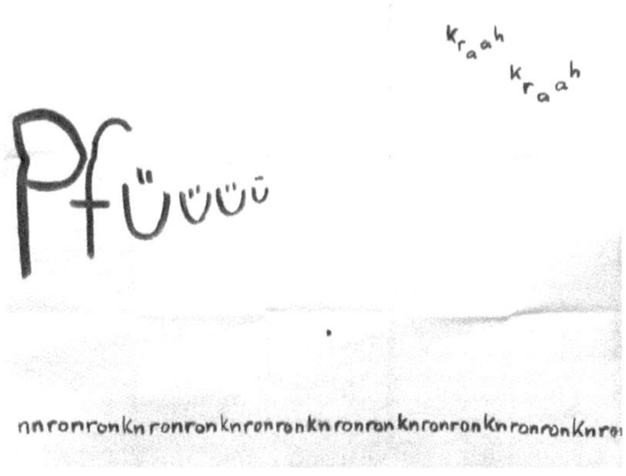

Der Punkt, des bin wieder i. 2 Kräha auf am Weg zum Horizont. Hinter mir a ganz grade Strôß. A Horex fährt vorbei. Overwechselbar, hörsch: nnronknronronknronronknronronrrr. A grade Strôß und a Horex? Die Horex, des muss lang vor 1970 gwesa sei, später gabs die nemme hier oba. Und a so grade Strôß, vor 1970, also vor der Flurbereinigung, des kann bloß die alt Panzerstroß zwischa Trochtelfinga und Binga sei. Aber wann und wo genau? Hör nô! Von links an ohrabetäubender Pfiff! Des kommt ganz eideutig von ra Dampfsäge. Muss die von Feldhausa sei, dô an der alda Panzerstroß. Die große Dorfsägereia sind bis Mitte der Fünfziger Jôhr mit Dampf betrieba worda. Zum Feierabend hend se da überschüssiga Dampf abglassa. Den Pfiff hasch no weit übers Dorf nausghört. »Feierobad! Bei der Säg lehnt se scho da Esel schreia!« So hat mer damals gsagt. Also muss die Kart von 54 oder 55 sei. Weil: Vorher gabs da oba kei Horex, später koi Dampfsäg mehr. Feierabend an ama Werkdag an der alda Panzerstroß, Höhe Feldhausa, 1954 oder 55.

Du siehsch, auf de Ohrakarta vom Veit sind Raum und Zeit die Koordinata. Aber du kannsch no mehr höra, manchmal sogar 's Xangbuch. Hör genau nô!

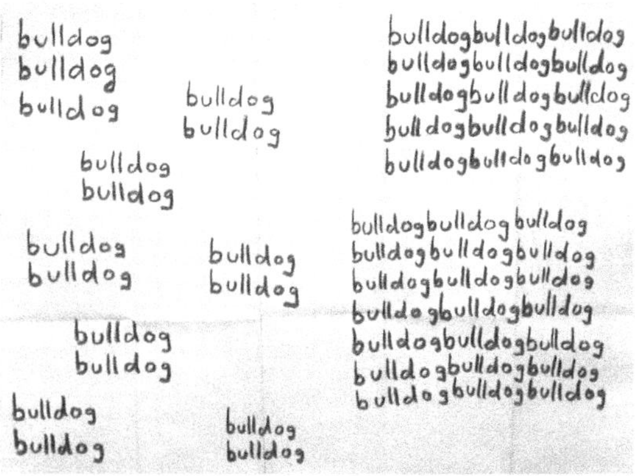

Bulldogbulldogbulldogbulldog – da sind Baura auf am Feld. Links oba a klois Feld, schräg drunter a no kloiners, viele, viele kloine Äcker und Wiesa. Auf der linka Seit. Daran erkennsch du die evangelische Gemarkung. Weil dô hend die Felder d'Realteilung durchlitta und die Grenzstoiner sind oft bloß wenige Schritt vonanander entfernt. Rechts, des isch der Katholizismus.

Ab und zu gôht so an Grenzstein, egal, ob evangelisch oder katholisch, under und versinkt in der Tiefe des Ozeans, oder a Feld treibt beim Umpflüga um a baar Meter ab und strandet auf am Grund vom Nachbor. Nô holt mer da Anton. Der Anton hat früher auf am Truppaübungsplatz bei Münsinga Munitio gsucht und besitzt von dôher no an Metalldetektor. Mit dem kann der Anton die Grenzsteine höra, weil die hend an Eisakern. Und der Metalldetektor jault und trillert wie a Heulboje, wenn er diesen Anker unterm Boda gfunda hot. Nô könnat die Felder wieder feschtzurrt werda.

Nach Martini darf der Schäfer sei Herde über die Wiesa führa. Ein Bauer, der des auf seinera Wies net will, steckt zum Zeicha an Wedel in d'Wies nei. Aber Baura verstandet wenig vom Ozean. Steck du amôl an Wedel ins Meer, und nô dreh di um und gang. I moin, des sott doch au ma Feschtlandmenscha klar sei, dass der Wedel am nägschda Morga nemma dô isch – was kann denn dô der Schäfer dafür?

Raum, Zeit, Xangbuch. Was brauchat mer no auf der Alb? s'Wetter! Wär gut, wenn mer wüsst, wie 's Wetter wird. Ohra auf!

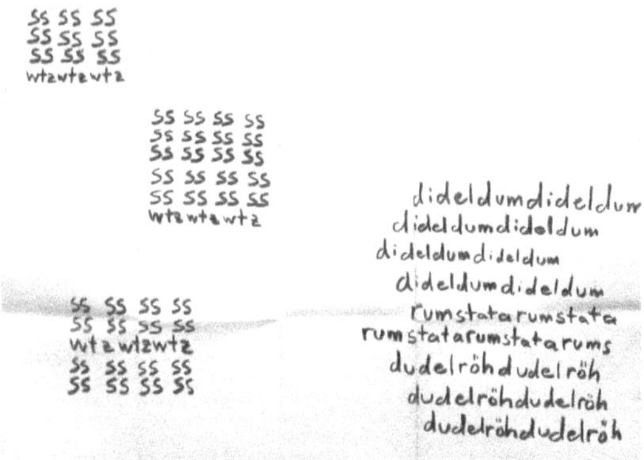

Hörsch, im Dorf rechts spielt d'Musik! Dideldum, Dudelröh, Rumstata! Hockete! Feschtzelt, Bier und Wurscht, Tisch und Bänk, fröhliches Beisammensein von Jung und Alt, Besucher aus

Nah und Fern. Am arbeitsfreia Sonndag. Aber was isch des? Do draußa auf de Wiesa? ss – ss– ss – ss – ss – ss – wtzwtzwtz – ss – ss – ss. Dô wird gmäht, no von Hand, muss au a alde Kart sei. Heu machat se, trotz Sonndag, trotz Hockete. Des kann bloß hoißa, dass an Wetterumschwung bevorsteht. Der Radio hot auf Mitte der Woch Rega. Also mäht mer heut, trotz Hockete, damit 's Heu no drei Dag trockna kô.

Jetzt woisch also, was a Ohrakarde isch. Aber eins hasch du bisher übersea auf meine Karda, und zwar 's wichdigschde.

Hör dir mal folgende Karte an.

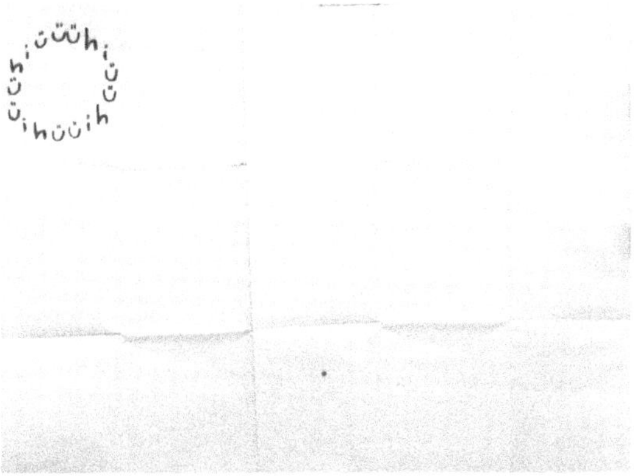

(Pfiff) Links oba kreist an Bussard. Und i. Dô. Der Punkt. Und sonsch? Um mi rum? Eine Stille! Bussard, Stille, i. Die auf dem Blatt dô, des isch die große Stille von Gruorn. Sagt dir nix?

Gruorn isch eins von de äldeschde Albdörfer gwesa. Am Rand vom Truppaübungsplatz Münsingen. 1939 hend se da Platz erweidert, Gruorn isch gräumt worda. Heut siehsch bloß no Kirch, Friedhof und Schulhaus, der Rescht isch plattgmacht worda vom Milidär. Inzwischa isch 's Milidär au abzoga. Und auf am Truppaübungsplatz isch ganz still worda. Bsonders dicht aber isch die Stille in Gruorn. Die große Stille von Gruorn hör i mindeschdens genausoweit, wie i früher, wo der Truppaübungsplatz no in Betrieb war, die Gschütze ghört han. 25 Kilometer und weiter.

A, der Veit, verrückter alter Schäfer! Denksch du. Jetzt hört er scho Stilla! Gôhts no?

Jo, danke, gôht ganz gut. Und i sag dir: wenn de des mit dene Stille net kabiersch, wirsch de nie auskenna auf der Alb. Jeder Ort auf der Alb hat sei' eigene Stille. Und jede Zeit.

Und die Stilla sind des Eigentliche, des, woran i erkenn, wann und wo i bin. Die Geräusche und Laute, a wa, des sind bloß die Kontura von de Stilla. Jede Stille isch anders. Die Stille zwischa ma Zwölfuhrläuda und dem nägschda Traktor, die Stille zwischa der brüllenda Kuh im Stall links und dem Hammerschlag aus der Schmiede rechts. A Abendstille in ama Dorf isch ebbes völlig anders, je nachdem, ob an dem Dag jemand gschdorba isch im Dorf oder net.

I hör au die Stilla hinter de Geräusche. Die Stille hinter'm Wind isch a völlig andere, je nachdem, ob dahinter der Albtrauf liegt oder 's Donautal.

I schaff an ama Atlas der Stille. Hab mi zur Ruh gsetzt, soweit mer sich auf am Meer zur Ruhe setza kann. I treib keine Schôf mehr über die Hügelwella, aber hin und wieder treibt a Herde vorbei. Und i sammel alle Laute, Geräusche und Stilla, die das Albmeer an meine Ohra trägt. In mei'm Atlas findesch se.

Du willsch über d'Alb? Nô vergiss nie: Auf der Alb, dô bisch auf am Meer. Dô musch de orientiera wie auf am Meer. Wenn de des mit de Ohrakarta und de Stilla no net begriffa hasch, nô hilft dir bloß der Blick in da Himmel weider. Des muss dir doch au scho aufgfalla sei, dass die Alb so an weida Himmel hat. Des isch an Meerhimmel, glaub mir. Also: Wenn du wissa willsch, wo und wann de bisch, dann wart du die Nacht ab. Hör in d'Stille nei, und nô guck nach oba. In da Sternahimmel. Und gega d' Seekrankheit: Breit standa! Wie an Schäfer auf der Weide.

Bühnentext; 2005

Lemberg

Konrad: *(schlägt sich an den Kopf)* Was kümmert uns eigentlich das Hebelgesetz? Was hilft uns π, der Kreis, das Rad? Die ganze Naturgesetze, die ganze Technik, was hend uns die eigentlich bracht?

Peter: Das seh' ich anders.

Konrad: I moin, was isch die Folge? 's Rad, 's Pulver, Kanonakugla, 's Erdöl und 's Atom.

Hans: Hebat ihn.

Konrad: Was isch's Ergebnis davo? Krieg, Zerstörung, Klimawandel, Sintflut.

Peter: Das seh' ich anders.

Konrad: Weg damit! *(reist das Steuerrad heraus, wirft es ins Meer)* G'fährlicher Ballast! Mit am Rad hat des Oglück agfanga, mit π und sei'm Quadrat *(wirft Taurollen und Teller in die Flut)*.

Hans: Hebat ihn.

Konrad: Des isch die verkehrte Orientierung. *(Höhnisch zitierend):* »Veit, wo simmer? Steuermann, wie isch unser Position?«

Veit geht an die Reling, bläst ins Nebelhorn und horcht in die Tiefe.

Konrad: Was hilft uns Norden, Süden, Osten, Westen? Die Zerrissenheit in 4 Himmelsrichtunga? Des isch nicht des, was uns fehlt, im Gegateil! Aber mir hend unsere Werte verlora. Geischdige Orientierung, die brauchat mir!

Peter: Das seh' ich anders.

Hans: Hebat ihn.

Veit: *(hat geortet)* Lemberg.

Konrad: *(verächtlich)* Große Lemberg-Stille, wie?

Veit: Du sagsch es.

Konrad: Lemberg, Lemberg, na und? Was sagt uns des? Lemberg, höchste Erhebung der Schwäbischen Alb, 1015 Meter über Normalnull. Und? Wo isch jetzt Normalnull? Geistige Werte – unser geistiges Normalnull, des brauchat mir! Das geistige Hebelgesetz, was die Erde bewega könnt. *(stockt, plötzlich inspiriert):* Lemberg sagsch du? Höchster Berg – Mensch, der Lemberg, des isch's, was mir brauchat! Auf am Lemberg isch unser geischtiges π verankert. Der Lemberg ruft – ich komme! *(stürzt sich in die Fluten, taucht ab).*

Hans: Hebat ihn!!!

Peter: Das seh' ich anders.

Hans: Der hat da Verstand verlora!

Peter: Der meint halt, er könnt' auf dem Lemberg unsere Werte wiederfinden.

Hans: Wie denn des?

Peter: Alle Kulturen, jede Kultur, ob in China, Griechenland oder bei uns, hat auf ihren höchsten Bergen ihre Werte verewigt. Gipfelkreuze, Klöster, der Olymp, Wohnstätten der Götter, Tempelberg Jerusalem, Ararat, Nepal, Tibet, Berge, das sind Orte der Offenbarung, Berg Sinai! Der Konrad sucht da unten seine geischtige Orientierung.

Hans: Dann hebat ihn doch! Der hat da Verstand verlora! Peter, SOS!

Peter: *(schüttelt den Kopf)* Ist besser so. Wenn sie mal mit Werten anfangen, ist's nicht mehr weit. Enden tut's damit, dass sie alle mit runterziehen in den Strudel.

Hans: Veit! Dann unternimm du doch ebbes. Spring ihm nach! Du kennsch dich do *(Geste über die weite Albsee)* doch aus. Veit!

Veit: Kommt von alloi wieder nach oba. In baar Milliona Jahr. Fossil Konrad. Wird de Archäologa Rätsel aufgeba!

Konrad taucht auf, in den Händen und zwischen den Zähnen 4 Holztafeln. Klettert mit den Tafeln wieder an Bord.

Konrad: Gar net weit, gar net tief, fascht direkt unter der Wasseroberfläche hab i in a eisernes Fachwerk griffa, a grünliches Skelett mit eiserne Bluma und Ornamente.

Hans: Der Lembergturm! Der Veit hat recht, do unda isch der Lemberg.

Konrad: Fascht vollständig besetzt mit Koralla, Tang und schwebende Plastiktüta. An de Stahlträger konnt i mi nach unda hangla. Zwischa dene Rippa sind lebende Pfeile rumgschossa, mit Fangarme und Beutel dran, und schwimmende Hörner mit spitzige Zähn. Gigantische Fisch sind do, mit meterlange Schnäbel. Der Grund unda war voll mit stachlige Seeigel, Farne und Bierdosa, au Riesaschnecka mit ganz viele Finger. Und a Hütte war da, voller Muschla und Koralla. Und an der Hütte schließlich hab i des g'funda, die Tafla do. Der Moses hat vom Berg Sinai die 10 Gebote bracht. Hier: des bring ich euch! Lesat!

Stellt sich in prophetischer Pose vor den anderen auf, hält die Tafeln hoch. Peter, Hans und Veit lesen im Chor.

Chor: Einbruch ist zwecklos. Es ist nichts zu holen. *(1. Tafel)* Verlasse diesen Platz so sauber wie die Katz, dass auch ein anderer Wandersmann ihn voll Freud betreten kann. *(2. Tafel)* Zur Beachtung! Es wird gebeten, aus Gründen des Anstandes und der Vernunft, wie aus der Achtung fremden Eigentums, jede Verunreinigung und Beschädigung des Turmes und der Hütte zu unterlassen. Zuwiderhandlungen werden strafrechtlich verfolgt. Schwäbischer Albverein. *(3. Tafel)* Wanderer halten die Landschaft sauber. Nimm die Erinnerung mit und den Abfall. *(4. Tafel)*

Alle einigermaßen ratlos.

Hans: Bisch sicher?

Konrad: Was?
Hans: Dass des unsere Werte sind?
Konrad: Uns fehlt der Bezug. Die Werte sind ja der höchste Schatz der Kultur. Mir hend aber da Schlüssel verlora.
Hans: Welchen Schlüssel?
Peter: Da brauch ich keinen Schlüssel. Da will ich nämlich gar nicht rein.
Konrad: Die Kultur selber. Die liefert da Schlüssel dazu. Mir ham aber unser Kuldur verlora.
Peter: Ja, das wollen wir aber hoffen!

(…)

aus: Arche Konrad – ein Seefahrerstück über die Alb; UA Melchingen 2012

Winterreise

verloren in der kalten Ödnis die Kreuz und Quer
kalt und wild weit und breit
die Nacht auf einem Hochsitz verbracht
gefrorne Tränen
Mondenschatten in halb zerrissene Planen gehüllt, die er
am Waldrand aufgeschichteten und mit solchen Planen abgedeckten
Holzstößen Tanne
Wipfel
der Rauch des Feuers hinterm Wald ver

doch er wendete sich nicht
ging nur immer weiter, weiter gegen die Kälte Fremde
ihrer Tritte Spur um die Glieder beweglich zu halten
fühlt in der Still erst seinen Wurm
nur immer fort sein Herz unverrückt vor seinem Blick
während der Eiswind an seinem Mantel zerrte
das Fleisch einer Krähe, die
kleiner Teller
kalt und unbeweglich

seiner Hoffnung Grab
seines Blutes in den Adern
stille stehn
ein Bein in den Schnee gestemmt,
das andere angewinkelt,
den Fuß unter dem kurzen Mantel geborgen,
um wenigstens

Foto: Ulrike Böhme

Wanderer: Willst du den Schnee, die Saat des Himmels, vor den Vögeln schützen?
Vogelscheuche: Die Wahrheit von gestern ist die Lüge von heute.
Wanderer: Warum stehst du in der Kälte?
Vogelscheuche: Ich habe mich vergessen.
Wanderer: Kann dich die Erinnerung an gestern in der heutigen Kälte wärmen?
Vogelscheuche: Da ich stehende Erinnerung bin, ist mir warm.
Wanderer: Siehst du das Innen und das Außen als ewige Kontrahenten? Vogelscheuche: Wenn sie nicht gegeneinander ringen, sind sie beide tot.
Wanderer: Leidest du unter dem Alleinsein?
Vogelscheuche: Die Einsamkeit ist die klügste Gesprächspartnerin. Also leide ich.

Mein Standpunkt ist ein weltbewegender.

Ich bin kein Landstreicher, das Land streicht um mich, ihr alle seid die »Streicher«, der Wind, der Schnee, die Welt.

Ich dagegen stehe.

Dass die Welt ein Streicher ist, siehst du nur, wenn du stehen bleibst. Dass die Schneeflocke kommt und geht, siehst du nur, wenn du stehen bleibst. Ihr lasst euch treiben, vom Wind, vom Schnee, von der Welt.

Ich dagegen stehe.

Das Weltall scheint verwirrend in seinen vielfältigen Bewegungen, wenn man auch noch sich selbst bewegt. Stell es dir doch mal vor: Das auseinanderdriftende All, mit seinen wirbelnden Galaxien, irgendwo – an keinem definierbaren Ort, da sich dieser ständig, im Verhältnis zu anderen Galaxien – und einen anderen Bezugspunkt gibt es nicht, da nichts feststeht, – irgendwo also die pirouettierende Milchstraße, worin – ebenfalls undefinierbar – ein kleiner sich drehender und gleichzeitig wandernder Punkt, unsere Sonne, um welche Planeten in unregelmäßigen Ebenen und Abständen kreisen und drehen, wiederum umschwirrt von Monden … – gebt es auf: dieses System werdet ihr nie begreifen, da ihr selbst keinen festen Standpunkt habt, sondern ständig umherflattert, kreiselt, torkelt, immer schwindeliger, – mit der Mode, mit der Erdumdrehung, mit den Jahreszeiten, mit dem Alter … Wie wollt ihr weltbewegend sein, wenn ihr keinen festen Standpunkt habt? Ich dagegen stehe.

Klar, auch ich muss mitgehen mit der Erdumdrehung, mit der Bewegung der Erde, der Sonne, der Milchstraße, aber immerhin auf dem System Erde habe ich meinen festen Standpunkt. »Gebt mir einen festen Punkt – und ich werde die Welt aus den Angeln heben«. Zugegeben, mein Standpunkt liegt auf der Erde, fest in den Acker gerammt, also kann ich nicht die ganze Welt, nicht einmal die Erde aus den Angeln heben, aber Euch! Euch kann ich bewegen, euch kann ich aus der Bahn bringen, eure Pläne kann ich durchkreuzen.

Beweis: Dich habe ich bewegt, dich habe ich aus deiner Loipe gebracht, zu mir hin. Wo du nun stehst und mich betrachtest, mit vielen Fragen im Kopf, die mich nicht bewegen können, nur dich.

abgestürzt.
Am frühen Morgen losgeflogen
dringlichem Auftrag in den Polarströmen
vereisten Magnetfeldes der Erde
den Addressaten Mut
verwirrt verirrt
den schwächer werdenden den Mund qualvoll aufge
auch Engel Schmerzen
zumal er die Flügel lange nicht

zu Fuß, mit gebeugtem Rücken und zur Erde gewandtem Ant
wusste nicht, wohin
Träne gefroren, bevor sie

Das Letzte, was er hörte
Als die Nacht gefallen
irgendwo ein Mensch einen Hauch von
wusste nicht, woher.

aus: »Lücken und Brücken«; Jahresprojekt 2021

Unterwegs in Tübingen

Böse Frauen im Café Lieb

1

Die Frauen Ripp, Hehl, Bös und Sachs, Bedienung, Kind am Nebentisch

Frau Ripp: So, warn Se beim Doktor?
Frau Hehl: Ach, isch alles nemme des.
Frau Sachs: Da ham Se recht.
Frau Bös: Es war einmal.
Frau Ripp: Und ischt nicht mehr.
Frau Sachs: Da ham Se recht.
Frau Ripp: Ich bin ja scho 93. Am beschda mer geht lieber net zum Doktor. Dann fängts nämlich ersch an.
Frau Hehl: War bstellt. Wega'm Zucker. Isch aber in Ordnung.
Frau Bös: Des sagat die bloß. Die Doktor. In Wirklichkeit …
Frau Sachs: Da ham Se recht.
Bedienung: So, bei Ihne. A Butterbrezel und an Kaffee wie immer?
Frau Hehl: Ja, aber …
Bedienung: Coffeinfrei. – – –
Frau Bös: Also die isch ja no net lang do.
Frau Hehl: Die alt hat ja gstohla.
Frau Ripp: Bisch sicher?
Frau Hehl: Ha jo, wo se jetzt nemme do isch. I sieh ja so ebbes. Und die stehlat heut älle.
Frau Sachs: Da ham Se recht.

Frau Hehl: Ha, früher, also i hätt des nia könna. Net amol a Dösle. Aber heuzdag.

Frau Sachs: Da ham Se recht.

Frau Bös: Und dann no der Euro. Also die Mark, des war halt no a Währung.

Frau Sachs: Da ham Se recht.

Frau Bös: Ihr drüba hend des ja gar it kennt.

Frau Ripp: Früher han i immer baar Mark ghett. Mindeschdens. Aber heut. Glei isch der Geldbeudel wieder leer. I han koi Geld mei.

Frau Bös: Also wenn du koi Geld mehr hasch, no bin i scho verhungrat.

Kind (Nebentisch): Mäh?

Frau Ripp: Also hend ihr des ghört?

Frau Hehl: Was?

Frau Ripp: Des Kind schreia.

Bös und Hehl: Nö.

Frau Ripp: Die dürfat heut ja älles. Also i han meine ja no andersch erzoga. Koin Mux hend die von sich geba, wenn mer do in a Café ganga isch. Aber heuzdag.

Frau Sachs: Da ham Se recht.

Frau Bös: Es war einmal.

Frau Ripp: Und ischt nicht mehr. Also adé.

Frau Hehl: Gehat Sie scho?

Frau Ripp: Seit wann sind mir per Sie?

Frau Hehl: Seit drei Minuda.

2

Die Frauen Ripp, Hehl und Sachs

Frau Sachs: Da ham Se recht.
Frau Hehl: Sagt der doch zu mir: Du verlogene alde Schachtel!
Frau Ripp: Also noi.
Frau Hehl: Da bin ich aber hoch erhobenen Hauptes.
Frau Sachs: Da ham Se recht.
Frau Ripp: Also wie kommt der do dazu?
Frau Hehl: Also des woiß i it. I doch it, Gott sei mein Zeuge.
Frau Ripp: Heut stehlat se doch älle.
Frau Sachs: Da ham Se recht.
Frau Hehl: Aber i doch it. Mit dene weiße Knöpf goht des au gar nemme. Do piepsts, wenn du aus am Lada laufsch. Piep-piep-piep! Dieb – Dieb – Dieb! Was hätt i mit dera solla, des war doch gar it mei Größe.
Frau Sachs: Da ham Se recht.
Frau Hehl: So an Altweiberrock, ha wa. Aber do hats piep-piep-piep gmacht.
Frau Ripp: Des hat dir oiner ag'hängt. Des hat dir oiner ahänga wella.
Frau Hehl: Der junge Verkäufer. Verschmähte Gefühle. Des kann ganz gfährlich sei.
Frau Sachs: Da ham Se recht.
Frau Ripp: Ja, und no glei d'Bollezei?
Frau Hehl: Noi. I han ihm des ins Gsicht gsagt. Ins Gsicht han i des dem gsagt, dass er mir des aghängt hat, und dass i sei'm Chef Bescheid geb, dass er alde Weiber hinterher isch.
Frau Ripp: Ja, solche gibts.
Frau Sachs Da ham Se recht.
Frau Hehl: Und drauf bestanda, dass er mi hinda nauslässt. I könnt ja koi'm meh ins Gsicht gucka, nachdem es do piep-piep-peip gmacht hat.

Frau Ripp: Und no bisch hinda naus.
Frau Hehl: Ja. Mit dem hübscha weißa Spitzablüsle. Ha, isch doch wohr.
Frau Sachs Da ham Se recht!

aus: »Nüx und Nus« – Nachtgedanken; Jahresprojekt 2005

Unterwegs in Esslingen

Stadtkirche belauscht

Turm I: Du?
Turm II: Ja?
Turm I: Bisch du eigentlich katholisch?
Turm II: Ja, um Himmelswilla, wie kommsch denn au auf die Idee?
Turm I: I will nix gsagt haba.
Turm II: Ja, aber warum denn?
Turm I: Ha, weil du anders bisch.
Turm II: Wie anders.
Turm I: Ha, anders wie i.
Turm II: Ja, spinnsch du!? Da kammers mal wieder sea. Wenn hier irgendebber anders isch, dann du!
Turm I: Noi, i war noch nie anders. I war immer gleich.
Turm II: Gleich wie was?
Turm I: Ha, gleich halt. I war scho immer der gleiche.
Turm II: I au.
Turm I: Was?

Turm II: I war au scho immer gleich.

PAUSE

Turm I: I bin auf alle Fäll länger wie du.
Turm II: Wie länger?
Turm I: Länger halt.
Turm II: Dann bisch du der katholisch.
Turm I: Auf gar kein Fall. Warum?
Turm II: Weil katholisch länger exischdiert.
Turm I: I bin net katholisch.
Turm II: Vielleicht bisch du halt doch katholisch und weischs bloß net.
Turm I: Ha, mer weiß doch, was mer isch.
Turm II: Einer von uns aber scheints net.

PAUSE

Turm II: I müsst in meiner Krypta nachgucka.
Turm I: Wieso **dei** Krypta? Bisher war des immer unser gemeinsame.
Turm II: Jetzt nemme.
Turm I: Ha, jetzt lass aber au d'Kirch im Dorf.

PAUSE

Turm II: Mir müssat ausanander.
Turm I: Kann schlecht davospringa.

PAUSE

Turm I: Einer von uns beide muss oifach falsch sei.
Turm II: Warum falsch?
Turm I: Ha, wenn zwoi net gleich sind, no isch mindeschdens einer falsch.

PAUSE

Turm II: Jetzt simmer so lang zamma!

EWIGES EISIGES SCHWEIGEN

aus: »Alätheia« – 365 Eintagsfliegen zum Thema »Welt – Wahrheit – Zeit – Bewusstsein«; Jahresprojekt 2002

Abwasser-Suite für gemischten Chor und 3 Abwasserrohre

1. Satz: Geiselbach-Blues

O ho o o ho o o ho o o ho
Rrr rrr rrr schschsch
Bl bl bl bl phrphrphr
Ooo ooo bl bl phrphrphr
O ho o o ho rrr rrr
Rrr bl ooo sss
Ooo sss rrr
Phrphrphr

(»ooo« als Laut zwischen »o« und »a«, »bl« tonlos gesprochen (Tropfen), ebenfalls tonlos »schschsch« und »sss« (Rauschen); »rrr« halbtonal, also rollendes »r« mit Klang; »phrphrphr« = Lippenschnauben)

2. Satz: Kanal-Tango

Es meuchelet bestialisch,
es modret infernalisch,
es mieft so animalisch,
es soichelet martialisch;
do dunda im Kanal riechts oifach total fäkal,
kolossal nach Kanal, brudal!
Bloß net neidappa! S'wär fatal.
Bass auf! 's isch glitischig, kataschtrophal,
no nimmts de mit und dunkt de nunder,
kommsch nemme naus,
und wenn, no Xundheit! Pfui Deifel!

No muffelsch richtig asozial,
no stenksch du aber radikal,
no hosch a Gschmäckle, phänomenal,
schmecksch gar nemme normal neutral,
sondern obacha trivial,
ganz banal nach Kanal.
Skandal!

3. Satz: Kläranlagen-Walzer

Dampflatrinenpumpe, Dampflatrinenpumpe,
Schmutzwasser, Fäkalabwässer,
Rückwärtseinlauf, Rückwärtseinlauf,
cloaca maxima, cloaca maxima
Faulschlammeindicker, Faulschlammeindicker
Schlammbehandlung, Schneckenpumpe
D pf p p
Sch tz f k b
R ck w ts f
Cl c x
F sch d k
Sch b schn p p

(alles fast tonlos, mehr gesprochen als gesungen, die isolierten Konsonanten (d, pf, p, sch, tz, f, k, b, r, w, cl, x) deutlichst artikuliert und völlig tonlos)

4. Satz: Kanalnetz-Boogie

KrummenackerstraßeMittlereBeutauGeiselbachstraße
FischbrunnenstraßeObereNeckarhaldeUntereNeckarhalde
InnereBrückeFischergasseWehrneckarstraßeMetzgerbach
ObererMetzgerbachUntererMetzgerbachKanalstraße
MühlstraßeEntengrabenGrabbrunnenstraßeEschbacherweg
BadstraßeBrunnenstraße SeewiesenwegWeiherstraße
AmEntenteichHainbachstraßeNeckarstraßeKlärwerk

aus: Stadtoper Esslingen; UA 2007

Unterwegs in Stuttgart

Älles gôht da Bach na!

Chor A, Chor B, Kinderchor

Chor A und B:
Älles gôht da Bach na. Du au'.
Älles gôht da Bach na. Du au'.
Älles gôht da Bach na. Du au'.
Kinderchor:
Boschschsch – Mercedessss, Boschschsch –
Mercedessss, Boschschsch …
Chor A:
Panta rhei!
Chor B:
Allgemeinbildung, griechisch, Heraklit.
Chor A:
Alles fließt!
Chor B:
An und für sich muss das ja nicht schlecht sein –
Chor A: weil –
Kinderchor:
Denk mit! Denk mit!
Chor B:
wenn es nicht so wäre, dann –
Kinderchor:
Denk mit!
Chor B:
dann wäre das der absolute Stillstand, weil –

Kinderchor:
Denk mit!

Chor A:
Dein Blut –

Kinderchor:
Denk mit!

Chor A:
muss fließen, weil sonst –

Kinderchor:
Denk mit!

Chor A:
sonst hat dein Gehirn keinen Sauerstoff, und du bist tot.

Kinderchor:
Aus die Maus.

Chor B:
Und Geld –

Kinderchor:
Denk mit!

Chor B:
muss fließen, weil sonst –

Kinderchor:
Denk mit!

Chor B:
– sonst wären alle pleite.

Kinderchor:
Ende Gelände!

alle 3 Chöre fugiert:
Also alles fließt, und muss auch alles fließen: Blut fließt, und Wasser fließt, Geld muss fließen, Gedanken müssen fließen, der Verkehr muss fließen, Tränen, Schweiß.

Kinderchor:
Boschschsch – Mercedessss, Boschschsch –
Mercedessss, Boschschsch …

Chor B:
Jetzt schau aber ganz genau hin: Wohin fließt alles?

Chor A:
Wohin fließt der Nesenbach?

Kinderchor:
Vorwärts! Vorwärts!
Boschschsch – Mercedessss, Boschschsch –
Mercedessss, Boschschsch …

Chor B:
Vorwärts, sagst Du. Klar. Rückwärts wäre Unsinn.

Chor A:
Wenn der Nesenbach rückwärts flösse –

alle 3 Chöre:
äääh *(würg)*

Chor B:
alles käme wieder aus dem Clo, aus allen Gullis,
aus allen Toiletten –

alle 3 Chöre:
Nein!

Chor A:
Vorwärts fließt der Nesenbach!

Kinderchor:
Vorwärts! Vorwärts!
Boschschsch – Mercedessss …

Chor A:
Schreibe Fluss, behalte vorwärts!

Chor A und B:
Fluss gleich vorwärts!

Chor A:
Ja, aber wohin ist vorwärts?

Kinderchor:
Nordosten! Nordosten!

Chor B:
Klar, Nordosten, aber denk mal um die 3 nächsten Kurven herum!

Kincerchor:
Ins Klärwerk! Ins Klärwerk!

Chor A:
Klar, ins Klärwerk, ins Klärwerk, in den Neckar, in den Rhein, in die Nordsee, aber ganz allgemein betrachtet:

Chor A und B:
Wohin fließt der Fluss?

alle 3 Chöre:
Wohin?

Kinderchor:
Boschschsch – Mercedessss ...

Chor A und B:
Der Fluss allgemein, physikalisch, philosophisch, der Nesenbach als Beispiel für den Fluss an sich, der Nesenbach als Fluss der Unterwelt, der Nesenbach als Lethe, als Fluss des Vergessens, einfach als Fluss an sich. Wohin fließt der Fluss? Wohin? Wohin?

Kinderchor:
Abwärts! Abwärts! Abwärts!

Chor B:
Klar! In jedem Fall fließt der Fluss abwärts.

Chor A und B:
Fluss gleich abwärts!

Chor B:
Und jetzt –

Kinderchor:
Denk mit!

Chor A:
jetzt kommt allgemeine Logik: Was sagten wir am Anfang?

Kinderchor:
Vorwärts!

Chor A:
Der Fluss fließt vorwärts!

Chor A und B:
Fluss gleich vorwärts!

Chor B:
Und jetzt –

Kinderchor:
Denk mit!

Chor B:
jetzt ziehen wir Bilanz:

Kinderchor:
Boschschsch – Mercedessss …

Chor B:
Wenn Fluss gleich vorwärts und Fluss gleich abwärts, dann –

Chor A und B:
vorwärts gleich abwärts, vorwärts gleich abwärts.
Drum:

alle 3 Chöre
Älles gôht da Bach na. Du au'!
Älles gôht da Bach na. Du au'!
Älles gôht da Bach na. Du au'!
Älles gôht da Bach na. Du au'!

aus: »Nesenbach« – ein Straßenoratorium
im Auftrag der Jungen Oper Stuttgart; UA Stuttgart 2021

Unterwegs in Griechenland

Griechisches Tagebuch

Δεν ψεματα λεω! Ogloga!

Ich bin mal mit einem kleinen Mietwagen in der griechischen Pampa gestanden, damals noch ohne Navi, nur mit einer schlechten und veralteten Karte ausgerüstet. Es war bei den »Stymphalischen Sümpfen«. War aus dem Süden der Peleponnes gekommen, wollte nun Richtung Athen. Zunächst alles klar, geteerte Straße, kein Problem. Dann teilte sich die Strasse. Halb rechts und halb links. Beide Fortführungen nicht mehr geteert. Kein Hinweisschild, in keine der beiden Richtungen, nur zwei blaue Schilder mit weißem Pfeil. Der eine Pfeil wies nach rechts, der andere nach links. Ich habe die falsche Straße gewählt. Fuhr etwa 3 km auf Schotter, dann endete die Straße im Nichts. Zurück, die andere genommen, nach 3 km Schotter wieder Asphalt, nach weiteren 3 km ein Hinweisschild nach Athen.

Ogloga!

War nicht das erste und nicht das letzte Mal in Griechenland:

Irgendwo in Thessalien, zwischen Trikala und Athen. Hatte mich verfranst, wollte nach Athen. Kreuzung. Zeus sei Dank ein Hinweisschild! Aber: »Trikala« stand oben.

»Athen« stand unten. Und in der Zeile dazwischen: ein Pfeil nach rechts und ein Pfeil nach links, beide auf gleicher Höhe.

Ogloga!

Alles schon gesehen in Griechenland: Pfeil nach rechts, wo nach rechts gar kein Weg ist. Pfeil nach rechts, wo man nur nach rechts fahren kann, wo es gar keine andere Möglichkeit gibt, als rechts zu fahren, Pfeil nach oben in den Himmel, meistens jedoch an fraglichen Stellen: gar nichts, weder Hinweisschild noch Pfeil.

Ogloga!

Kilometerangaben sind oft völlig unsinnig: »60 km bis Athen«, etwa 10 km weiter dann »110 km bis Athen«. Oder falsch geschriebene Städtenamen: Aeropolis anstatt Areopolis. In der Welt, aus der ich komme, macht es schon einen Unterschied, ob einem der Weg nach Luft-Stadt oder nach Kriegs-Stadt gewiesen wird. Oder etwa nicht?

Diese Schilder haben etwas vom altgriechischen Orakel, von Delphi, von Pythia.

Mir dämmert allmählich:

Wer in Griechenland die Schilder aufstellt und die Straßen markiert, muss mindestens den 10. Dan der Philosophie erreicht haben, Professor Dr. mult., Dr. h.c. mult., alles summa cum laude. Dann darf er in Griechenland Schilder malen. Denn wieviel Weisheit vermitteln uns diese Schilder! Welch wesentliche Fragen stellen sie uns!

Foto: Ulrike Böhme

Von Rost und Schüssen durchbohrt, durchlöchert wie meine Erinnerung an diese Geschichte.

Natürlich sind Geschichten etwas Lebendiges, natürlich müssen sie daher altern und sterben. Ob durch Gewalteinwirkung verletzt, durch Korrosion zerfressen, durch Achtlosigkeit vergessen, im Lauf der Zeit verbogen, in Einzelteile zerlegt und in neue Geschichten eingebaut – die Zeit ist ein Aasfresser, sie schändet auch den Kadaver einer Geschichte.

Mit jedem Schritt eines Geschichtenlebens, wenn sie weitererzählt wird, wiedererinnert, neuaufgelegt, verliert die Geschichte einen Teil ihrer selbst als Spur, bis sie selbst nur noch als Schwingung vorhanden ist, vielleicht nur noch im Geheul der Schakale ahnbar.

Foto: Ulrike Böhme

Ein Rätsel ist's, was bald entsteht, wird größer, je mehr Zeit vergeht.

der ihn geweckt in rasendem Lauf
der drohenden Gefahr.
Schutz. Vom goldenen waghalsig
den Flügeln des Eros. Kaum bedeckte
in Liebesglut
zugleich gefunden und verloren
das bittersüße Gift des Erospfeiles
Stöhnen mit heißem Atem

den spitzen Dorn
lustvergessen eng umschlungen
wachsam
Doch als die Sonne
durch die Macchia.
und lähmt die Furcht, so leiht sie doch auch Flügel
am Horizont, wo Himmel und Erde sich küssen
und wenig nur in der Hitze des rötlich geäderten
Steines
so oft gegangen schon im geheimen Lager
mit irrem Blick
die kopflose Flucht. Doch spät

abgeblättert und zerkratzt.
vor dem Zorn des Vaters
als Versteck
Die bleierne Kugel durchschlug

vergeblich auf Rettung
noch bevor die Liebenden
ein feines Zischen
ungestört, ohne die weiße Brust mit heißem Atem
dem Geruch der Liebe
ist ewig und endlich zugleich

die Viper

zum Opfer gebracht

Schraube durch die Adern

das rote Kissen

der nicht dem Wegweiser gefolgt

»Freund und Feind zugleich ist uns die Zeit,

doch einer Plastiktüte

blass

Straße kommt der Tod, doch auf der andern Rettung naht

hätte!«

vom kalten Schweiß

»Weh mir! Niemals

den tödlichen Biss der Natter

schnürt

im blinden Spiegel ihrer Augen

verröchelt

nur eine Nacht.

Fragment entdeckt:

Denn siehe, mein lieber Aristophilos, mit unserem Geist ist es wie mit dem Wasser.

Das Wasser ist die Grundlage allen Lebens, mein Lieber. Nicht nur, dass alles Leben aus dem Wasser kommt, von den ersten Keimzellen angefangen – auch wenn das Leben erst einmal entstanden ist, benötigt es das Wasser zu seinem Fortbestand. Du magst ohne feste Nahrung einige Zeit überleben, des Wassers jedoch bist du in existentieller Weise bedürftig. Damit das Wasser seinen Dienst für das Leben tun kann, muss es fließen, das wirst du zugeben müssen, liebster Aristophilos, denn noch nie – sei ehrlich – hast du Wasser (auch wenn du den Wein vorziehen magst) in starrer Form zu dir genommen. Du magst einwenden, dass du – in Kindheitstagen wohl – auch schon Eis gelutscht hast. Wohl kannst du Eis in den Mund nehmen, deine Lippen an ihm beleben, deinen Gaumen laben und deine Kehle erfrischen, doch im labenden und erfrischenden, belebenden Moment wird das Eis zu flüssigem Wasser. Anders kann es nicht *(Text unlesbar)*

…

Wenn wir das Wasser jedoch zu fassen versuchen, in einen Eimer gießen, worin es zu stehen hat, so ist es seiner eigentlichen Natur beraubt, es ist tot. Wohl mag es uns ein unsicheres Spiegelbild unserer selbst und der Gegenstände um uns geben, doch wenn wir es zu seinem eigentlichen, Leben spendenden und erhaltendem Zweck dem Eimer entnehmen, wird es wieder flüssig, und uns nur in dieser Art zu Diensten.

Warum nun willst du den lebendigen Geist in einen Eimer schütten?

…

Warum zwängst du den Geist in die starre Form der Schrift, da ja schon das Wort allein schon eine gewisse Verfestigung darstellt?

…

Wovor fürchtest du dich? Gehst du nicht jeden Morgen erneut zu deiner Quelle, dir Wasser zu schöpfen? Hast du Angst, deine Quelle könnte versiegen? Wenn deine Quelle, die aus der Mitte unserer Welt unendlich immer neu dir zufließt, versiegen würde – glaubst du, das bisschen Wasser in deinem Eimer wäre dir dann weiter vorhanden?

(Text unlesbar)

…

Die Quelle allen Wassers bleibt uns Menschen unsichtbar. Ob es aus dem Himmel … ob aus den Tiefen der Erde …

Der Milesier …

Niemand weiß vom Wrack der Elpis, das hier auf dem Grund des Meeres liegt und sanft zerfällt, sanft erfällt,

erfäll, erf ll , f ll , f l , f .

Und niemand weiß, ob das Schiff an einem Felsen zerschellt, vom Feind versenkt, oder im Gewittersturm zerbrochen war.

Bis zu ihrem Tod hatte Katerina auf seine Heimkehr gewartet. Oft war sie zum Hafen gegangen, anfangs das Kind im Leib, später mit Chara an der Hand. Ihr Blick hatte immer und immer wieder den Horizont abgesucht, vergeblich.

Der Hoffnungszerfallgradient ist eine Asymptote. Niemals, auch nicht in der Unendlichkeit des Todes, wird er die Nulllinie erreichen, sondern die Hoffnung wird weiterleben und weiterschwingen, vielleicht im Meerwind, vielleicht in einer Welle, vielleicht in einem Lichtstrahl, vielleicht in einer Blume, die unten am Hafen blüht.

Warum willst du den Weg wissen?
Warum glaubst du, dass ich die Wahrheit sage? Warum nimmst du nicht den Weg nach links? Warum gehst du im Gleichschritt mit dir selbst? Warum willst du dahin, wo andere schon waren?
Warum denkst du, dass du weißt, wohin du willst?
Warum gehst du auf dem Weg?
Warum bist du sicher, dass du nicht von rechts gekommen bist?
Warum willst du dich nicht verirren?
Warum willst du zu deinem Ziel, wenn du es kennst?
Warum glaubst du, ein Weg führe, zweimal gegangen, zweimal zum selben Ziel?
Warum drehst du nicht um?
Warum willst du immer den kürzesten Weg wissen?
Warum gehst du überhaupt?
Warum gehst du den Weg der anderen, wenn du dein Eigenes suchst?
Warum willst du dich nicht verirren?
Warum hörst du nicht auf den Schakal?

Bist du wirklich sicher, dass du nach Athen zum Flughafen willst?
Willst du nicht lieber zurück in den Süden der Peloponnes, zum Poseidontempel am Kap Tainaron?

Was ist der Unterschied zwischen Luft und Krieg?

Dialog, Dialekt, Dialektik

Bemerkungen zu den Kunststücken Susanne Hinkelbeins

Thomas Knubben

1

Sprache entfaltet sich im Dialog, im Zwiegespräch mit den Menschen, der Welt und mit sich selbst. Alle Sprache aber war im Anfang Dialekt. Aufs Papier gebracht tut er sich in der Regel schwer. Das Wort war Klang, nicht Kuhhaut und nicht abstraktes Zeichen. Die Buchstaben der Hochsprache sind nicht für die Mundart gemacht. Sie sind eine Krücke, dazu bestimmt, dem Gesprochenen auf die Sprünge zu helfen über Zeit und Raum hinweg. Das gilt für alle Sprachen und alle Poesie in ihren Ursprüngen. Auch für Susanne Hinkelbein.

Der primäre Ort ihrer Sprachkunst ist die Bühne, dort wo das Wort lebendig wird und sein Klang von Mensch zu Mensch den Raum durchquert. Als Bühnenmusikerin und Theaterautorin, in festen Engagements und als freie Komponistin, hat sie viele Jahre gewirkt, ehe sie sich auf die Schwäbische Alb zurückzog und dort, in herber Idylle, ihre passende Eremitage und ihr künstlerisches Experimentierlabor fand.

2

Anna und Lisa, die beiden kleinen Schwestern, sind Hinkelbeins Mustermädchen. Bei ihnen finden Dialog, Dialekt und Dialektik in knappster Form zusammen. Wenn die beiden über sich und die Welt nachdenken, dann wird alles auf den Kopf gestellt und nichts ist mehr gewiss. Dann wird die leichtfertig umgestellte Uhr zum Vehikel für Reisen zurück in die Kindheit und voraus in die Zukunft, werden gedankliche Höhenflüge zu echten Flugerfahrungen und der »liebe Gott« zum »Lügagott«, da er leicht erkennbar doch nicht alle Versprechen eingehalten hat.

Und weil das Nachdenken über Gott und die Welt, die kleinen und die großen Dinge, das Nahe- und das Fernliegende, immer wieder von Neuem beginnt und niemals enden kann, ziehen sich die Dialoge von Anna und Lisa durch den ganzen Band. Es sind scheinbar kindliche Prologe zu jedem Kapitel, die den Möglichkeitsraum des menschlichen Sinnens erkunden, stets ganz harmlos beginnen, immer stärker Fahrt aufnehmen, die gedankliche und sprachliche Logik bald an den Rand des Fassbaren treiben, das eigene Denken ins Trudeln bringen und staunend erfahrbar machen, wie bislang gesichert erscheinende Wahrheiten so rasch und lakonisch aufgehoben werden können.

3

Susanne Hinkelbein ist in vielen Sprachen zuhause – im Schwäbischen, im Liechtensteinischen und im Hochdeutschen, im Alt- und im Neugriechischen, vor allem jedoch in der Sprache der Musik. Die Welt ist Klang. Als Gesang, dem sie in unzähligen Liedvertonungen Gestalt gegeben hat. In den Seestücken für Klavier, in denen das Rauschen des Meeres und die auf Bildern festgehaltene Gischt »wispern, säuseln, klagen, heulen, schreien, ächzen, dröhnen.« Im Akkordeon, das den Volksliedton bewahrt, und im Monochord, jenem eigenartigen Instrument, das sie besonders liebt, gerade weil es in Konstruktion und Klang so karg, so reduziert, so ursprünglich wirkt wie die Landschaft, in der sie seit vielen Jahren lebt. Ihre Texte, ob hochdeutsch oder schwäbisch, sind nach klanglichen Gesichtspunkten arrangiert. Gedankenstriche sind Denkpausen, markieren Einschübe, vor allem aber gliedern sie den Sprechakt, erzeugen Spannung, Staunen und sozialen Sinn.

4

»Undurchdringliches Zwielicht. Kein Horizont«. So beginnt ihr »Logbuch«, ein Gedankenlaboratorium, das über mehrere Jahre hinweg gefüllt wird und schließlich in das Theaterstück »Arche Konrad« mündet. Es ist das Herzstück dieses Bandes. Das Logbuch ist das Protokoll des eigenen Gedankenflusses und Instrument der Navigation in den unendlichen Weiten des Wissens, des Ahnens und Irrens.

Die Erweiterung des Horizonts und der Versuch des Durchdringens des Undurchdringlichen bilden die Ausgangsbasis der poetischen und kompositorischen Expeditionen Hinkelbeins. Sie hat weit ausgeholt auf ihrem Weg zur Erzählerin, Komponistin und Stückeschreiberin. Musik- und Literaturstudien als gleichberechtigte Ansätze synästhetischer Erfassung der Welt, Psychologie als Blick ins Innere des menschlichen Daseins, Philosophie als Ausgriff in die Weite des kosmischen Ganzen und ins Grundsätzliche des individuellen Grübelns.

Wie grundsätzlich sie den Fragen des Daseins nachgeht, darauf verweisen schon die Kapitelüberschriften dieses Bandes: Orientierung und Zeit, Höhenflüge und Scheitern, Sprache und Phantasie, Böses und Missverstehen, Welt und Kopf, Krieg und Nacht, und immer wieder Unterwegs. Exkursionen in Raum und Zeit, im Kosmos der Welt und des eigenen Ich.

5

Wenn die Sintflut irgendwo stattgefunden hat, dann auf der Schwäbischen Alb. Das Logbuch ist der sichere Beweis. Ein Blick zurück in biblische Erfahrungen oder auch voraus in kommende Zeiten, wenn »die ganze Erde ein Atlantis, ein Vineta« geworden und auch Greenwich im Meer versunken ist, wenn der Mensch nicht nur in der philosophischen Reflexion, sondern tatsächlich in die Welt geworfen, allein, auf sich selbst zurückverwiesen ist. Dann stellen sich die Fragen nach Gott und der Welt noch einmal ganz anders. Gibt es dann noch ein Koordinatennetz, an dem sich die wenigen Verbliebenen in der Arche orientieren können? Schwebt der Geist Gottes dann noch immer oder vielleicht wieder über den Wassern? Wie aber sollte man sich mit ihm austauschen? Braucht es dafür eine gemeinsame Sprache, eine verbindliche Logik? Und was ist mit der Welt? Hat unser Denken überhaupt etwas mit ihr zu tun? Was also ist wahr? Das einzig Gewisse bei der Odyssee übers Meer ist die Strömung. Wir spüren sie aber erst dann, »wenn wir der Strömung widerstehen«. Widerstand als Existenzbeweis.

Und wie verhält es sich mit der Kultur, wenn alles unter Wasser steht? Ist sie noch zu retten? Das Memorieren des Gelesenen hilft nicht viel und die Meisterwerke der Kunst nachzumalen, wird nicht gelingen. Was weg ist, ist weg. Untergegangen und verloren. Was übrigbleiben mag, sind die Sprache und die Töne. Wenn überhaupt.

6

Die Schwäbische Alb ist das beste Beispiel dafür. Hinkelbeins geliebte Alblandschaft. Was von den frühesten Kulturen blieb, sind einige wenige kleine geschnitzte Tierfiguren – ein Pferdchen, ein Mammut, ein Gepard, ein paar Löwen – und Menschengestalten, die der Arche Noah entkommen zu sein scheinen. Außerdem eine Handvoll Flöten aus Flügelknochen von Schwänen und Geiern, aus denen sich noch immer Töne entlocken lassen. Und dann ist da noch die Sprache, das Schwäbische, das auf der Alb einen besonderen Zungenschlag aufweist. Urlaute, schwäbisch. Susanne Hinkelbein, in Stuttgart geboren und in Esslingen, also am Fuß der Schwäbischen Alb, aufgewachsen, imitiert ihn nicht und will ihn schon gar nicht parodieren. Sie braucht das nicht. Sie hat ihren eigenen Tonfall, weit entfernt vom Honoratiorenschwäbisch, aber nah genug am Alltag ihrer Umgebung.

Die Ökonomie des Schwäbischen, die Knappheit der Rede, kommt Hinkelbein entgegen. Das Schwäbische meidet Pathos und alles Überflüssige, lässt viele Silben problemlos weg, kommt sofort zum Punkt. Die Dialoge von Anna und Lisa belegen es. Fragen und Antworten, die oft nur aus einem Wort bestehen. Andererseits sind ihm Hintersinn und Nachdenklichkeit eigen: »Der Schelling und der Hegel …, das ist bei uns die Regel …« Auch wenn diese Verse in ironischer Absicht formuliert wurden und weder Schelling noch Hegel und auch nicht Schiller und Hauff je als Mundartdichter hervorgetreten sind, im Übrigen fast alle weitab ihrer Heimat Karriere machten, so sind ihnen Klang und Struktur, Bilder und Begriffe ihrer schwäbischen Herkunft doch eingeschrieben. Hegels Berliner Studenten klagten wohl nicht zu Unrecht über seine nuschelig-schwäbische Aussprache, und August Wilhelm Schlegel witzelte über Schiller: »Wenn jemand Schoße reimt auf Rose, / Auf Menschen wünschen und in Prose / Und Versen schillert: Freunde wisst, / dass seine Heimat Schwaben ist.« Schiller hat sich immer dazu bekannt, indes durchaus froh, ihr rechtzeitig entkommen zu sein. Hinkelbein ist, nebenbei bemerkt, gleichfalls keine Mundartdichterin. Der Dialekt ist für sie eine künstlerische Ausdrucksform wie Dur und Moll, freilich ohne jede Künstlichkeit. Der darin anklingende Volksliedton ist ihr allerdings wichtig – aus ästhetischen, lebensgeschichtlichen wie (kultur)politischen Gründen.

7

Begegnungen, Beobachtungen und Bilder – sie sind zumeist der Ausgangspunkt ihrer Geschichten und Dialoge. Daher die immer wieder eingestreuten kleinen Fotografien als scheinbare Belege für die mutmaßliche Verankerung des Geschehens im realen Leben. Oftmals sind die Begegnungen bizarr wie bei jenem seltsamen Fremdenführer im Bahnhofsviertel einer wenig einladenden Stadt, der die Protagonistin ständig fragt, was sie sehe und ihre Antwort ebenso oft mit einer Penetranz in Frage stellt, die ihr schließlich tatsächlich die Augen öffnet. Oder im Zusammentreffen des Philosophen Tales vom Milet mit einer schwäbischen Magd. Höhere Wahrheitssuche stößt hier auf praktische Vernunft, die Theorie der schwarzen Löcher auf den schönen blauen Albhimmel mit der Sonne, dem Mond und den Sternen.

8

Viele der in diesem Band versammelten Dialoge, Erzählungen und Gedichte entstammen sogenannten Jahresprojekten – selbst ausgewählten und auch auferlegten Aufgabenstellungen oder Themensetzungen. Beispielhaft ihr »Zeitungszyklus«, als sie sich vornahm, jede Woche eine Zeitungsmeldung aufzugreifen und darüber jeweils ein kleines Musikstück zu erschaffen – 52 Kompositionen insgesamt.

Die Jahresprojekte bedeuten vieles zugleich: Befreiung aus den Zwängen von Auftragsarbeiten, die immer an eine Unzahl von Bedingungen geknüpft sind – Rücksicht auf Eigenheiten der Auftraggeber, begrenzte musikalischen Kapazitäten der Aufführenden oder mögliche Empfindlichkeiten des Publikums. Kunst geht nach Brot. Die Jahresprojekte erlauben Hinkelbein hingegen, »mein Denken in eine für mich erträgliche Form zu bringen.« Erträglich wird das Denken dabei in zweierlei Hinsicht: als notwendiges Tun, um dem unermüdlichen Kreisen der Gedanken im Kopf einen Ausgang zu verschaffen. »Ich hatte keinen Ausweg, musste mir ihn aber verschaffen, denn ohne ihn konnte ich nicht leben«, sagt der Affe in Kafkas Erzählung »Ein Bericht für eine Akademie«. »Nein, Freiheit wollte ich nicht. Nur einen Ausweg.« Er findet ihn am Ende im Variété, Susanne Hinkelbein in ihrem unablässigen Reflektieren und Komponieren. Kunst kommt daher bei ihr wie beim Protagonisten in Kafkas Bericht nicht nur von Können, sondern mehr noch von Müssen, vom Ringen um Auswege im Kampf mit dem Dämon. Zugleich erlauben die Jahresprojekte ein permanentes Austesten von Gedankenströmen und Formexperimenten. Ein heuristisches Verfahren, an dem am Ende tatsächlich immer wieder ein befreiendes Heureka steht.

9

Susanne Hinkelbeins künstlerisches Werk ist überbordend: sieben Theaterstücke, neun Opern und Singspiele, 80 Bühnenmusiken, rund 200 Lieder, darunter ein Hölderlin-Zyklus, ein Lateinamerika-Zyklus, ein Kästner-Zyklus und der genannte Zeitungszyklus, außerdem Chorwerke, Klavier- und Orgelstücke sowie Musikalische Interventionen im öffentlichen Raum. Überbordend bedeutet: Der Fluss der Gedanken verlässt das gewohnte Flussbett, die Ströme der Empfindung suchen nach Entlastung, die Irrungen und Wirrungen des Alltags verlangen nach Reaktionen – neuen Antworten, gegenläufigen Reflexionen, Ausgriffen in ungekannte Regionen, Halt in adäquater Formgebung.

10

Friedrich Dürrenmatt erklärte einmal, eine Geschichte sei erst dann zu Ende gedacht, wenn sie ihre schlimmstmögliche Wendung genommen habe. Wer verstehen will, was er damit meinte, ist eingeladen, sich das Stück »Trägheit des Herzens« zu Gemüte zu führen. Ein innerer Monolog, den Hinkelbein in das Kapitel »Böses« eingeordnet hat. Viel böser geht es auch nicht. Die Trägheit des Herzens firmiert deshalb unter den Sieben Todsünden, in unmittelbarer Nachbarschaft zu Hochmut, Geiz, Genusssucht, Zorn, Neid und Selbstsucht.

Die Geschichte beginnt wie so oft ganz harmlos: »Ich bin nicht gleichgültig. Mit geht alles immer furchtbar unter die Haut.« Der Ich-Erzähler (oder die Erzählerin) zählt auf, was ihm (oder ihr) so unter die Haut geht: Bilder vom Krieg, Anblicke von Operationen, Horrorfilme. Der Leser (oder die Leserin) mag denken: Oh, wie sensibel, wie aufmerksam in der Selbstbeobachtung. Dann wendet sich der Blick auf die wunderschöne Umgebung, die vertraute Idylle der Stuttgarter Stäffele. Das Schöne ist jedoch nur des Schrecklichen Anfang. Mit wenigen Sätzen ist die Szenerie geschaffen, die Bühne ausgeleuchtet, so dass das Drama seinen unbarmherzigen Lauf nehmen kann. Die Hauptdarstellerin: eine alte Oma mit Rollator, die sich verzweifelt bemüht, die vielen Stufen der langen Staffel hinunterzugelangen. Der sensible Erzähler erkennt schnell: »Mit dem Rollator die Stufen runter, das geht nicht.« Er steht daher auf – um sich auf eine andere Bank zu setzen, die einen besseren Blick auf die sich ankündigende Katastrophe verspricht. Und dann nimmt die Geschichte ihre schlimmstmögliche Wendung.

Freilich nicht nur mit der Oma, die am Ende »wie eine überfahrene Kröte« vor dem Beobachter liegt, sondern weitaus schlimmer – beim Beobachter selbst. Denn die Trägheit der Beine wird konterkariert durch die Trägheit des Herzens. Hilfsbedürftigkeit wider unterlassene Hilfeleistung. Dialektik von stark und schwach, von Hinsehen und Wegsehen, von Teilhabe und Teilnahmslosigkeit. Mit einer Mischung aus sezierend-scharfem Blick und bitterböser Ironie entwirft Hinkelbein eine Spirale der Grausamkeit im Gewand der Selbstgefälligkeit. Jeder Satz, jedes Wort präzise gesetzt, keines zu viel, keines zu wenig.

11

»Was weiß der Tropfen im Meer von sich selbst?« So sehr die in diesem Band versammelten Geschichten und Dialoge im Hier und Heute verankert sind und zumeist von alltäglichen Beobachtungen und Begebenheiten ausgehen, so sehr verhandeln sie ewige Fragen. Sichere Hinweise darauf geben die zahlreichen Verweise auf die antiken Philosophen und biblische Zitate. Der Tropfen und das Meer, der Mensch und der Kosmos, die Teile und das Ganze. Kann der oder die Einzelne das Ganze jemals erfassen? Haben sie überhaupt ein Bewusstsein von sich selbst? Und wenn sie in ihrer Erkenntnisfähigkeit beschränkt sein sollten, worauf vieles hindeutet, können sie, müssen wir dann nicht zumindest versuchen, die gedanklichen Potenziale, die uns gegeben sind, so weit wie möglich auszuloten? Denn was passiert, wenn wir darauf verzichten? Droht dann nicht wirklich die Sintflut, buchstäblich erfahrbar in steigenden Meereshöhen, aber auch in Form unkontrollierter Datenflüsse, unbeschränkter Monopole und Geldströme, die das Land nach Begehr fluten oder austrocknen. Denn, so Hinkelbein, »wer hat gesagt, dass es eine Wasserflut ist? Ist es nicht eher so, dass eine Flut der Medien, Falschbilder und Vorurteile die Realität zu einer versunkenen Welt macht?« – »eine Sintflut der Tränen, worin die Seele versinkt.«

12

Hinkelbeins Geschichten und Dialoge sind kunstvolle Hochseilakte. Sie scheuen sich nicht vor dem Abgrund, riskieren den Absturz, setzen oftmals das Scheitern in Szene. Sie laden dabei ein zum Stauen, sich Wundern und zum Lachen – ein Lachen, das einem mitunter auch im Halse stecken bleibt. Die Lage ist ernst, aber nicht hoffnungslos. Noch hat der Mensch die Möglichkeit, sich seines eigenen Verstandes zu bedienen. Dazu braucht es aber eine adäquate Sprache, eine präzise, eine vom Leben getränkte Sprache. Der Mensch denkt, fühlt und lebt allein in der Sprache. Und es braucht den Mut, eine Brücke zu bauen über tiefe Gräben und reißende Flüsse. Hinkelbein wirbt dafür: »Was für ein Mut, tatsächlich einen neuen Gedanken zu beginnen! Ein Wort, einen Begriff, eine Frage, den Zipfel einer Idee als Widerlager genommen, und dann – frisch gewagt – sich in den freien geistigen Raum gestreckt.« So kann Leben gelingen. Das weiß sogar der Tropfen im Meer.

Danke!

Herzlichen Dank an alle, die am Zustandekommen dieses Lese- und Logbuchs beteiligt waren! Besonders erwähnen möchte ich hier Ulrike Böhme, Armin Gmeiner, Heraklit von Ephesos, Veronika Hinkelbein, Junge Oper Stuttgart, Marianne Kamm, Hubert Klöpfer, Thomas Knubben, Theater Lindenhof, Theater Lokstoff, Bernhard Trebuth und Peter Weiß.